S T A R R Y   R I V E R

星河

诗丛

星河

2022

冬季卷

主 编

黄纪云

骆 苡

浙江文艺出版社
Zhejiang Literature & Art Publishing House

图书在版编目（CIP）数据

星河·2022冬季卷 / 黄纪云，骆苡主编. —杭
州：浙江文艺出版社，2022.12
ISBN 978-7-5339-7047-5

Ⅰ.①星... Ⅱ.①黄...②骆... Ⅲ.①诗集 – 中国 – 当
代②诗歌评论 – 中国 – 当代 Ⅳ.①I227②I207.22

中国版本图书馆CIP数据核字（2022）第227657号

统　　筹　曹元勇
责任编辑　顾楚怡
文字编辑　黄煜尔
封面设计　朱云雁
责任印制　吴春娟

星河·2022冬季卷
主　　编　黄纪云　骆　苡
顾　　问　骆寒超

出版发行　浙江文艺出版社
地　　址　杭州市体育场路347号
邮　　编　310006
电　　话　0571-85176953（总编办）
　　　　　0571-85152727（市场部）
印　　刷　浙江海虹彩色印务有限公司
开　　本　787毫米×1092毫米　1/16
字　　数　215千字
印　　张　13.5
版　　次　2022年12月第1版
印　　次　2022年12月第1次印刷
书　　号　ISBN 978-7-5339-7047-5
定　　价　59.00元

卷首语

有道是：春生夏长，秋收冬藏。随着《星河》冬季卷的推出，《星河》诗丛终于圆满完成了2022年度的编辑工作。

和春、夏、秋季卷一样，冬季卷我们仍保持原有的编辑风格。

"星月交辉"板块重点推出的是骆蔓、扶桑和李之平三位诗人的力作，并附有诗人的创作谈或评论家的诗评。两相参照，对于诗人的心路历程会有更清晰的了解。

"星瀚灿烂"中的三位诗人，小书、储慧、戈丹都有各自的优秀，不是作品获过大奖，就是结集出版有诗集，值得一读。

"星河微澜""繁星满天"照例选录了众多新老诗人的佳作，犹如河滩上琳琅满地的鹅卵石，喜爱的读者可以任意捡拾玩味。

衡阳文人骚客自古流连，代有佳诗流传。衡阳现代诗人又是何种境况？冬季卷专辑可以让读者管窥一斑。

"星河组章"自然是散文诗的天地，文短意长，蕴藉隽永。

"河外星系"翻译介绍的是丽泽·穆勒和伊恩·波普勒的作品选。二位诗人中国读者可能比较陌生，然而他们的诗名并不小，两位译者也是译界老手，仔细阅读必有收获。

"星河评论"收录两篇重量级的文章：

骆寒超教授继《论李金发的诗歌审美观》（2022《星河》秋季卷）之后，在本卷又推出了有关李金发的专题评论力作《论李金发的诗歌语言》，就李金发的语言特色做了较为深入的研究，进行了细致的梳理，并给予了较详尽的分析和解读，为广大读者阅读李金发艰涩难懂的诗作提供了捷径和手杖。

赵思运教授对著名诗人茱萸的访谈颇多看点。对于中国汉语诗学传统、外国诗学资源和现实文化资源如何一起构成共时性时空，并与年轻一代诗人的创作实践互相激荡、激活进行了有趣的探讨。

"星韵品赏"板块，评论家菡萏女士对诗人胡理勇和余风两位诗人的诗作进行了深入浅出的导读，让人读后印象深刻。

2022年是不平凡的一年，有风雨，有艰辛，但更有彩虹，有欢欣！正是生活的起伏给诗人带来无穷灵感，使他们能创作出大量的诗歌作品。有这样丰富的作品，我们编辑工作便利了许多，从这个意义上说，我们真的很感谢生活！

亲爱的读者们，相逢又一春！

"星河"编委会

主 编

黄纪云　骆苡

顾 问

骆寒超

诗歌编辑

菡萏　刘翔　袁丹丹

箫风　贝尔　顾奕俊

理论编辑

安操

封面题签 黄纪云

封面设计 朱云雁

篆刻 姚伟荣

目录

076 / 繁星满天

115 / 衡阳诗人

135 / 星河组章

骆蔓的诗

与西湖蜜语

十二月的阳光倾泻下来
一览无余地高蹈
带着别样的暖融与温煦
朗照着，这条惊艳千年的白堤
饱涨西湖水
把一场宏阔与坦荡
渲染得意气风发
当脚步踏进疏密有致的孤山
道旁的矮冬青抒着茁壮
舒展身姿的小芽苞，粉饰了一个季节
这场冬日里最美好的遇见
参差绽放中的热情
有希冀、期许
轻轻落上对岸的北山路——
高大梧桐树推宕出的金灿灿
点亮秋水山庄，化成眼底一缕醇酿的香
让迷醉的锦鲤湖水间悠游
逗弄水面打转银杏叶
鸳鸯则旁若无人飞上堤岸
你依我侬中
错过了归家的笛音
直至夕阳西下
天边泛起片片殷红
我随性地穿行于灌木丛中
视线紧跟受惊的野鸭扑腾而去

带起残荷摇曳的风情
晃得晚霞也摆动了起来
回望来路，幽深而空寂的青石板路上
木叶纷飞
这一刻，诗意的想象插上了翅膀
青山绿水勾画出的人文意蕴
一步一景的厚重历史
如影随形般风中凛然
一曲高歌声中
心事浩渺，若梦未央
我在西泠桥头，犹自清欢

晨曦中落下的雨

晨曦中的雨滴似乎有棉花糖般的触感
清凉的气息
从我的脸颊划过
这是立冬日的薄雾还是迎春的清露
被打开的记忆伸出弯钩
攫住我脆弱的神经
一地黄花的凋零声中
凌乱的青丝与熟稔背影
泛黄相册里浮动
昨天、今天和明天
不知道哪一个该属于我
那些莫测的风
挟裹着温情旧时光
让我沉沦，让我想长睡不醒

我害怕秦时的明月

它曾照见的带伤表情

在接下来的无数个日子里

不想说又不得不反复述说的长情

让我惶恐

这是一个并不太美好的回忆

像一朵恣意的桃花

因为某种不确定的机缘

使存在成为合理的代言

然而,我还没能学会

用隐喻去篡改隆冬的凛冽、萧瑟与孤寂

此刻,绵密的雨正敲打窗棂

发出呜咽的悲鸣

虚空里的物事,被激起的本性

在沉重的旋律下发酵

我的思绪漂泊于浓黑中

与细微的音符交流

那些即将消散的浮尘

让我洞悉生活的另一面——

不起眼的墙角处

用绝望守护的那些澄明

卑微而自爱

在不断的失去中依然昂扬的祝祷

如此地让人心碎

当我放下日渐消沉的步履

放下不甘的目光

放下深藏你的最后的港湾

那么,所有的过往都只是过往

我会在沉默中安抚内心的波澜

像一尾与世间交好的锦鲤

遵从心灵的召唤

让大雁的离去成为新的启航

暖阳,吹响解开情结的集结号

恣意的河流欢愉回望我

犹如回望早春二月的烟柳

一切如初生般的蓬勃生气

落上了夜栅栏

一颗星与另一颗星完成了彼此的相托

目光投向的空阔湖面

碧波荡漾

我稳健的步伐,踏上

穿越千年的白堤,笑容清透

西湖边漫游

午后阴沉沉的一片天

吹来舒凉的风

畅通北山路如清空般

被安抚的梧桐叶,沉入玫瑰的梦境

断桥上邂逅的路人

口罩后的目光闪现淡定

我搜寻熟稔水鸟

将一串沉淀湖底的密码传达

成双的鸳鸯却抓紧时机

吸引着单反相机的焦距

这一路上的清冷,雨后的泥泞

游鱼的躲闪,黄叶的凄切

都化为眼底同盟的亲和

空旷延伸的白堤

像一条淡青色锦带

将痴情、诗心、油壁车声勾连起来

转角处

嫁接的硕大月季,笑脸相迎

清寒中的热烈与自由意志

让我看到真情的另类显影

像春天的花事

在空无人烟的孤山

打开陪伴的韵脚

这孤独中的华丽,华丽中的献祭
凋零敷上了成长的温度
如同新生的生命,如同一场
不朽的思念

断桥

你应该常看到
残荷、梧桐、水草、放飞的纸鸢
不相干的物事凑趣的热闹
你应该听到了
雪子落下的声音、未凋尽的柳叶漫卷
西湖里的水阴晴不定
玩转寂寞的游戏

你该是纳闷冥冥中的机缘吧
一条修炼成精的白蛇
一个药铺求职的学徒
在雨中,他们不该交集的交集
一场情窦初开
让你——
臆想了千年

保俶塔

从你的角度察看
眼前的风光像一幅不断翻新的水彩画
湛蓝天空下
断桥不断,孤山不孤
惠风是醉人的,绿荷接近盛开
山色空蒙的西湖
每一次　宛若初见

你抛开世俗的喜乐
去探测被压制的人性张力
保鲜的距离,不过时的剂量
那个不经意间结下善缘的男子
可能更适合似你般独处

在不同维度里寻求和谐
哪怕结局皆大欢喜
在你灼灼目光下
打开了另一种解读模式

白堤上的桃

春水融融,荡漾起远山的倒影
日光在柳叶上婀娜
游人如织,是白堤的日常

流水的声音开始顺畅
一棵桃的世界显出丰沛
花儿住进了缤纷里
华丽的呈现,多么地完美

不需要枝叶扶持
要遭受更多的磨砺
我却愿意相信
有柳莓儿在第五季等你

这个春天没有雪
我像风一样游荡西湖
犹如梅雨季到来前般失了声息

孤山

其实,你并不是孤的代言
一步一景里传奇纷纭
低矮的隆起,也称不上山
可为什么我总把你与世间凄苦联想起来
在每一次走近你时
心怀忐忑

当我写下你的名字
心儿里弥漫起一阵嗟叹
年年梅影相伴
梦柳只是翻篇的想象
孤该是另一层面的表白

这个朔风日渐深邃的黄昏时分
我捕捉到的呜咽
像春天一样在迢遥的路上抗争
一切混沌若初生的月牙

平湖秋月

对秋天,我总怀有一份莫名畏惧
是风吹老的日光
像云一样变幻
漠然里待言的因循
令曾经都显得别有深意

直到那天与你邂逅
秋天的月明照亮心底暗影
一地斑驳的光
预示了某些捉摸不透的宿命性

该有二十多年了吧

游船停泊的岸边不差分毫
我却看到岁月的划痕
在心头　波涛汹涌

桃的世界

桃的枝条已展开茁壮的部分
她等待在启蒙中苏醒

草芽间闪烁的日光
跳动的色彩与活泼的旋律
让这片桃的世界显得空阔而华丽

桃住进缤纷中
从一颗籽粒到亭亭玉立
感受风和炊烟催生
享受漫卷的匠心与意气

这个春天却像云一样没有底气
我从白堤这头游荡到那头
尽己所能捕捉——桃
青春和生命的狂欢

寒风中的西湖

凛冽的风,拍打着堤岸
从六公园看过去
断桥不过是一座不起眼的石桥
缺乏创意的弧度
在欲雪的天光下沧桑

白堤上光秃秃的桃与柳
被风剥离了遮挡

细长枝条无秩序乱窜
与凋零的残荷
构成一幅别有韵味的简笔画

唯有湖水,不动声色中
春情浩荡
似在等候白娘子人性的回魂

与一棵树同在

四面墙,围成的庭院
是一棵树安生的家
形成的这个建筑构架
挡住了云彩,也挤走荫翳

我在树下仰望
这些粗壮的枝干
夜色中敞开故事性年轮
为我打开一扇通往故园的门

院子里这棵硕大的树
应该是我的初见
我却想要与他分享

日子以及日子里生动的波折

我在与这棵树的密语中
寻回了一些灵感
内心涌动起圣洁与愉悦的情思

我欣喜地绕着树疾走
终于走成了——树的陪衬

梅妻鹤子

不知道你在怀想些什么
眼前铜雕的仙鹤与戏水的鸳鸯
沧桑与鲜活的和谐
月季是萍水相逢的惊喜
梅影正酝酿着花期

你应该在寻找一个合情的机遇
让灯火阑珊处的舞动丽影
夜深人静时的曼妙歌声
在打开的镜像里苏生
填补你
生命中的缺憾

创作谈：沉醉在湖光山色间

· 骆 蔓 ·

这组诗是献给西湖的。这要得益于近年来我的办公地点在白堤附近，得天独厚的有利条件，使我在亲近西湖之余，一颗诗心也在湖光山色间沉醉。

午休时间里，我会踏过断桥，来到柳桃相间的白堤，走过锦带桥、平湖秋月，走进孤山，在"梅妻鹤子"的放鹤亭停顿片刻，再到西泠桥上极目远望，又转道北山路，瞻仰秋水山庄、西湖博览会博物馆、新新饭店……一路走来，散落在杭州里西湖边的这一地自然风光与人文风情，在时光中沉淀，在我眼前展颜，渐渐累积成眉角眼梢的诗情，工作案头的诗篇。

《与西湖蜜语》就是绕里西湖行走一圈的所见所闻、所思所想、所感所悟。在时序已接近冬天的十二月，葱茏的草木正走向衰落，北山路两旁的高大梧桐树已不复枝繁叶茂，孤山里的花朵也不再生机盎然。理应，冬天的西湖更多属于风，如一缕轻烟从地平线升起，轻轻摇曳着纤细的腰肢，帮忙摘下片片树叶。但那天我眼前十二月的阳光却是带着"别样的暖融与温煦"，朗照着这条"惊艳千年的白堤"、这座美丽非凡的城。不仅如此，这场冬日里"最美好的遇见"，还绽放着"热情"，饱含着"希翼"与"期许"，为什么这么说呢？这是因为生态环境一流的西湖，人与自然和谐共处——"锦鲤湖水间悠游""鸳鸯旁若无人飞上堤岸""受惊的野鸭扑腾而去"，这些充满野趣的生活气息，既生动又有趣，让我沉浸其间，不忍离去。可以说，野是一种原始的生长状态，天真、自由、随性，具有无限的生命活力。野在现代文明包蕴的当下，更衍化为一种心境、一种人生态度。求随性、求野趣、求自然，是都市里疲于奔命的人们向往的生活方式。这个"野"，又是放松、俏皮、别致的，是不失趣味却又充满令人流连的细节的，从而让"诗意的想象插上了翅膀"。对我来说，这一场"蜜语"是抒怀的、感人至深的，是冬日暖阳下一场生命的礼赞：

> 青山绿水勾画出的人文意蕴
>
> 一步一景的厚重历史
>
> 如影随形般风中凛然
>
> 一曲高歌声中
>
> 心事浩渺，若梦未央
>
> 我在西泠桥头，犹自清欢

西泠桥头"犹自清欢"的这段寻踪，因美的遇见而使思绪如脱缰的野马，在"淡妆浓抹总相宜"的水光山色间让心飞翔、令美显影、使爱升华。

《桃的世界》是一张描绘春天西湖的旖旎风情图。西湖的美是不期而遇中的感动，间株桃树间株柳的白堤，由于富有层次的景观效果，令无数游人争睹为快。这首诗赐予了桃在等待"启蒙中苏醒"的一场探究，也是我内心深处对美的发现与界定——"草芽间闪烁的日光/跳动的色彩与活泼的旋律/让这片桃的世界显得空阔而华丽"，桃的艳红与柳的翠绿，成为春天西潮约定俗成的胜景,桃住进的"缤纷",灼灼其华,仿佛是长堤上落下的团团胭脂云,让人于顾盼间为之魂牵。这既世俗又脱俗的热闹,让人似在画中行,于是我想要:"尽己所能捕捉——桃/青春和生命的狂欢"——激烈的情绪带来狂欢,而狂欢能让人从身外感受到身内的存在。

我的诗一贯秉持灵动温婉的风格,但近年来也在尝试新的探求与情感表达,一些诗也开始写得长起来了。《晨曦中落下的雨》与我之前的诗歌创作特质有一定区别。在我的创作历程中,雨是一个出现频率较高的意象对应物。记得我写过一首题名《雨的臆想》的短诗,全作如下:

浙浙沥沥的雨

在身后蓬勃

像要浇灭内心的某种困顿

这雨声总让我想起

那些真诚言辞下的狡诈、丑陋

雨,也不能帮人间洗刷污秽

被熏染的面具

伪善的可亲

让人信以为真的感动

落着黑色的质子

彼时为人处世简单的我正承受一场人性历练,心底的苦涩与绝望难以排遣,诗成了我发泄困顿的途径,终助我慢慢平复心情,走出自我的藩篱,去开垦一片新的天地。我躲在断桥边潮湿压抑的办公室里,写诗歌、写评论,现实中的不公正待遇,是打击,是鞭策,也是成全。两年里的沉淀与积累,不仅让我有了立足的底气,也拓阔了自己的心灵视域。

至写《晨曦中落下的雨》时,心境早已大为不同。在这里,我感知到的晨曦中的雨滴,"有棉花糖般的触感/清凉的气息",这样的起兴,是乐观的、积极的、意境深广的,尽管还会被记忆伸出的"弯钩"攫住"脆弱的神经",但这毕竟是一场虽"卑微"但"自爱"的咏叹,心灵的召唤正打开"新的启航",暖阳是"吹响解开情结的集结号",责任感与使命感让我找回"初生般的蓬勃生气",在自我的天地里畅想人生的真谛,可以不无自豪地向世间宣告:"我稳健的步伐,踏上/穿越千年的白堤,笑容清透"——不再为名利所累,让心安详,这种思想和行动上的脚踏实地,使我找到了前行的方向。

想起一句话:上帝为你关了一扇门,总会为你打开一扇窗。人生如圆,终点也是起点,能主宰你的人,永远是你自己。要感谢酸甜苦辣带来的百味苦尝,是它造就生命的坚定稳重;感谢一路心情的迥异波动,它使生命立体完整。得到和失去都是一个过程,学会懂得、学会感恩、学会珍惜,就会发现那些不曾在意的,是那样温暖着我们平凡的旅程——所有的结局都将会是一个新的、好的开端。

作者简介 | 骆蔓,系浙江旅游职业学院一级文学编辑。出版有诗集《最后的瞻波伽》《行走中的江南》、论文集《艺术文化论》。

扶桑的诗

雨停在傍晚

雨停在傍晚
像一辆长途汽车靠站
湖边的一列列山脉 ，仿佛沿途
遗失了行踪的乘客……

通济湖

天刚放亮时湖面的恬静有一种圣洁
它饱食昨夜的电闪雷鸣和雨的
乳汁，在此刻的一平如镜中微呈
鸭蛋青色。没有风。山脉拢住自己的裙摆

女性的花
——观乔治娅·奥吉弗绘画

她看着那朵花，白色
肉质的花瓣仿佛
一张毛玻璃后
女人的脸
平静。淡然。
像一把反向撑开的伞
它撑开
不是为了遮挡
而是为了承接——

软弱

人之中我爱那软弱的
他们的心佝偻着
一个被救的希望，像攥紧一块
灰尘很厚的旧布
我的痛楚认出——这些族人

那些阔步而来昂首而去的
离我很远——
他们是悬得高高的发光体
不需要我的手
这微小、可疑的温暖

我的生命

啊，更响更紧了！
岁月的铿锵。一再
提速的铁轨

你不再年轻——白发
在镜中闪耀。这冷下来的
灰，并不意味着懂得更多

生命像一节孤零零被遗弃的车厢，停在
某个久已废用的小站
带着它全部的空洞，在每一扇窗前张望

房间宛如白色的信封

房间宛如白色的信封
人，一页反过来折叠
写满字迹的信笺——

被写它的那双手，随便
投递到世上某处
像抛洒一片雪花

成批
飘落的雪中
一封信总是，独自旅行

船之变奏

一

船就是大海。
停下来，就是折断了翅膀的尸骸

二

我的双脚留在船上
船离开的时候
我的泪水变成大海

这并不是什么奇迹
有一天，我无可缝补的身体
衰败，那将是另一艘船

三

在一个牛舌头那样伸入
润水的荒草坡下
一条独木舟样的小船
烂在水边

——是船，就要烂在水里！

她的月亮有锯齿形的边缘

※

一个人举头
望向月亮——

她望见自己
于旅途中的客栈
永远在寻找
一个，失去的地址

※

一看见月亮
她心里的爱
就醒了，像一只
不死的
蚕
她的月亮有虫咬的洞口
锯齿形的边缘

※

月亮越圆
人的眉眼
越安静。因为
孤独
也会变化生长
它从
一柄镰刀
长成明月一轮

去爱

就是去成为月亮

闻山口五郎尺八

如晾衣绳上的水珠
我们凝聚着生
天地茫茫
无非要完成各自的死亡

七号诊室

她背过身去解开胸罩
她解胸罩的姿势比别的女人笨
比别的女人慢
她解下来的胸罩有一只罩杯
像一只空碗盛满海绵
戴这样的胸罩夏天会不会长痱子,我没有问
我已记不清有多少女人在我面前这样
背过身——
她们身上失去的部分
在心里踩下深深的蹄印。那蹄印是雄性的。

洗手

她去卫生间洗手。
不大的卫生间,水和瓷砖的凉意。
高处的栏杆悬挂着一些晾干的衣物
她认出其中一件
上面有细细的蓝条纹

一件白色男式衬衫。
她认出那件衬衫。她鼻子里充满

穿它的那个人身上特有的

温雅的气息

她安静地注视了一会儿
(钟表的几声嘀嗒)
那件男式衬衫——
在那个安静的下午。在多年前
她面颊上攀爬着
轻微的犯禁的热度。
她安静地离开。

清明

感谢上天
我父母俱在
当我下班,在昏暗的楼道里
摸出钥匙
一道铁门
一道木门
都很旧了,旧得像是
落有擦洗不掉的灰尘
熟悉的门,应声而开
一道铁门
一道木门
仿佛我衰老的父亲和母亲,站在
我和我背后的世界之间
向我
敞开一个永远
亮着灯的房间。两颗
斑白的头颅
另一种让人安心的
旧感觉
像两盏灯
在这套三居室的房间里
如果他们不在

房间总是黑的

晚上，当我从外面回来

我的脚，从一种黑掉入

另一种黑

我回到了这个房间

却没有进入家门

疏离

别问为什么

我不去和你坐在一起

不去和你，轻声交谈

像两片树叶那样——

像两片云朵——

或许我这古怪的疏离恰是

那隐秘地朝向你的脚尖——

秋天

声音

随体温柱一起下降

在一个窗玻璃结满霜花的夏天夜晚

那个夏天很模糊——迅速

来了凉爽的秋天

硕大的梧桐叶干脆地碎裂

你一生没有更美的秋天

像那个秋天

花完死亡的绚烂

白色的刺

我困惑于这些镜中的刺

这些变白的头发

亮得扎眼，每一根都那么粗、那么硬

仿佛锻打自哪一家乡间的铁匠铺

再多的黑发也盖不住它

多美的染料也哄不了它

每一根白发原本都是漆黑的，像孩子的眼珠。

当它变白，作为一个不幸被泄露的

词，是一声剧痛的

惊呼呻吟然而高傲地阉割了声带

每一根白发都在围困中，孤零零地

独自变白

仿佛白色就是一种冰冷的、沉默寡言的自我焚烧

自我照耀（那些烧剩的灰不散，依然结晶为白色）

就像山林里游荡的老虎或僻居小地方的诗人

每一根白发独来独往

每一根白发都有自己的某个

夜晚某个神秘的时辰

——它的脚不再踌躇，决意踏上反向的路径。

每一根白发都被它不愿言说的

某一道暗电击中过

这毁伤终生不愈，从此再也黑不回来

我的头发遗传了母亲早白的天性

幸甚我不会生育一个女儿再传给她

　　作者简介｜扶桑，女，1970 年 10 月生。主治医师。曾获《人民文学》新浪潮诗歌奖、《十月》诗歌奖等多种奖项，入围 2010 年华语文学传媒大奖年度诗人提名，部分诗歌被翻译成英、德、日、韩等国文字。著有诗集《爱情诗篇》《扶桑诗选》《变色》等。

既是哀歌也是情诗
——评扶桑的诗

· 牛遁之 ·

金圣叹说,文章之妙,无过曲折。于是,张生和莺莺缱绻风流前,必定多遇几次麻烦。园林也必是亭台楼榭,套室回廊,让人在一阵转折之后,好好惊叹一番。中国古典美学是很少言直的。直,往往意味着直露,缺少韵味,过早暴露诗意,没有了最动人的一波三折。但在艺术尤其诗歌艺术之维,径直,或者说垂直,则有另一个指向:艺术之核、深度意象、深度理解。

当我们径直去往目的地,行走在大地上,伫立,回观自身,就会发现人和大地的最基本关系:垂直。进一步思考人和世界的种种关联,必然回到根源与归宿:生死。这便是一切艺术之核、深度意象和深度理解的关键,打开黑暗通道的唯一钥匙。也许十字架是这枚硬核内在隐秘的最好隐喻,横向意味着古往今来的时间长河,纵向意味着天堂地狱,灵魂的飞升与堕落,生和死。生和死的关系如此直接,让人想到老子的"出生入死",出为生,入为死;也许更直接的表述莫过于庄子——方生方死。作为中国古代最伟大的哲人艺术家,在万物流变中,透过齐物相对这双奇妙的眼睛,庄子最敏锐地觉察到了人间世的第一个死结,在生与死之间,一切不过是白驹过隙,忽然而已。善于把小鱼苗化为大鹏的庄子轻易地化解了它:齐生死,顺其自然。

死亡是一切诗人艺术家的最深心结。它时时纠缠着心灵,仿佛神秘的黑衣人随时都会破门而入,站在我们面前,打翻水杯,把生命之水倾覆在地。我们小心呵护着,把它紧握在手里,啜饮。可我们甚至不清楚明天会否醒来,继续享用它。

方法之一,动起来,别趴着,在艺术的通道中,把一切加速,直至引火上身,这与庄子的鲲(小鱼苗)化为鹏(巨鸟)有某种相似。如扶桑的短诗《词语与猎枪的距离》:"急切的口吻是由于被追赶/沿途抛洒的词语像奔逃的小兽/这速度关乎安全/我说啊说/我说得越多/猎枪越远。"是什么在召唤着诗人?缪斯。是什么在追赶着诗人?死神。通过与死神赛跑,拉开词语与猎枪的距离。策兰在《法国之忆》中称"邻居莱松先生"就住在我们隔壁,他赢掉我们的眼珠,扯光我们的头发……在我看来,这位回忆先生与死神先生可以等量齐观。死神终究打败我们,只留给我们空空的皮囊,然后穿门而去,在雨中疾行。而诗人艺术家必然在这场豪赌中,预先做好手脚,他们头也不抬地写着,在羊皮卷上刻下生命的密纹。

扶桑是一个死亡意识极强的诗人。死亡意识也就是生命意识,二者并无差别,因为懂得死,才能真正懂得生。学医行医的经历无疑会增加她对生命脆败的感受,每日积聚的生老病死,人生的两极,婴儿和垂老,哭和笑,生和死,全都装进同一节车厢。但根本的不在外界,而在内心,犹如悲剧。悲剧事件是外在的,与事件的规模、数字相关;悲剧,审美意义上的悲剧,只在内心发生，只关乎作者和读者的内心反应。一场悲剧事件如果在人们心里 没有引起任何震动，那么它就不成为悲剧，除了留给学者一些数据资料外，它的意义几乎为零。扶桑以她天性的敏感、善感，看到了，并在体内引发了风暴，"我大面积种植死亡，用我违禁的诗行／我如此不停地说出，像一个威胁／它那不可轻易说出的名字／也许，正是为了将它的魔力解除／正是为了将它，从我体内倾泻"（《我写下这么多死亡》）。

一场懵懂的暗恋，让女诗人成为一只飞蛾，终日飞行在火焰之上，并在烧焦之前写下最初的诗行。而一场晚来的恋爱，成为扶桑生命中第一道生死关卡，"你走时鸡叫了第几遍／鸡声发白还是发红／我空荡荡的心里走动着一股风"（《我身体的右侧走动着一群风》）。爱人不见了。爱情的绚烂几乎与死亡同义，绚烂意味着短暂的绽放，顷刻的燃烧，直至化为灰烬，留下若隐若现的叶脉。一场诗人和诗人之间的爱恋，把她推向死亡的边缘，彼岸就在眼前。

谁谓河广，一苇杭之。面对生命的大河，诗人借助诗歌艺术的苇叶泅渡，而最敏感的人则迅速看到了对岸的景象，大批的蜉蝣和白蚁聚集在土穴旁，就像送葬人麻衣如雪。彼岸是人世间最大的解脱，也是最紧张的对峙。对于不肯轻易接受虚无的艺术家来说，面对彼岸最好的办法是，凝视它，直到它融进自己的身体，然后用黑暗的身体，跳起空灵之舞，就像通灵的女巫发出预言般的启示。如《墨西哥人庆贺死亡节》中的诗句：

> 我不能如此庆贺死亡。
>
> 我，另一体质的人
>
> 死亡，在我心里——
>
> 它是我的秘密，我暗恋的情侣

> 每个傍晚使我萎谢、使我窒息
>
> 我就靠近它
>
> 把灯芯般缩短的耐心一寸寸延长

靠近死神，和死神做起朋友，意味着诗人径直走向艺术之核，触摸它，打开它，进入它，向世人展示核内的隐秘。这是深度理解的最黑暗、最坚硬部分。从20世纪90年代末到之后几年，成为扶桑最为爆发的阶段，诗歌意象和深度大为提升，这就像长久行走在黑暗中的人，渐渐的，凭借自身发出了光芒，能逐一辨认黑暗中的事物。在她看来，"死是倦怠。／死更是热情"。"别的人临摹你／用睡眠。／我用／——吻"《死亡随想》中幽深的思考，体现出一个优秀诗人惊人的独到。面对死亡，用吻，犹如在黑暗的底色上加上了热烈的红色，地狱之花曼珠沙华般的凄红，这是最夺人魂魄的色。而短诗《在我看来你宛如玫瑰——致死亡》则可看作诗人写给死神朋友的一封情书："在我看来你宛如玫瑰／你，我唯一不会失去——／／把我，更深地埋在你的花瓣里吧／像花蕊。"无疑，这既是哀歌，也是情诗 。

扶桑的诗十分流畅、自然，就像她的主张：一首好诗，也应该像树木开花那样，情真意切，发自于心。难能可贵的是，她在随笔和诗歌中，多处体现出对于诗歌的思考深度。

深度意象在扶桑诗歌中所占比例不大，但这类诗作的数量近年来不断增加，分量也在加重，其中《暗语：与保罗·策兰（组诗）》是较为突出的一组。"你从水里回去／回到，万物自己发亮的深海／在光不能进入的深海／你，是一个快活的小男孩"（《暗语：与保罗·策兰（组诗）之四·回去》），"你从水里回去"暗指策兰之死，"万物自己发亮的深海"则是对于诗人心灵的深度理解，诗人必须穿透黑暗，在言说与不可言说之间，凭借自身的光亮照见万物,并在大地上投下光影。"一个快活的小男孩"隐喻策兰回归赤子,也是一次情感释放:死,对于苦难者不啻一个解脱,而诗人凭借他的诗行,仍将与万物对话,和我们交谈。这首短诗便是一次典型的径直切入,直接打开坚核,给我们展示其中的光亮与黑暗。光亮即敞开,黑暗即遮蔽,好的诗作总是在光影与幽暗之间游动,而不是完全地敞开或者完全地遮蔽。

扶桑说,我从小就爱天空和悲剧,就像暴风雨爱它那旷野里的出生地。扶桑眼中的女人,"成千上万的女人在夜间/从自己的白骨开出花朵"(《啊⋯⋯ 》)。而扶桑写给早逝的诗人顾城,有这样的句子:"我一忽儿天蓝,一忽儿粉红/一忽儿又从寂静变为/涌流的泪泉⋯⋯/哦,生命像油菜花田那么灿烂/大地蜂箱一样神秘/死亡假期一般甜美。"(《春风》)

欢愉和痛苦,生命和死亡,构成了扶桑生命依着的两种突出线条,它们密密麻麻地交织着,形成经纬纵横的垂直关系,并在诗歌艺术中迸发出灼人的光。

扶桑是北方人,自幼在江南长大,迥异的风情在她的血液中融入了不同的色调:激情,奔放,温婉,细腻⋯⋯《乡土戏》便是这样的一幅艺术图景:"⋯⋯给我大红大绿的衣裳/胭脂、白粉、绣鸳鸯的花手帕/给我刺耳的铜锣、喧天的鼓/给我小小的唢呐的喜庆与悲凉。"在叫天子的北方戏中,融入婉转的昆腔软语,在万马奔腾的岸边,一枚针静静穿过净水。

但她的诗歌呈现出的艺术张力与魅力,远不止于此。在生与死的狭窄地界穿行,诗人没有厌世、弃世,没有一丝生命的灰暗。她曾遭遇过生活的重挫,"——生活有自己的野性/从不驯服的马背上/我被狠狠摔下"(《失散》);长期的

孤独与独处,使得"我那久已丧失了的对一个性别的想象力,我那被砍断了的根"(《刚出壳的绿》)。然而,诗人洞察到生命的骇人镜像之后,没有止步,没有退却,而是长驱直入,向人们展示了一个又一个奇特的艺术景观。如《新磨过的阳光亮晃晃》中的句子:

> 新磨过的阳光亮晃晃
> 泼在床前的地上。
> 不知是一只什么鸟儿那么欢欣
> 远远、远远地叫个不停
> 仿佛今天才刚刚诞生——

起首一句可谓惊人。这是诗人对于春天即将到来的新奇感受,似乎暗含着诗人在冬天里的受难:一把刀架在万物之上。

诗人沃伦说过:自然唤醒了我。春天,每年一度的春天,随着天地之间一道生命缝隙的裂开,万物重生,这成了扶桑每年一次复活的道场——"第一声布谷的啼鸣/穿林渡雾/带来我的心依然活着的消息/在每一个春天。啊在每一年⋯⋯"(《第一声布谷的啼鸣》),她急切地跑进大自然,和花儿合影,想变成漫山遍野的白雏菊、油菜花、紫云英⋯⋯二重性的时间如同巨蟒盘曲在树上,蜕下死亡的皮,代之以新生。

扶桑诗歌的最感人之处,正是在于她生命的黑色背景,弥漫着浓烈逼人甚至窒息的黑暗,与之相对的竟是纯净的白,以及童话般的五彩斑斓。这些看似不相干的色彩左冲右突,最后一起形成色彩的交响。"蔷薇红色的我⋯⋯/我的心也是蔷薇色的吧"(《水声轻响》);"依然,我用我灵魂多皱的嘴唇/啜饮,端庄的大红色"(《口红之诗》);"那搁在沙滩上的脚/被蓝色一波波染着/现在它环上我的腰/现在它吻上我的嘴"

《归》）；"我要把太阳赶下山/把月亮安放在我的窗前，一只白色大鸟/伸展温柔庇护的羽毛"（《我已失恋了多久》）。

如果说，以上只是实物意义上的姚黄魏紫，象征意义上的颜如舜华，或者康定斯基绘画中'音乐的交响'，扶桑诗歌中还有另一种内在的色调交织：时而是茨维塔耶娃式的激越，时而是策兰式的决绝，时而是天真少女的烂漫，时而是母性的焕发，时而是小动物们的可爱……在扶桑眼里，茉莉花的花瓣完全是用月光做成的，而月亮，长着弯弯的刀刃，有人在自己的心上磨着它；豆角藤上的长豆角和人一样在恋爱，昆虫会做梦，尖着细细的嗓子唱起求爱的歌；而"我"是一个调皮的少女，"圆圆地噘起嘴唇/以接吻的姿势/吹灭，你左眼里的月亮右眼里的星"（《夜歌》）；孩子是神圣的，是用阳光和雪做成的，"那些小巧、凌乱的脚印将再次/踩乱这雪地——/而雪地，像母亲，将把它们抱在怀里——"（《雪地》）；还有雪山，看着马匹和行人一个个回家，自己却不回家，在夜里远远地微白地站着，像个独自玩耍的小羊或小孩。在我看来，那个与死神打交道的人，那些会说话爱玩的动物，恋爱中的瓜果，噘起圆嘴的少女，天真未染的孩子，像母亲一样的雪地，以及独自玩耍的雪山，都有扶桑自己的影子。

在去年的"青春诗会"上，我有幸与扶桑认识。她直言快语，说话如水银泻地，不会拐弯抹角。童年至今，扶桑一直过着一种极其单纯、单调、狭小沉闷的生活，身边竟然没有可以深交谈心的人，让我想到诗歌界对她的评价：寂静的孤独之花。扶桑说她一直不怎么了解人，对人、人性、人的内心世界始终感到好奇。我注意到，她脸上时而掠过冷漠的表情，时而又是纯真的笑容；当她听到茨维塔耶娃、策兰和雅姆的名字，会拍手大叫；天气炎热，几位男诗人光了膀子，她却穿得严严整整，显得十分保守、传统。我想，她诗中的烂漫童心大概得自于对自己天性的悉心守护吧。她把茨维塔耶娃暗中称为自己的"老师、姐妹和可怜的、亲爱的妈妈"，是唯一用"无限的"来形容的女性，每每为她的死悲恸不已。我想到了她们的共同之处：不善于在现实中生存，情感激越，爆发力强，很早就有悲剧意识，还有，她们都兼具母性与童心。

母性与童心造就了扶桑的写作。她声称追求心灵写作，不追求诗歌的现代性，"至诚的花呀……/它没有技巧/它不要技巧"（《窘色》）。写诗就是写你的骨髓为之深深战栗的东西。她崇尚真实，真实是"诗歌大教堂里那个地位最显贵的神。但不是服饰最华丽的，他很可能衣衫褴褛"。无疑，她走的是一条与海子、杨键相近的诗歌道路。他们的写作关乎诗歌的本来面目，直指世间那颗最宝贵的东西——心灵，但也十分危险。因为心灵写作看似简单，其实要求很高——如果没有独特闪光的心灵，没有过人的才华，这条道很可能会成为死胡同。

扶桑走通了。她的母性与童心，几乎天生的悲剧意识，风马牛不相及地汇在一起，聚成一粒善感的芥子。芥子纳须弥。须弥是周遭之物，诗人的感官森林，芥子便是那颗兼具母性与童心的心灵，以及看待万物的悲悯与悲凉感。一粒芥子伸出无限的茎须和触角，把整座森林和高山揽入怀里。

她在《阳光作用》中写道："世界无尽在阳光下/好像徐徐展开了/一幅平原一样大的山水画卷/那些山脉，好像坐在父亲膝上的小孩。"

作者简介 | 牛遁之，诗人、译者、评论家。

李之平的诗

病重的母亲

每次跟她说完话
我都是站在她背后
我知道眼泪又要流出来
不能让她看见
我问的每个问题都是
宽心她摧折我

让她回忆是我在悲伤
让她描述现在是我陷入绝境
生死没有答案
只有经历
在昏沉和垂亡中
梦想是遥远时代的词语
她只知道:活和死都一样
没有特别想法

人家几时叫我走
我不能不走
这话是我替她答的
她也再不会说,多想像
以前一样快步如飞
封存的心血无法提供足够氧气
让她充满光明的期待
哪怕第二日、第三日地活着
都是麻木的证词

诗人离世

一位好诗人离世
惊动敬重他的同道
人们心里掀起一道创伤——
死亡如此近不如说
好人离我们太远

生命的玩笑
随时将它的意义打翻,反过来
可以成就全部意义——

用生命写作的诗人
一直在给自己写一首诗
他没完成的,后人陆续弥补

与生俱来的光辉
不需要注释
尘世打造了肉身
灵魂将肉身卸下

语言附加值
加速它的飞翔
自由的天空
让飞扬的无上飞升

世上的事

从未面对面相处
深知他们长着
同样的眼神和瞳孔
能看穿落差世界的本意

细雨纷飞的早晨
他在湖边跑步
抵抗岁月，努力向上
营造的意志可以超越现世

她也爱在家跟前的湖边散步
从木棉花开到紫荆花，然后
铃兰花也败了。夏天围着
红艳的扶桑花树
头上海鸟不时打岔

同步对方独自的奔跑
世界喧嚣也深度孤独
这些习以为常

在平行线中走下去
不用多说一句话
时间记录所有纷扰
春去又秋来

上山，下山
——我们都在下山的路上

一

下山，风明显均匀灌注
北岭山①瞬时变得亲切
北京香山下山时也是这样
湖南茶陵云阳山

云南鸡足山

每一个轻快的脚步
叮嘱向上的人，
前行没有那么艰难

二

下山后的人不想作声
有人转头看着湖水
夜色星光混同灯光
茫茫深色水波
迷幻气息把人带去很远

我问他是不是今是昨非
他说，它们每天在变，注意观察时
才知已过了很久

三

不再为上山的事忧惧
山下有更多债务——

日日担忧远方母亲
她有惶惑不清的晚年
再也无法恢复的身体，
仰望稀薄人间

不能体察她的心情
只知道，人生末期
一盏难熬的油灯
渴望拨弄晨昏的灵光
对她来说，下山的路，
眼看要结束

注：①指广东肇庆的北岭山。

五十年后

老公突然说,五十年后,
我们还能不能相见
我愣了一下
那时,我们一百零三岁
大概率不在人世

我说我们俩的魂魄
一定到处游荡
谁知会转到哪里
他说,都是枯骨或尘灰
谁也认不得谁

我们肉体存世几十年,
无数次吵架,恨不得对方早点死
一旦想到再不能相见
倍觉万分空虚

告别人世,告别一切恩怨
悄无声息。仿佛地球
对于宇宙一样渺小
仿佛蚂蚁对于人类一样无足轻重

人们的言谈偶尔涉及
也是死后很短时间内的唏嘘
进入内心的朋友屈指可数
悲伤等不及成形就气化了

"你给世界留下的,世界
分毫不差还给你"奢望的
任何表情都是荒诞
宫崎骏电影《千与千寻》给出的答案
在每个人身上不会例外

夜幕

人们　渐渐睡去
亲人的呼吸已平静
母亲躺在边陲的大床
骨折伤痛渐好

车辆声来回沙沙
那声音几乎是
夜幕中全部声响

对面的宵夜市场
灯火比着劲照亮
听不到吵闹声
生意越来越冷清

灰色块状越来越大
沉默是最后的姿态。
消亡不能代替它的回声

只有睡不着的人
思考这些问题

母亲记忆的夏天

记忆里夏天的好日子
欢快而短暂
忙碌是全部节奏

白衬衫洗了无数遍
纤维磨得透明
扛在肩上的锄头
不分寒暑春秋
随母亲走乡串村

直到把手触破,感染
才有了去姨妈家小住的经历
那些个夏天火热
华北暴雨也骇人
"青春就是用来燃烧的"

正是夏天,母亲有了意中人
后母的阻拦
留下心底永久的疤
她的回忆时断时续
记忆的情节都跟夏天有关

阔别的叙事

无论能不能相见
他们都已步入中老年
电光火石,偶尔摩擦闪过
铭记是失神的瞬间

是啊,已不具备热情的能力
久居边疆,这里只有最基本的生存
早起到日暮,背朝灼阳,低头弯腰
菜园和鸡圈,手脚停不下

体会人类最朴素的活着
劳累而充实。没有时间忧郁虚空
矫情的任何花样,想来
虚度了太多时光

长夜孤独
未尽的故事居然前来
"你好吗? 我们一直在路上,没有终点。"

阔别多年,一两句话戳痛心窝——
灵魂不敢眷顾的,身体总要拎起
当然,相遇也是互慰,
终点都在半途

棉花的隐喻

雪白的棉籽一望无际,
它们蹲伏在
长长雪线以下
白皑皑雪山展示好看背影
可以讲述的故事纵横无疆

长绒棉,新疆,我故乡的
超级代理,夏天开始,在
雪线下骄傲铺排
自豪感向那个极地之地
伸出前所未有的爱意

他们不知道,它本来就那样,
一直很努力,成为人们
需要的花朵,在天山下,
孔雀河边,塔里木河两岸
帕米尔高原东侧

千万亩农田拖着细细长长的管子
早春的薄膜撤去,巨大温差,
巨量紫外线,充分的光合作用
白色花絮挤出一个个堡垒

棉籽们露出快乐容颜,
棉农们心头有了宽慰
他们数里奔波,日夜操心
等采棉队伍到来,等收购的人到来,

等现金奖励,那最后的狂欢

只是亏损了的人作为
战略链条上的意外
大约也只能怪天意的错误

山河

花开时我们跑遍四野
只为春天来了,山野明艳敞开

当年的快乐只需一点微光
次第欢腾的山野收容不羁小野马
桃花杏花遮蔽了身影也
遮蔽了母亲为我们担心的焦灼

是啊,山河始终壮丽,重叠
时间倒影,岁月辜负了我们的好时光
我们只能搜寻越来越匮乏的赞叹
远和近阴影中,故事累加

随时抓住,随时放下
摇晃身体与山河共存
只有它们让我们真实

你听到风声从远处传来
不确定它们的呜咽来自
星际传递太空万年密令时的叹息
还是山河大地分布的皱褶

过去的事

一定活了很多辈子
音乐让你想起必然的往昔

某个停顿的音符
是过去转身时的恍惚

学会描述事情的另一面
你知道的,分离终将来临
然后风平浪静。像所有的悲剧一样

正如历史不负责记录
荒原中的走失
忘记是最神奇的药物
比我送给你的管用得多

当你再次打开它(比如药盒)
你不会感到遗憾
也该是我释然的时刻

眼泪不解释悲伤
它只能代表自己,
晶体液化后的消亡
是可以幻灭于宇宙的梦境

作者简介 | 李之平,生于山西,新疆长大,现居广东。文学创作主事诗歌、散文兼及评论和翻译。获得2015年度第一朗读者年度最佳诗人。2019年度突围诗歌奖。著有文化论著《色空书》(与蔡俊合著),诗集《敲着楼下的铁皮屋子》。主编《新世纪先锋诗人33家》等诗歌图书和公众号。诗歌、散文被翻译成多种文字,部分在海外发表。曾任《诗选刊》《青春》文学杂志编辑。

书写心灵的文字

· 孙明亮 ·

写诗是个人的行为,为什么写诗,各有缘由,这或许就是一种宿命,神赐予我们的除了温暖还有孤独,而所有缘起缘灭,都需要借由一种很私人的方式去圆满表达出来。一个天生的演讲家,注定是属于公众的,而写诗,则是一小部分的失语者,拿来医治病灶的良药。诗歌一旦介入一个人的生命,对他产生的影响,无外乎有两种,一种是作为诗歌写作者,对他的心灵图景的描摹,一种是作为诗歌阅读者,对培养他细腻感情的潜移默化的作用。在一个爱好诗歌的人身上,这两种是浑然一体的。诗人对故旧的怀念,对悲情的感触,对生存的思考,对人性的探究,对美好的展望,这一切在诗歌介入后,便有了明晰的路径,并由此岸向彼岸靠近。而这正是一段心灵疼痛的旅程,有时候是苦海无涯的远程,像面对一座沉默的山,斑驳的墙,风花雪月,浮云美景,都一再退后,时间停下来,悲伤蔓延。任何一种情绪都需要一个符号情境的载体,有时候是哭泣,有时候就是写作,这时候就是小的,小而真实的,哪怕是轻得飘起来,也带着自己的血液和骨骼的呼唤。

我们读李之平的诗,不管是《阔别的叙事》,还是《无根的众生》,不管是《寄托》,还是《那棵果树还在我的镜头下》,诗歌就是在抒写她的心灵史。诗歌不是反映当代现实状况,社会变革,时政时弊,而是在这些抹不去的时代烙印的影响下,外界变化对一个人心灵的触动,和冲击的内在反映。因为人生有太多的痛苦,而不是太多的浪漫,有苦说不出,就得寻找一个宣泄渠道,诗歌就是最好的表达方式。

诗歌《阔别的叙事》就是一首反映阔别很多年的老友互叙各自生存状态的故事。我们透过几十年的生活潜望镜,我们看到了什么,我们感受到了什么,这是我们的诗歌所要表现的实质,也是我们读诗需要挖掘出来的本质。

无论能不能相见
他们都已步入中老年
电光火石,偶尔摩擦闪过
惦记是失神的瞬间

是啊,已不具备热情的能力
久居边疆,这里只有最基本的生存
早起到日暮,背朝灼阳,低头弯腰
菜园和鸡圈,手脚停不下

——诗歌《阔别的叙事》

这是一群步入中老年人的一次见面,自然要互叙离别这么多年的感受和经历,时间自然很快,电光火石,偶尔摩擦闪过,瞬间,都是对时间的描写,久居边疆,这里的条件艰苦,一天到晚忙碌着,对生活细节的刻画,再现这些年的片断生活。以上诗人简单地介绍了一下各自的生活状况,但是诗人的目的不是仅仅介绍这些,诗人是想通过这样的故事,来表达自己的想法,内心的感触。时间不饶人啊，一晃几十年过去了，自己还有很多的事情要做啊，不要小看这些平平凡凡的事情，"你好吗？我们一直在路上，没有终点。"，这样一句互相问好的话语，相互鼓励的话语，听起来是激动人心的，也是振奋的，说明他们没有消沉，虽然生活艰苦，没有磨灭他们的斗志，让诗人感到欣慰。"一两句话戳痛心窝"，我想，诗人在写这一句诗的时候，内心是澎湃的，也是泪眼模糊的，谁能不动情呢，灵魂不敢眷顾的，身体总要拎起，内心有不能满足的，身体总是要过的，相遇也是互慰，我仿佛看见这些老友在一起激动人心的场面，临分手的时候，依依不舍，互道再过二十年，我们再相见，我们的终点还长，都在半途，活着就是最快乐的事情。这也感染了我们，活着，勇敢地活着，不管前面的路再艰辛再困难，我们都不能半途而废，这就是诗歌所要表现的内涵。

诗歌必须深入精神领域，寻求那高贵的东西。诗歌《无根的众生》，通过意象的表达，一些人生存的境遇，有根和无根具有不一样的结果。

你说我们终生旅行
没有目标。
身体选择休息，
灵魂在路上

一朝靠岸
旅行结束
世界刹那展开折叠的部分
你将解除一切背负

——诗歌《无根的众生》

这里诗人隐身在诗歌背后，完全由读者去感受诗歌里的境界。这里标题已经入诗了。现在无根的众生就站在这里，他是一个物，或者是一群人，"你"在这里可以是虚指，"我们"就是指无根的众生，这里我们暂且把无根的众生当作是一群远离家乡的打工者，来到一个城市求生活。你说我们终生旅行，来到这个城市打工，如同终生旅行，没有目标，一直这样往前走，没有止境，哪怕是休息，思想里面还在想家，想着其他事情，如同一座钟一样，不停地摆动。一朝靠岸，旅行结束，如果那一天回家了，或者是在一个城市扎下了根，有根了，成为有根的众生，自己的努力算是完成了，打开自己的努力成果，就可以不要这样辛苦了。诗歌第三节，是用自由河道来比喻，努力到最后，献出自己的荣光，也算是给自己安慰，也是给家人安慰，皆大欢喜。但是并不是所有的无根的众生，最后的结局都是这样幸运，诗歌最后发出最强音，希望所有的悲欢，不曾来过，哪怕是我们，也不曾来过，没有这样的旅行。对这些离家的打工者，表示一种同情，也是呼唤社会对这些打工者给予关心和帮助，消除这样的差别。

诗歌《寄托》，把理想、希望、感情等托付在某人或某事物上面。对曾经生活的地方寄予希望和留恋，"在这个赘物充斥和失序的状态下的世界，写诗意味着一种孤绝的清醒，一种真正的自由乃至一种情愿的不自由，诗歌通过平行视角的洞察——借物他物他景——洞察自我，修补自我，进而守护自我，对抗混沌世界"。诗歌《寄托》将深埋在心里的秘密，修补纾解诗人的内心，构成了理智与情感不可或缺的矿物质和维生素，并带给人以长久的抚慰与修复。

"你还能想起我来？"

"这么说你把我忘了？"

"废话真多"

对话包含了不舍和勉强的情义？
谁知道呢
古园有故事和回忆
强忍着舍弃的都是
最不能触及的疼

——诗歌《寄托》

一对亲密的朋友好久不见，在电话里寒暄，说着说着就没有话说了，曾经在一起的亲密无话不说，好像突然之间不愿意说了，对话包含了不舍和勉强的情义？五味杂陈，只有自己知道。以前的故事和回忆说起来都是最不愿意触及的痛。记在心里面的纸屑和棉条，从来没有忘记，这是一代人的记忆，如果忘记，那就是这个时代的结束，语言平实诚恳，不露痕迹，自然道来，没有任何的评价，随着时间的推移，就会知道，那过去的时光，有时候真的不明白，当时凭着热情似火的干劲，走过来，那时候心里面总是有着一种寄托，把这里建设好，以后在这里养老送终，至于以后的变化，与这个世界的断离，让认识再认识成为新的开始，曾经的寄托是烟飞烟灭，还是一直在向往着，过去的时光，真的不可能再回去了。诗歌以复杂的心情回忆过去，对过去的

怀念，那时候是多么纯洁无瑕，抱着一颗志向来到边疆，扎根边疆，建设边疆，这是多么美好的志向，人就是在经历中不断成熟完善。作品不仅包含理性与知觉的高度，属于一种感应及知觉同在的知性之诗。

诗歌的功用在于表现诗人的情感思想，传达于读者，使读者由领会而感动。就诗人来说，她要把自己的情感思想予以宣泄，这样才会舒畅愉快，对诗人来说是不得已的事情，因为不宣泄就会抑郁苦闷。另外就是传达的需要，人是社会的产物，需要同情，自己愈珍视的精神价值，愈热烈地渴望有人能分享。一个诗人肯以深心的秘蕴交付给读者，就显得她对读者有极深的同情，同时也需要读者的同情报答，所有我们看见诗人李之平的诗是诚恳、严肃而又亲切的，读起来如同叙家常，将自己的内心如实地呈现在我们面前，我们看《阔别的叙事》《无根的众生》《寄托》，如果没有一颗真实诚实的内心，诗歌也是不会感动别人的，更不会走向大众，生活的价值就在于它被看见，被注视，不然它就是白白流失的生活。诗人李之平，就是用自己敏锐的目光，将这些生活视为至宝，呈现在我们面前，感动了我们，也感动了自己。

作者简介 | 孙明亮，诗人、诗评人。现任《诗人名典》执行主编。

小书的诗

冬雨中散步

冬日的雨下得有几分倦怠

恹恹地把街巷叙述出来

我就在这雨中散步

在这条也许不足100米的路上来来回回

没有人注意到我

或者说我和他人之间已形成某种默契

不必打扰他人的秩序

或者为陌生人稍作停留,哪怕是

一个眼神

我为什么仍要这疲惫之躯

忍受这冬雨

我该如何计算这种消耗

这令人费解的甚至是有些荒诞的行为

马路上车辆疾驰

带给我一阵阵事实上并无必要的小紧张

还有略远处那些黑暗里的事物

比如我所知道的一间城市书房或一座大剧院

我并不知道此刻

我与它们有什么联系,但

"有什么比这简洁的一幕更必要"①

注:①引俄罗斯诗人贝拉·阿赫玛杜琳娜诗句。

我们要相赠的未来

一

美是危险的

天使守卫着它的日常

它麻痹多数人

当一阵风吹拂我们的脸

我们不会意识到

自己已被勘测多少次

是的,我们不需要常常想到它

只需要顺从于一种惯性

但我们仍旧孤独吗

好像瓶子永远不能被填满

好像总是被一种虚空萦绕

二

爱情如果不被寻求就不存在?

爱情的本质是什么

是亚当的孤独　夏娃的陪伴?

爱情从来不能做我们的盾牌

如果爱情不能激动人心

孤独的恐惧将像暴雨袭击我们

"但是当我们被深情感动,我们便蒸发掉"

"我们呼出自己然后消失"

我们失败了

但还得继续生活

三

每天早上

我们从镜子里预支一天的自己

睡前

又对镜子里的人说晚安

领悟了

"我不是我自己的"

"没有你我一片茫然"

幸福是永恒的虚像

是一种迷雾

我们被深深吞噬

四

冬天随时会来

即使没有预告

终结的爱情会使我们结冰

被冰层隔绝

我们不能轻易相爱

内心的矛盾拉扯我们

使两个人变成四个人

在爱和不爱之间

我们总是找不到可以相切的地带

我已经有了决定

并为此哀伤

五

如果我们的心因此而被虚空的灰度塞满

没关系

我们正离自己而去

"我们从不知道自己感情的真实"

情感也是我们的游戏

尽管它消耗了我们

但我们心甘情愿

它常常半途而废

尽管我们艰难于重新开始

谁将为此收集那些不曾被兑现的草率诺言？

六

不会再幸福了

不再需要爱了

"因此我抑制自己"

并成为习惯

更沉重地呼吸

置换出身体的虚痛

抛出胡思乱想像砍断树的根须

不用再爱了

它永远无法被完成

永远有泪水川流不息

七

别再渴望了

自发的欲望

生命就是一根细藤吊着一块石头

能够展示的只是紧张局势和摇摇欲坠

收拢自己吧

像收拢翅膀

我们并没有被恩赐靠飞翔自我提升

回归自我虔诚

总会有一种声音发生在身体里

大于并抑制欲望

八

我们要敬畏漂浮的预感

潜行的直觉

从扁平的夜晚慢慢树立起来的白天

使我们像建筑逐渐获得清晰

"获得一种存在感"

建造一种内心秩序

像相信真的有同盟或天使
遏制斯芬克斯
"秘密地节省起这些心灵奢侈物"
生命是一条激流

九

生活是一片旷野
但我们缺乏认识它的经验
说不出的永远比说出的激烈
神秘的情感还在汩汩流出
相爱的意图总是使我们战栗
语言的探测进程缓慢
艰难的赞美在发声时磨损
"我们可能体验的事物
正消失的比任何时候都多"
相似地继续生活吧

十

直至体验完全消失
我将终于属于你
一个忧伤的结局
我将献上我隐忍的眼泪
"我们是怎样浪费那些痛苦的时辰"
怎样越过它
陌生的城市波动着虚伪的平静
生活烈烈的感受吹向我们
渡过去
就是我们要相赠的未来

中秋的月亮

好时辰寄生在今晚的月亮里
我们期待已久
像期待一封

远方来信

夜很静
亮如银鸦
使我们足够看清楚
彼此的欲望是银亮的纤维

今晚,月亮寂静的光再一次
漂洗我们
像一种银白色的奶
流遍全地

月亮是今晚的心脏
月光是我们今晚的情欲
"每一种原罪都带来快乐"
但它很快就会消失并得到原谅

我们明显感觉到
生活就是一场冒险的"星际旅行"
月光会解救我们
用一种秘密的模糊的清晰

关于昨天

时间折叠我们
"把所有过去折叠成一个昨天"
我们又举起今天的自己
作为照亮明天的火炬

我们对于未来的恐惧
也许始于明天来临前的夜晚
夜晚吞噬我们
并用一整晚的时间思考要不要归还

"这世上没有地方供我们停留"
连祷词也可能是谎言
每一天都可能是纪念日
不断升高的建筑正不断筑成我们的深渊

我"不再对欲望抱有欲望"
但我会顺从于你对我的想象
昨天像浪一样涌过来
将我们不断地推往明天

我们会在梦中做梦
在醒来之后艰难追忆
究竟有多少个昨天
被折叠进灵魂的梦里

昨天是我们的根
我们永远需要昨天
即使我们在逐渐地衰弱下去
即使昨天在模糊我们的脸

谁是我看不见的同盟
给我看不见的力量
又将在关键时刻现身
以我不曾察觉的方式

原谅我没有如此深情

原谅我没有如此深情
我是不知悔改的女人
藏起一颗背叛的心
深入被伤害的日子

我不能逃离这生活
也不能生活得用力过猛

生活的反作用力
不断在那里发生

人世的窗口
镶嵌着世人的脸
陌生人的生活
也在你我的背景中无声荒芜

人群都是魔鬼的寄居者
搅动着
引起不安
因此总有风声来路不明

过去的日子
已跌进时光的潮流
而我却迟迟不肯交出
这具陈旧僵硬的躯体

我定睛关注的风景
也总在变换中
就像昨天和今天的界限
总是忙于移动它的边缘

异梦

严重的困意的波浪席卷而来
搬空我们白天的思想
睡眠
是我们暂时放弃自己的身体

睡眠
把我们织进夜晚的经纬
在梦的黑中
一片幕布向我展开

在缠绕的梦里
我梦见你在向我呼救
另一个我

我发现我们在织物的不同层
我们是两段平行的笔直的纤维
我无法帮你
把你从你这一段扯下来

在梦中
我看见另一个自己
梦
是我们对另一个平行空间的自我的感应？

只有梦的孔洞
才能穿越肉身的桎梏
短暂地遇见
另一个自己？

"而我无法把你带回今天的清晨"
带着重叠的沉重
我睁开眼睛
我的意识再次回到我的身体里

失眠

夜晚在雨中缓慢拱起
有人如愿滑入睡眠
轻松进入梦境
像鱼返回深海
信赖成熟而饱满

有人失眠

裹着破损的时间的袈裟
消耗肉体这艘具形的船
"但是没有一只船要求靠岸"

夜晚在雨中缓慢拱起
已逐渐完成一个夜晚
我们睡着是鱼
醒着是船

水的国度

时间的流水潜行许久
才把我带至这宿命的江南
这水的国度
从时间的高处流淌出来
那永恒的流动使我惊奇
在江南
河流是永不凝固的喘息

我应该是宿命的江南女子
有江南的面孔和水的性情
水
教导我顺从
往低处流
专心弥合更多的沟壑
在静默和喧响之间徘徊
临近并不断抵达人世之岸
它日日夜夜洗刷我的忠诚
并不断送来新的黎明

时间的猎物

我在夜晚的镜子里仔细回望现实中的自己
这一具显现为物的有机体

是时间的猎物
觉察的神，欲望的魔鬼
环伺周围

意念是自由生长的多肉植物
我永远也不知道未来它将要贡献什么
是实现理想的但被禁锢的饱满
还是实施病的但被释放的恐怖
是继续让我熟悉
还是变得陌生

所以我也不必有什么期待
时间不过是习惯性假设
它猎取我们
形体的线条在时间的挤压或拉伸中
皱缩或模糊
这空泛的真实
是被致幻后的觉知

我该如何爱下去

宽阔的阳光静静地降下来
在阴影处骤然缩紧
阳光也静静地照耀着我
燃烧纠缠着我的忧郁的枝条
于是我拥有了拘谨狭窄但更纯粹的肉体
但我该如何爱下去呢？

养了多年的螺纹铁第一次静静地开了
又败了

我该像它一样
"只爱这荒芜的、充满阳光的时间"
这是圣杯中的香膏在倾泻
自然的美学要拯救我于日光中？

节日的脸

整座城市在节日里漂移
节日，是为了加速时间的离开？

怎么样的自我辩证
才能照亮这节日

在节日的游戏中
祝福被轻易言说并不被厌倦

在节日的激情中
肉体的意义再一次被赋予犹豫

迷茫于节日低悬的灯盏
祝福汹涌

并光明正大地变得滚烫
但有人表现出吝啬　贫乏　可疑

而这是我的脸
你掠过的节日的鼓面

作者简介 | 小书，"80后"，黑龙江哈尔滨人，现定居浙江湖州。著有诗集《缓缓》等。

储慧的诗

岛

从这里出发，没有路
只有泥浆和海水
只有渔火闪烁和星星点灯

从这里出发，我有时徒步，有时坐船
我在一粒盐中学会了倔强
在狂风骤雨中学会了"安身立命"
在粗粝的掌声中学会了放弃

如果遇上旋涡或暗礁
我会举起双桨把自己砸成碎片
然后，沿着黄金海岸线找到一位老船长

从这里出发，没有牵绊的眼神
青石板烙下"跫跫"的足音
曾经隐忍的高贵，如今
像一把鲜红的刀子开始进入屋檐

从这里出发，小小的城池再度鱼米飘香
红旗招展。你看——
一只只觉醒的眼睛紧紧地握住了那束光
它要赶在浪潮来临之前
进行一场彻底的革命
或彻底的忏悔

长涂

用长锋涂鸦，那是大海擅长的笔法
它在空处，画一座小岛
一些鸟语。庵与荒野
再添几笔白云

鱼在倏忽而行，芦苇在灿烂四射
海风挟持着渔船破浪前行

滩涂上的盐粒是她们的前世
但现在彼此已不相往来
像难忘的经历，在那里落魄
并了却一生

而我此时，不想被巨大的潮汐涤荡
来医治内心的焦灼与不安

"鹤"

小小的山丘被寄寓了厚望
有两只隔涯相望的白鹤
用对峙的方式携手相伴至今

它们轻盈的翅膀不再轻盈
而成为人们口中津津乐道的说辞

我惊诧于故事的由来

更惊诧于它们的执念和气度

在无数个"夜黑风高"的暗夜
一艘艘搁浅的小舟顺着芦苇花指引的方向
顺利过关

而我从未见过那个从传灯庵出走的发尼
她念念有词高举火把的样子
如何"楚楚动人"？

抗寇碑

再坚硬的石碑如果染上了胭脂气
也会变得生动柔软起来
"英雄"这个名词并非只是男人的专利

在长途，一座悬海的小岛上
有一个名叫倭井潭的村庄
三姐妹抗倭的壮举，在街角、在巷陌
在湛蓝湛蓝的海水中传颂

没有早一步，也没有晚一步
线索从唯一的一口井中突破
当干渴不再成为干渴的理由时
需要一次费尽心机的策划
……
比暗夜更可怕的是梦境
还有一只长刺的长耳朵
还有那一浪高过一浪的汹涌的波涛
迸发出的刺耳的"嚎叫"

为了给子孙留下洁身自好的念想
三姐们那纵身一跃的姿态
宛如风雨中搏击的水鸟擦亮了

小岛大半个天空

传灯庵

"暗度陈仓"并非易事
它需要一把火炬的支持

夕阳西沉，传灯庵大门紧闭
而我不想纠结于此，也不想知道水流的去向

从一盏灯的灯芯中去展开思考或想象
不得不佩服深夜出走的那个发尼
她的坚持和勇敢

众生迷离，穿越浩荡的祈福声
寻找有效的线索和答案
……
雪白的芦苇依旧怒对着风暴的中心

不过它们曾经联手制造的一段奇缘
俨然成为家喻户晓的唱词
和老船工手中念经打坐的道具

一块可以吃的"石头"

不要拘泥于一种形式
用一滴洁净的水擦亮一座小岛
或许微不足道
但如果加入一粒米的微笑
应该堪称完美

"一块可以吃的石头"道出了
小岛人的心声

记忆被反复锻造
炒、蒸、烘、切等一系列娴熟的动作
被格式化

时间从流水的掌心停了下来
凝固的动作，像一朵被镂空百年的花
盛开在光阴的草垛上
又香又脆又甜

它是东海渔夫出海一年的口粮
渔嫂手中一锭闪亮的黄金

长涂之夜

用涂鸦的方式接近你
或许不够仗义
但从一条鱼的内核出发并无过错

海风裹挟着白月光的故事，倾泻而来
一些令人惊心动魄的场景，
在你、我或他、他们的体内
不停地发酵
像撒在滩涂上的盐粒
颗颗饱满而晶莹

云开、雾散、笛鸣……

潮汐中那些焦灼的梦境
今夜，此时
在孤寂的堤岸，又一次被拉得粗又长
如同我多年落下的病根

渔火

宁静平息了风的起义
水一动不动。却将渔火飘散到四周
从陆地到另一片海域

郭靖自觉脱下战袍
自毁武功
无邪在蓉儿清脆的歌声里
不再感到孤独
黄药师炼丹炉里的火苗
由此获得了重生

而我始终用纯粹的目光
在寻找，银色月光是如何在此打点行装
让岸边来往的步履变得缓慢而轻盈

海面上，有一艘渔船缓缓驶过
人们无意猜想它的去往
只有水鸟能在它的舷边倾述孤独
就像眼前的宁静，蛰伏在我的脚下

只是突然想起：金大侠在提起这支秃笔时
这里的曾经是否依旧人来人往
渔火点点

南洞之乐

借助文字的魔力，把我
吹向南洞
阳光擦拭我的全身
而我踩着密集的鼓点寻找一首诗

——题记

一

从另一座城池出发，不需要
铁轨和利器
天空被插上了翅膀

我从六月的童真中走来
甩掉"朽木和根须"的纠缠
躬身、飘荡……

发亮的瞳孔像一道闪电射向每个角落
再躬身、再飘荡……
虚脱在此得到最好的疗伤
最高的礼仪

二

从不需要屏住呼吸
将自己的影子
拾起

我们种下银杏不为作秀
只为生存
我们沿着山野迸进不图风景
只为找寻小仙女的踪迹

你说：在你身上可以营造一个极乐世界
但却"到此为止"
而我却说：在你身上我们岂止
到此为止
——人生之乐
乐在南洞、乐在大野

三

美梦从心底游出
像一尾被囚禁多年的鱼

获得了新生
春见证了一片油菜花的枯萎或诞生

而我顺着花香的指引
窥见了一座小山村与"功勋号"
一段"卓越"的恋情

黄金湾水库

一道金光从你的眼底射出
留下了"搏斗的痕迹"

波光不再粼粼
雨滴是祈求和平的信号

我站在弯曲的水面
用一根不再弯曲的手指说出了曾经
弯曲的话语

烟墩

无法言说
在你怀里的感觉

几声叹息、几声哀号
拉开了你我之间的距离
但你的美，三百六十五天
足够我享用和表达

"我会把死亡当真"
把一个个逝去的名字高高挂起

当麦苗般清脆的绿叶再一次被风吹动
抽丝的继续抽丝，吐芽的继续吐芽

卷曲的黄叶是冲锋的号角
……

你是一座被山水和烽火
染绿的村庄

里钓

从潮汐中扯下的那些碎布
已回到了雨水的中心

白色的波涛轻轻拍打着礁石
把迎面扑来的每一张脸，或陌生或熟悉
拉成了一条条带钩的直线
直抵掌心

海风有时是甜的
不必多言，生活已不再是一顶僵硬的破网
而是晚霞里那一条条活蹦乱跳的鱼儿

土墩

来到这里，去土墩里获悉碎片的静谧
相对于起立的视线，似乎还少了些仪式
时光的波澜，搁置由来已久
沾染旧习的苇荻分蘖出先祖遗传的肆意
它们把时空当作展台

用光阴来导演这场残缺的剧目

来到这里，你是我内心的风暴眼
从狂野到无边
我是你仅剩的储备
原来一切艳遇，都是为了组合这巨大的迷阵

来到这里，为来世求得
更多的浮躁。身孕和深情的眼神
我像爱山花一样爱上了它对春天的体会
爱上了它对世俗的包容
那里仍有流水被辜负，像母亲的抚摸
没有回报却在心里经久不息

来到这里，如掌声重返家园
最艰辛的表达是劝说身旁的老树长出新芽
来唤醒干涸眼神中那道雨迹
相对于荒野迷踪，我只想理解它根部弯曲的由
来和痛楚
而现在它们却被纠结在一起，集体挖掘
有没有问过，旷野与寂寥的星光同意吗
那遍地的落叶和虫子同意吗

作者简介 | 储慧，女。2016 年荣获"陈贞杯"全国
新诗大赛诗歌奖。现为舟山市《东海》杂志编辑。

戈丹的诗

雪

风催动的雪如此之多，一阵抵达身体
另一阵便被运送往身后
除了眼珠子和山尖上偶尔移动的黑
唯有雪在涌动
仿佛河流的脉搏和放大血管里的生命
它如此之多
来自于地心，雪覆盖的树，远山绵延的曲线

必须要想象自己也是一片雪
你才能感应到它的方向
才不致在虚无之境迷失或胆怯
它只是一个季节铺开的画卷
顺应它才会继续深入
它虚无之下的未知之境

你一个脚印踩着
另一个脚印跟上
左脚是水，右脚是火
一再确认，又一再否认
站于雪地里
你和这棵树不同的是
它来自远古的画卷，你
来自未来的尘世

听海

远处海的呼啸声更大
黑暗中听见时钟在走
每一声滴答将引来更多回声的余震
海在它的笼子里
月光并不照亮它，却让它更疯狂
崩盘的数据哗哗跌落
巨大的空虚和怒吼声相抵消

我咬紧牙关
在我小小的废墟身体里
月光拼凑碎片
在我能感应到的某一个深处
不死的渔船，用缆绳的牙齿

紧咬住绝望的石柱
一艘被卷入深处

明天，报纸将重现这艘船
但无法重现呼救声和巨浪卷高的舌尖下
刀锋正锯着的生命
就要拉住的这双手，被一个巨浪掀远
像掀翻一张桌子
践踏一张纸片，置换一排数据

时钟的滴答声还在继续
余震收回体内

巨浪的涛声被升起的月光带走
星光在天空噼啪作响
喧嚣的另一面，竟然极其安静

登高

我们往山上走，经过一棵苦楝树时慢下脚步
议论它的枝干粗壮，高过头顶
在前路布下阴影
依旧叫不出名字的花草
和这棵树一起尾随我们

有人感应到远处的呼吸
胸膛里的海想要挣脱而出
有人弯下腰身
想要辨认一株野草的前生后世
更多的人转过山径

在至高处，山峦放下云梯，大海升起帆船
地平线的渡口，有人在放牧岛屿
垂钓的白云
一朵像你，一朵像我
更多的像那些花草

还有星星点点的鱼虾填满海面
尘世的噪音，离我们很远
沉船随落日浮上来
甚至我们听见船上人的对话

台风时节，忆起从前

"利奇马"台风来的时候
我们在远离台风两千公里外的甘南
围着一张木质长桌，争抢一盆炒鸡蛋

灵江水攻破城门，古长城失守告急

假如时光倒退两千年
古长城内将无一人生还
唯有在座的老吴一家侥幸生还
当他倒骑毛驴，坐柞艋舟
下江南，经年后回到家乡
唯见城墙内外，芳草萋萋，高过坟茔

假如倒退三十年
人们唯有爬上城墙，聚于地势高处
席地而卧而坐，翘首西望
由远而近的蜂声，飞机的螺旋桨
短暂的静寂后人们开始欢呼
食物冰雹般砸下
稻谷在水中渐渐变黄

而现在，我们坐于千里外
翻看手机消息
有人买来汽艇，雇人开到楼下
围困的人坐于家中
掏出手机定位，请求援助
还有一位，就着马桶，在微博上发
关于台风带来的人权问题
灵江水在城墙内回旋，找不到源头

一场台风，是为了给平静的生活
制造一场闹剧
在古城里巡视几天后潦草撤离
古老的建筑将更古老
新的建筑也将古旧
我们归来，仿佛返回到一个古老的年代

生日快乐

没有月光,仍有浪花拍打身体的礁石

应对开合的翅膀

浪花喧嚣

玫瑰的尖刺被拔除

它无法再刺伤谁,也无法再爱

再有缘分如何

把同样的姓氏镶嵌在一起又如何

即便睡梦中也无法梦到远如帆船的脸

梦到潮水涌来,醒来

满屏的生日快乐

满屏的分手感言

这一天

这一天毫无例外到来

坐地铁去医生处,又坐回酒店

赶上了机场巴士,回国飞机

赶上公交车和回家的地铁

这一天是多么曲折而顺利

顺利得我多想它能静止下来

或者永远无休止延伸下去

让我有足够的时间

去重温,去制造,去结束,去开始

在流逝的背影中寻找和辨识

温暖你镶在玻璃里的脸

似曾相识的笑,来不及挥手

只看见列车缝合田野,转过山峦

绕成山间一束烟岚

我追着你节节而上,我追上你

薄薄的机窗玻璃外

你笑成一朵云絮

就连这一束笑我都抓不住了

飞机下降

飞机着陆

我再也看不到你了

苍茫的夜色中,只剩下

机轮碾过跑道留下的余震

雾

海边,一个女人在呼唤

声音的眼睛在波涛之上穿行

一声浅,一声深

湿透的绝望,感染了

暮归的海鸥

它们巨大的翅膀

压低,再压低

一场共同的雾

让我们变得如此亲近

海和岸,远和近,生与死

奔跑的爱

我希望,我是一棵树,一把椅子

在你奔跑的途中

使你渐渐

慢下,最终停留在

我绿荫般舒展的爱里

靠着光阴的慢,为你梳理

层叠的疲累和纠结的愁绪

尘埃在你身边落定

但我知道

奔跑之后

依然是奔跑

我希望在你的疾驰如飞里

是不断延伸的停顿、慢和辽阔无垠的静默

一个错过的清晨

许是一声鸟鸣,在梦里
她,醒来
光从黑绒布后微微渗入
似乎有什么,正被一点点挪走

半明半暗的穿衣镜
半隐半现的脸
依旧丰盈的胸,在寂静中浮出
美丽,却如此寂寞

吹入的风,轻轻抚摸
然而,凉意走遍肢体
又一群鸟雀飞临
躲在枝叶间
恍若偷窥者

慢慢转身,在这个清晨
她回到幽暗中,回到
重重光照不到的帷幔后
不想再被泄漏

深郊

在如此陌生的深郊
独自一人穿越丛林,寂静跟随我
走上一条公路
唯一的公路,空无一人
孤独在脚下
也通往远方

曾经,一辆车或一个人
慢慢靠近我
而今,我却深深厌倦
我只想沿着一条冷寂的路
不可知地漫步
秋风吹起,路边飘飞的黄叶
如同我的影子
却不能搂紧自己

野山菊的秋天

像酝酿了整个春夏
秋日的山谷,走向
另一种美

不同于年少时的爱与野心
我们熟知阳光的走势
秋风的轻重
如何利用险峻为自己制造生机
在相对漫长的时光里
与自我独处
深入内心的湖泊与沼泽
旧时的伤与隐痛
自我舔舐　修复
独自摇曳
自内心散发温暖与香
哪怕没有观众
山谷宽容　碎石古朴
身边的溪流走得最远,身姿却是最低
你在蓝色天幕下
而我也是

作者简介 | 戈丹,原名葛卫丹。作品曾发表于《诗刊》《星星诗刊》等刊物。出版有诗集《暗香》。

一路欢歌（组诗）

● 陈蕊英 ●

刺桐

我等待了你一整个冬天
你总是羞答答默默无言
突然，你那无语的枝头
迸发出，一派火的绚烂

你最先用那自己的心血
透露出那一滴春的预言
然后举起了一树的火把
烛照在冬雪未残的霜天

不开便罢一开灿若云霞
这情景无端使我想起
一位诗人在那囚禁岁月
心血濡染写下的诗篇

只有这样生命值得自豪
花开花落充满高洁情操……

烟雨

想念一场江南的烟雨
其实就是想念雨中的你
油纸伞下你潇洒的风姿
还有你炯炯有神的眼睛

湖边不期而遇那场烟雨

我们只是短暂几句话语
当你离去时那一个回眸
注定了我们一生的回忆

想念，一场江南的烟雨
期盼着再一次与你相遇
湖边的那个身影是你吗？
毫不犹豫为你遮风挡雨

油纸伞下两颗年轻的心
甜蜜在心底泛起了涟漪……

十八岁

春风呀又吹绿了江南岸
你已不再是淘气的少年
人生翻开了庄严的一页
今天是你十八岁的庆典

十八岁的星空多么灿烂
青春呵有了自己的名片
十八岁的未来鹏程万里
青春的羽翼已渐渐丰满

所有的花儿都为你而开
所有的鸟儿都为你飞来
人的生命，都只有一次
我要陪你走过这个季节

初恋是人生的永远序曲
青春的偶像总不会衰老……

生命的航船

你年轻轻那生命的航船
在人生之海暗礁上搁浅
我拥抱你搁浅生命的船
继续航行在人生的大海

我俩爱情的潮水涨得高
我静静依偎在你的胸前
即使爱情的浪花淹没我
我也要沉入你深深心底

我的生命有了你才饱满
我的行程有了你才前进
爱情风啊是我船的风帆
让生命船搏海浪疾驶前

避过海上的暗沙和礁石
顺利驶向平静岁月的汪洋

梧桐小巷

湖水上飘着了一片绿云
那是你衣裙拂着的小径
湖水上闪眨着两颗星星
那是你脉脉含情的眼睛

湖水上开着一朵红莲花
那是你的脸儿绽开红晕
我的心儿比湖水还晶莹

为你守着,深沉的爱情

波浪涌出一轮皎洁月亮
月亮赐一片乳白的月光
我沉入一个朦胧的幻想
月光最能唤起人的相思

今夜想起那条梧桐小巷
曾记得我俩那日的初遇……

雪花

梦中我成了飘舞的雪花
恍兮惚兮在茫茫的天涯
我不会欣赏幽谷的冰雕
寒泉的呻吟会使我害怕
我不去倾听山坡的松涛
北风摧折下绝望地喧哗
我将穿行于山村水廊间
在那如歌的炊烟里融化
我将出没在泥泞的雨巷
催爱情开放在油纸伞下
我会使世界披一身银装
雪花样亮开生存的婀娜
我会使自己有一片莹洁
长夜里幻游遍神山烟霞

余音袅袅

月儿在空中月也在水中
正是,人间最美四月天
船家女,手握着那双桨
轻轻拨着那欲醉的异梦

一颗流星在夜空中划过
一束眸光有感人的回眸
昨夜柳树下你对我一笑
一直到如今还余音袅袅

是飘然而至的一朵云彩
是潇洒而去的一缕清风
你悄悄地来又悄悄地去
你来也匆匆而去也匆匆

多少个悠悠多情的月夜
你的影子伴我日日夜夜……

一路欢歌

你伴我看山月慰我寂寞
翠绿野草上水珠儿低语
听潺潺水流弯曲曲的歌
听远处飘来寺庙的钟声

行走,在火热的夏天里
有一处清丽的一池荷塘
轻轻地拂过了阵阵幽香
微风,吹来一丝丝清凉

我要做一朵晶莹的云朵
淅淅沥沥小雨一路欢歌
我所抵达的这一个夏天
听绿叶歌颂生命的伟大

一幅幅感人画面刻心里
一切美好都汇进了诗意……

守望

夏夜的凉风吹过了小巷
静谧的街上少了夜游人
我悄悄地走进儿时乐园
多么的熟悉多么的亲切

小楼昏暗灯光依旧明亮
灯光下坐着熟稔的身影
低低吟着诗不时望窗外
羞怯地聆听开门的声音

这是妻子等待丈夫归来
无数个夜晚都如此守望
等待那远方游子的归来
默默期待着早日的团聚

一次次默默无言的守护
多么珍贵守望永远的爱……

永恒

风雨过后天空如此干净
又见一道彩虹悬挂苍空
有,七种色彩斑斓而生
晶莹剔透携带彩色的梦

风给夏夜带来一丝清凉
无眠的人有了美丽遐想
清风明月还有点点星光
陪伴我甜蜜地进入梦乡

大千世界人海茫茫遇见你
你还,走进了我的诗行

我俩红尘牵手夕阳余晖
人生漫步尘世爱如初见

一缕遥远相思划过心际
这一瞬间,那便是永恒……

荷花

初夏在荷塘你悠然而立
粉嫩的心事吐露出娇羞
风来,你在清风中起舞
雨过,你在细雨中摇曳

我要你留住生命的花季
我的爱花之魂只这一季
我未到之前你不愿盛开
你等待的只为一个花期

你昼夜徘徊在我的梦里
明年花期纵是繁花似锦
荷塘月色依然夜夜丰盈
这一个爱字怎个说出口

与你共和一首天地绝唱
伴你共舞一曲一生一世……

泪珠

一滴滴泪珠春风里飘落
把我,死水般心弦拨动
你的泪珠在春风里流淌
晶莹如青春河畔的初见

亲爱的,你的颗颗泪珠
会,夜夜浸润我的梦中
在春风里和你携手同行
桃花依然会为我们绽开

岁月染白了你我的鬓发
时光,在脸上刻画皱纹
记忆中青春怎么会失色?
它永远活在我的心里

悄悄钓起我脉脉的相思
我俩在西子湖畔相伴晨昏

乡村,那些开花的云朵(组诗)

· 姜 华 ·

秋分

时值秋分,鸟鸣声越飞越高,怀崽的庄稼
把幸福挂在稻穗、玉米和牛羊犄角上
喇叭花攀上竹篱笆,开始直播丰收盛况
五谷的体香,钻进一只翠鸟喉咙,被方言
悉数说出。如果允许,我愿意
把秋天的喜悦再放大一些

作为一个农民的儿子,对土地的依恋
由来已久。那些熬过春寒、酷夏、干旱
和雨涝的种子,同样需要智慧。在这个
比赛耐力和经验的季节,我的品质
远不及一位老农。那些在空中飞翔的蝴蝶
和蜜蜂,都是土地豢养的花

我弯曲的一生,经历了饥饿、流浪和
疼痛,老了仍是一穗秕谷。人过
中年,我已没有什么奢望,一顿饱饭
一杯热茶,再有一小块地
恰好安放我

一场暴风雨即将来临。我要背上
籽种和干粮,回到乡下去。我要
赶在一场暴风雨到来之前

走过玉米地

秋天,玉米地弥漫着乳香
那些长出牙齿的玉米,开始从母亲
怀里挺直身子。它同我们兄弟
一样,老大永远站在低处,肩上
依次扛着老二、老三甚至老四
这些很早就写在了家训上

那些怀崽的玉米,都在努力向上
托举。负重的双脚,深深陷进
泥土里。甚至把土地撑开,露出经脉
风雨过来的时候,它们相互搀扶
让自己站稳。我见过许多母亲雕塑
它们身体冰凉。唯有玉米,让我温暖

其实,我对玉米的依赖,和爱
缘于它与母亲同样的气味和
我年少时那些饥饿。在秋日午后
一个人经过故乡玉米地,那些玉米
结实、饱满、健康,脸上涂满
油彩。像久别的家人、和乡亲

后来,母亲住进了玉米地里
变成一棵玉米,让人无法辨认

插秧酒

喝罢了谷雨插秧酒,男人和女人
就要下田了。初夏,山里的水
还有些凉,幸亏有那些杆杆酒
山坡上那些绿油油的希望,正在
日夜拔节,在前石塘村,我看见
水边生出的竹,显出气节

刘家刚过门的小媳妇也来了
她藕节一样的腿,让塘泥更黑
邻家的黄狗、白鹅、麻鸭也来了
它们用和声为农时赞美,一对
花喜鹊,站在柳树上喊号子
唱酸酸的山歌

那些肥泥鳅,在人们脚下钻过来
钻过去,它们不说话。说话的是青蛙
它们一张口天就变了,密集的雨点
落在水田里,像无数米粒在跳舞
浓浓的炊烟从屋脊上升起来
毫不介意

减去

从现在起,我要用减法。减去被我
虚度的时光(生病的时间可以忽略)
减去人间的所有悲喜,减去一把
刀锋上,那朵前朝存放的桃花

减去我的先人、父母、同学和朋友
减去路旁一棵野草,一声鸟鸣和邻家
那位投河的14岁少女。减去仇恨
恩怨、血缘和贪婪。减去爱

减去我曾经吃过的粮食、鱼肉、菜蔬
水果和毒药。减去那些烧掉的柴草
饮过的水。减去记忆中的大地、江河
山川。减去卑贱的前世和今生

减去故乡、村庄、方言和一生走过的路
减去上院刘奶奶长年空洞的咳嗽声
二槐家孤独的黄狗和那些漂泊在异乡的游魂
减去他们的籍贯,身份和母语

最后,请减去我。一件被风雨、悲喜
疼痛、儿孙和债务缠身一生,四肢
乏力,年过花甲的无用之物

片断

初冬,放羊归来的我,被一场雨
和寒冷,取走了身上所有的火

我放羊,羊也在放我。那时候
草和粮食一样稀缺。我饥饿羊也
哭着喊饿,像我4岁的弟弟

母亲给我换上干净的布衣
从灶洞里取出一个热乎乎的红苕
递给我,对我说,饿了吧

1969年冬天,我刚刚9岁。第2年
母亲就走了。如今,想起往事
我拿红苕的手,仍在热着

身体内暗疾,只有自己知道病根
有些疼痛,上帝也没有处方

至少

至少，我现在每天还能看到日出
或日落。至少我每天还能看到
或听到亲人、方言、鸟语
熟悉的脸庞。如雾岚，在房后
先人们的坟茔上起落

我庆幸。自己还能在每天早上
准时醒来。可是有些事物
却不声不响地睡着了
永远睡着了。也许是一棵树
或者是另一棵树

像一个隐喻，或魔咒。谁也解释
不了，同一条道上，那些
不同的叹息声。我庆幸我今天还是
幸福的，我还活着。至少

梦境

在梦中。我的身体轻如一片枯叶
被一阵秋风追赶。身上的凉意
早已把我年少时的张狂，和无畏
洗劫一空。夜晚，骨头在体内
断裂的声音，常常把我惊醒

我想把冬天翻个面，拽回春天
让所有生命重新返青。我想把命运
翻个面，从头再来一次。我甚至

想把年龄和时间也翻个面，返回
曾经青涩的爱情和童年。返回
秦岭山中一个叫油房坪的村子

我看见了。生动在50年前的父母
褪色的亲人，斑驳的下城街石板路
老宅茶园，还有我的初爱梅子
被做旧的场景，逐一浮现、回放
下雨了。冰凉的雨水落在脸上

我仍在梦里。那些满天飞舞的雪花
一起摇头，他们对我的主张和
妄想。表示拒绝，或弃权

麦田

一场大雪过后，所有的锋芒匍匐下来
它们只是转了一下身子
用另一种姿势去承受苦难

选择在冬天弯腰的麦子，让阳光坐在高处
身负理想的植物，懂得什么叫忍耐
就像我的父亲

春天，所有的灵魂都站在草尖上张望
那些从北方出走的麦子
叶片上，挂着感恩的泪水

那年，母亲藏在衣袖里的几斤麦子
让我们兄妹4个，熬过了春荒

洮河图（组诗）

· 扎西才让 ·

喜马拉雅古海

是遥远的过去，还是辉煌的现在？
喜马拉雅山脉：历史凝结的波涛，
偶尔发生的雪崩：因为无法拒绝时代
的召唤，而热情奔溅的浪花。

在陡峭的崖壁上，在幽深的山谷里，
是安静的古海洋动植物——
三叶虫、珊瑚、菊石、海胆和海百合，
以化石的形貌，喟叹着生命的神奇。

当海底灵物，在广袤的雪域寂然出现，
自然变得有序，人类从蛮荒中劈开荆棘，
引导我们不再迷失的文明，
就在绛红色的土地上，生根开花了。

高原异禽：树麻雀

洮河上游的一处山丘上，飞来一群树麻雀，
这群小家伙，头侧绒毛发白，耳部自生黑斑。

青年考古学家解释说，它们，是地方性留鸟的代表，
特别喜欢在荒芜的高原上繁殖。

一到秋冬季节，就群居在土著们的房舍周围，
在洞穴、瓦片和房檐下筑巢，在农田里觅食、嬉戏。

天哪，它们在几千年时间里，进化了心肌和飞行肌，
以便适应空气稀薄、氧分低缺的环境。

它们的邻居：藏羚羊和高原牦牛，为了能够活下去，
也在千年光阴里，悄悄地衍增了心肺脏的重量。

大草原上的长角鹿①

这一群动物，细数之下，计十五匹，
其中两只，因条纹模糊，形象漫漶，已无法辨认。

最大的那只，显然是头角分叉的雄性巨鹿，
它尾巴上翘，左顾右盼，一副高度警觉的姿态。

其他十二匹，画师的笔触有粗有细，
但以简略之风绘就的，是高头修腿的草原马模样。

远古社会最常见的一幕：大草原上，
即使是马群中的大角鹿，其日日的生存，也充满
　　危机。

而陶罐的持有者，定然是群马的主人，
他热爱着游牧中的每一天，又将其定格为永恒。

　　注：①甘南州博物馆内，藏有一尊残口圆腹
动物纹小底罐，其为夹砂红褐色陶罐，通体施黑
彩，细线彩绘集中于肩颈之间。肩纹之下，是一
圈动物纹样。

豹獒之斗

青藏腹地。大雪过后，
群山确如蓄势待驰的巨象。
峡谷内，一只饥饿的雪豹，
正与五条藏獒对峙。

一边，是群起而攻之。一边，
是一夫当关，欲擒眼前美食。
拉锯式的争斗之后，一条
吠得最厉害的，被豹衔颈拖去。

群兽之争，与人斗有何区别？
还不是仗势来欺人，失势各东西。
你看那一条被掠，另四条
茫然失措，瞬间就萌生了退意。

制陶者

匠人精选陶土，淘洗掉杂质，
把泥条盘成粗坯，嵌上耳朵、把手和推纹，
再用类似毛笔的工具，在泥制陶器上描绘出山
　水和物种。

平行纹、波浪纹、网状纹、旋涡纹
鸟纹、青蛙纹、鱼鳞纹……
原始之美陡然呈现，似乎一伸手就能独自拥有。

若潜心追寻，我们定能触及制陶者的泥手，
若侧耳聆听，我们定能听到制陶者的心声，
若移身穿越，他们，就是我们。

竹子和地域性

在南方雨林，竹子，用四年的时间
只长了三厘米。在第五年，它们
以每天三十厘米的速度成长，
两月后，成为庞然大物，高达十五米。
但鲜有人知：之前的四年，它们
把根须在土壤里延伸了数十米。

而在北方高原，竹子在枯地悄然生长，
五年之后，才两三米长，小指粗细，
被有心人制作成了用于驱尘的扫帚。
显然，地域与海拔的巨大区别，
决定了物种的不同，命运的迥异。
物犹如此，人，能否摆脱这般命数？

磨坊

这里，是古洮州地界。僻地边陲，
山高，谷深，其间沟壑纵横，溪流众多，
溪边村落，也是星罗棋布。

这里，古战沟，旧城沟，长川沟，
羊永沟，刘顺沟，新堡沟……沟沟相通，
沟里必有磨坊，坊里，必有岁月。

这里，农夫和牧人的日子，在磨眼里
——逝去，以一粒，以一袋，以一地，
以我人间五谷，繁衍子孙后代。

而今磨坊不在，白发老人，成为
非遗的传承者。祖先传留的文明啊，
在一轮朗月之下，请给我以安慰。

西部之西（组诗）

• 凌须斌 •

西部之西

高天厚土　西部之西
李季放歌的地方
李若冰眷恋的地方
后来者湘人甘建华的笔触
惊诧了世人的目光

油砂山高耸　英雄岭
与翡翠湖相映成趣
祁漫塔格雪峰下
阿拉尔湿地的芦苇
随着抽油机在风中摇荡

此时　火车正穿越大盆地
飞机与蓝天上的白云
缓缓地降落花土沟机场
最年轻的城市
最靓的牛仔和他的新娘

漠风凛冽　吹拂茫崖
青藏高原光洁的额头
远道而来的游客　突然
瞥见　尕斯库勒湖畔
一只黄羊　凌空飞翔

花土沟看山

花土沟　没有花
也没有草　没有树
沟里没有溪流
岭上没有鸟雀
以扎哈北山断崖
五彩斑斓土块的命名
让柴达木盆地西部
沉沦的古沧海
莽莽苍苍的冈峦
有了些许生气与浪漫
沟沟壑壑　坎坎坷坷
千回百转的褐黄
孤立于宋元明清山水
意境之外
斯文·赫定的风景速写
倒是有着传神的描摹

花土沟看山　不分季节
没有春的青翠
没有夏的葱茏
石油人穿透地层的眼睛
捕捉住墨绿的巨龙
从此　尕斯陶海驻牧地
别样的风景出现了
高耸的井架
向地底日夜倾注深情

起伏的磕头机
不知疲倦地歌唱
岭上　沟里　山谷
跃动着一团团火红色的身影
不长花　不长草
不长树的花土沟
自有一种特别的精神

魔鬼城

地球上最像月球的地方
最接近火星的地貌
在柴达木的心脏
以雅丹的狰狞面目
穿越深邃的星际时空
——魔鬼城

烈烈罡风如刀
永无休止地镂刻
土丘土堆因之而形成
苍凉大地的主角
千姿百态的风蚀残丘
好似经过烈火炙烤
夜风呼啸猿哀狼嚎
——魔鬼城

忽然间的时运
雅丹成网红
借助于微博、微信
红衣少女的抖音
唤醒一场场朝圣之旅
而千年前的故事呢
百年前的传说呢
——魔鬼城

带油味的地名

亘古蛮荒的八百里瀚海
昆仑　祁连　阿尔金山
巨大的三角形内
骑着双峰驼的找油人
渴饮冰雪　饥啃冷馍
或在埋骨黄沙之前
于地图上标注新的地名
油砂山　油泉子　油墩子

天之外　尕斯库勒湖畔
那些带油味的地名
以井架　炼塔　采油树
组成阿拉尔王国新的图腾
自西部花土沟
至涩北荒原
风沙中的群雕
令人唏嘘　热泪盈眶

德令哈夕晖

自东边的山海关走了
西边的德令哈却留下了他
为一位路过的诗人
和一首诗

德令哈,金色的世界
德都蒙古驰骋的草原牧歌
诗性张扬的土地啊
砂石中也有文化的温度

姐姐姐姐,你看到了么
巴音河边的诗碑

海子高昂问天的头颅
正被一抹夕晖照耀

西去的路

一直往西行
夸父逐日的方向
邓林了无踪影

长路安在
唯余漫漫黄沙
飞过一只盘古的鸟

死亡谷
倒伏的野兽白骨
未卜的前途

魔鬼城
风干的木乃伊手中
紧握着一柄地质锤

驼铃悠悠
汽车马达怒吼
拓荒者的墓碑朝向东方

青南大草原

西宁向南,再向南
是广袤的青南大草原
果洛和玉树
藏民族的世居之州
青海南山与唐古拉山
挟持雪峰
倒映于万顷绿海之中

青草恣意疯长
牧歌拍打湖水
平川是绿的
缓坡是绿的
山岭也是绿的
连天上的云彩都是绿的
惊心动魄的绿
似乎要把世界包裹起来

黑的牦牛
白的羊群
它们是草原真正的主人
威猛的藏獒
天地间最有神性的生灵
守护在低回的河流左岸
背水的卓玛
燃起了晨雾中的炊烟

八月盛开的绿绒蒿
美不过近旁的
狼毒花
玛尼石堆缄默
五彩经幡随风颤动
牧女拉珍的笑容
比母亲更红的
高原红

远方的青南大草原
在高高的三江源之上
每一次念叨
长江、黄河、澜沧江

谒格尔木将军楼

将军走了
见证天路沧桑的
将军楼还在
将军的故事
依然代代口口相传

茫茫戈壁家何在？
那一年
铁锹就地一插
将军
掷地有声
——这里就是格尔木！
大手一挥
一个风雪兵团
从此出发

将军自用的铁锹柄
镌刻着"慕生忠之墓"
那是亘古未有的
生之路
也是一条死亡之路

终究成了
跨越莽昆仑的
青藏公路

翻雪山,跨河流,穿险滩
昆仑山,风火山,唐古拉山
通天河,沱沱河,楚玛尔河
望柳庄,雪水河,西大滩
不冻泉,五道梁,藏北高原
……

雪山见证
野牦牛见证
藏羚羊也见证了
将军的铁锹
与他率领的大军
挑战死神
在地球最高的雪域
创造了
令外国人目瞪口呆的
奇迹

冷湖之冷（组诗）

· 周秀玲 ·

月光下的巴音河

依然有一种心动不停地
越过粗粝的风刚硬的风寂寥的风
依然有一轮浑圆的皎洁
撞我满怀的缠绵
依然有一首凄婉的蒙古长调拉长
我的忧伤
今夜,姐姐已远去

灵魂起锚千山万水
奔赴这场盛大的邀约
我必须酩酊大醉一场
纵有千愁万绪
只需回眸一杯
这一片被海子照亮的天空
每一滴幸福的河水里
都流淌着诗与远方
每一粒风中的沙石
都速写着一段高贵的永恒

扑入瑶池高悬的一领高地
这是银河的尽头吗?
今夕何夕
我是一朵傲骨独艳的格桑梅朵
把光阴镀成一行一行沸腾的喷涌
月光下举起杯盏
我需要一个大词

倾诉衷肠
需要一声呼唤
千杯不醉
需要一份寂静
把酒吟咏

这一袭朗照已是心照不宣
还是那抹旧时月色
还是那片雨水洗过的天空
还是那声叮叮咚咚的娓娓不倦
还是那句白首不相离的滔滔不绝

再没有更远的远方
栖息一颗滚烫的心
醉卧诗人驰骋的疆场
我的眼里流淌着一条大河

冷湖那个地方

没有一丝一毫的凉意
依旧如初滚滚沸腾的心跳
起伏在这天地一隅
荒漠连着荒漠的亿万年前的海底
我和一粒粒发光的云母
都是这片油亮油亮土地的孩子
时光把我遗弃成了过客
把你化为大片大片的废墟
谁说记忆已破碎

我分明看见少年的我还在攀登
那座遗世独立的黑黢黢的山峦
——赛什腾
还在草过马背的苏干湖畔
等待在水一方的伊人

风一转身
我的泪就大滴大滴地落下
怎么忍心再去惊扰这千疮百孔
恰到好处的荒凉
冷湖　冷湖　冰冷的湖
寻根者刨开残旧的往事
探秘者挖出无字的暗号
摄影者对焦惊世的画卷

冷湖　冷湖那个地方
唇齿间一跃而出
依旧滚烫的两个字
盘踞在我心口的一道裂痕
每一颗星星都知道
这是一段我无法绕开的
苍美丝路

开往花土沟的火车

期待一场大雪款待我
青海在上　云朵之下
按住沸腾的心跳
攒了半世的相思
一卷波澜
再捎上一缕故乡的七里之香
这是我生命中盛情的转场
大地已冰冻
我不能碌碌蛰伏一季

千声万声的呼唤
高出太阳的温度
且把浮名换了
有你的远方
——那片开满一朵朵石油花的海洋
——那段承载家国梦的另一条天路
这个冬天,还缺少什么呢?
坐着火车去看你

敛声不语的柴达木的风儿
竖耳聆听
这哐当哐当哐当哐当
似从远古传来的高歌
他们的合唱
让雄鹰停了振翅
让红柳熄了火焰
湖水睁大眼睛
群山阔步前行
我和这匹奔腾的钢铁骏马
翩若游龙般
穿过人世的悲欢离合
闯入西部之西的人间秘境

世间惊喜不过是越过千山万水
奔向生命里的挚爱
昆仑知道
我是盛开在你心间的一朵
圣洁的雪莲花

赛什腾山

祁连山支脉的一枝独秀
除了蒙古语赋予你

"不长草的黑山"和"苏醒"
我和你之间隔着
八百里亘古的瀚海
银亮的苏干湖
如一泓西子之水
淡抹在我生命的三十余载历程

车过冷湖十五公里
昏昏欲睡中被你撞醒
我灼灼其华的每一眼
都是给你暗送的秋波
见或者不见
你就在那里
钉在我的心上

一粒粒黑黢黢沙砾垒起的
一卷水墨丹青
悠悠在柴达木天路之上

飘逸在漠风的下游陪伴我
一程又一程
千言万语千情万愫凝噎
我找不出一些深意的词
给你一个合适的比喻

长不出仙草开不出雪莲
那又怎么样呢?
遗世独立的风骨里藏满黑金万两
如今世人皆知
你有一双最亮的慧眼
望得见天上繁华的街市

这么多年的如影随形
岁月不居
原来你一直是我
临花照水的模样

况　味（组诗）

•乌　有•

弯月藏刀

我有一把藏刀,状若弯月
一位西藏朋友所赠
多年前,在广渠门外的一位作家府上
我和他有过一面之缘。他常穿梭于京藏两地
售卖各种佛教用品
据说是布达拉宫的高僧开过光
我买了几串,一直佩戴至今。
第一次见时,他脖子上挂着星月佛珠
左手腕戴着金刚菩提,右手腕戴着黑曜石手串
手上盘着乌黑锃亮的小叶紫檀
他指着直径二厘米的硕大念珠,说
这是牛毛纹,这是满天星
这是牦牛骨三通,这是纯银配饰。
他随身携带的布袋里装着许多宝贝
这是药珀,这是朱砂,这是崖柏,这是鹿骨
这是南红顶珠,这是玛瑙顶珠
这是青金石隔珠,这是砗磲隔珠
说起它们的功效和寓意
他信手拈来如数家珍,让我大开眼界。
藏刀珍藏于上地的出租屋里
刀剑乃锐器
隐寒芒于鞘内,收杀气于匣中
偶尔取出把玩欣赏,是它最好的归宿。
多少个不眠之夜,抬头遥望月之盈缺
六兔想起那位藏族友人,想起那把正宗手工
　　藏刀

刀上刻着藏文"拉孜"
刀鞘上镶着绿松石,雕着精致花纹
刀柄乃牛角加工而成,握在手中圆润有质感
刀刃仿佛一弯弦月,闪着寒光。
今夜,又逢月圆,而我与他,一别经年

况味

深夜睡不着,想往事
倒带一样,回放前半生

想起爱过的人,依然爱着
静水流深,没那么热烈了
想起恨过的人,已经恨不起来了
时间教我学会了放下

想起后悔的事
但世上没有后悔药
想起做错的事,人生没有彩排
谁能步步踩到点上

想起故去的人
心中涌起悲凉,疼痛已经渐渐消散
无论谁欠谁的,都一笔勾销了

活了半辈子,经历了一些事
对世事看淡了些,对人性看透了些
不像青春年少,初入江湖

以为可以搅得一池春水皱

奈何呛得直咳嗽

后半生不去想了

生命无法预测,上帝也不能

看不清的未知和变数,交给命运吧

把握能把握的,放下该放下的

珍惜眼前的一切,过好每一天

到老了,不留下太多遗憾

睡眠术

确凿无疑,这是一门技术

不是人人拥有,我是其中一个

它经常离我而去,药物也不能挽留

夜半时分,星月是我的亲密伴侣

我睁着眼睡觉

思维活跃,自言自语

跟晃动的窗帘和摇曳的树影说话

更多的时候保持沉默

我看着黑暗,黑暗看着我

我不能确定黑暗能不能看清我

我确定我不能看清黑暗

世界一片漆黑,我深陷其中

仿佛一艘失去航向和动力的小船

在无边无际的大海中颠簸

好像一片一息尚存的树叶

坠向虚无的深渊

又似一只断了线的风筝

飘向浩瀚神秘的宇宙黑洞

我需要一叶桨,一根叶柄,一条绳

在我数羊的时候

让我飞回那株橘树的枝头

驶回岸边那个名叫临海的小城

返回人间酣睡的眠床

三八节在仙人村

仙人村并无仙人,连一个凡人也没有

无名的溪流顺山势蜿蜒东流

乡野寂静,清风拂面

铺满石头的溪滩矗立着枯槁的芦苇和茅草

返青的野草从地底下石缝中钻出来

新绿渐次占领满目的萧瑟和苍茫

似乎专为迎接十二朵金花的到来

幕天席地的旷野,准备好了

明媚的阳光、清新的空气和清澈的山泉

白云停驻半空,倒影投进波心

看她们在溪水中清洗、嬉戏

鹅卵石挤挤挨挨,可坐可憩

三块石头垒起锅灶

一堆干柴和迷你煤气瓶,足以煮沸一锅乱炖

细长的竹签在一双双巧手中穿针引线

连缀起一串串或素或荤的美味佳肴

啤酒饮料矿泉水,解渴解乏润嗓子

歌声必不可少

偌大的溪滩适合训练肺活量

空旷的山谷仿佛一个巨型音箱

听,谁的高音余音袅袅绕树三匝

谁的低音细若游丝似有似无

谁的颤音如粼粼的波光扩散消失

谁的中气在这里似乎也显得后劲不足

最幸福的要数三位男士,随时听命不亦乐乎

心甘情愿分饰使唤丫头和护花使者

最重要的是献花环节,每位女神一支玫瑰

摆出各种造型,集体、单人或自由组合

美好的瞬间定格为永恒

半边天是今天的不二主角
这片荒凉山野因她们的到来顿显妩媚
春天的脚步亦不由自主加速莅临

写给腊八节的诗

阳光从云翳后面透出来
小鸟在蓝天上自由飞翔
微风在脸颊上轻轻吹拂
崇和门广场，东湖畔林荫道
有人在跳舞，有人在散步
老人们三五成群，围坐闲聊
脸上的皱纹正被阳光熨开
你听，笑声从岗亭里传出来
你看，微笑从内心深处溢出来
你闻，空气中飘过来浓浓的粥香
数百碗腊八粥——馈赠
粥的余温手手相传
爱的火苗心心相印
每一声问候与道谢
饱含发自肺腑的祝福与感恩
尽管每个人都戴着口罩
志愿者们的红马甲多么鲜艳
城市里最靓丽的一道风景线
你能想象口罩后面每一张真诚的笑脸
你能感受到寒冬里暖心的奉献

颤音扩散消失

东湖西北角，揽胜门广场对面
一年轻瘦削歌手怀抱吉他自弹自唱
简易音响破坏了他的音色和技巧
他毫不介意行人投来的目光
一曲终了，调理琴弦，歇息片刻

偶尔回答观众的提问
看得出，他积累了不少经验
人们在他面前的草帽里投下零钱
他点头，欠身，道谢
一个小女孩拿着手机跑过来
扫码支付了20元
她的爸爸在不远处看着她额首微笑
他专门为她点了一首
周华健的《亲亲我的宝贝》
爱的旋律在晚风中飘荡
他的身后，波光粼粼的东湖水波轻漾
好像他的颤音渐渐扩散消失

烟霞阁速写

据说，从望天台沿城墙而下
向西眺望，夕阳将沉未沉
霞光映射，灵江水汽蒸腾如烟
故名"烟霞阁"

登临台州府城墙少说亦有上百次之多
从未得见，幸，抑或不幸？

实乃机缘未到，可遇不可求也
如此，我始终怀揣一个绮梦
期待有朝一日一睹云蒸霞蔚之奇异景象

想起很多年前，曾经在此支起画板
描摹山水云霓，晨昏嬗递
欲将大自然的壮美风光化为纸上烟云
最终皆为过眼云烟

此刻，落日熔金
西天一片锦绣灿烂

霞光如箭镞疾驰,射向天际
灵江水波光粼粼,缓缓东流
依旧不见传说中的幻境

或者,干脆改名"落霞阁"
唯见落霞,不见蜃景

芒花

久违的阳光初临台州府城
灵江两岸游人如织
混浊的潮水退去
堤岸上露出一层层灰白的滩涂
枯萎的芦苇坚守冬的阵地
东风吹来,它们点头弯腰
向苍茫天地鞠躬致意
时序不经意间轮回
草色在地下酝酿暴动
薄绿的汁液悄无声息地渗透
萧瑟的严寒节节败退
羽绒一样的芒花漫天飞舞
它们向往诗和远方
放弃了抱团取暖
跟随春风的脚步浪迹天涯

春天的告白

逶迤的灵江两岸,万物萌动
斜拉桥上,彩带迎风飞舞
西郊的油菜花田,黄金初露
长长的江滨绿道,适宜情侣偕游

一路上,阳光铺洒暖风融融
千言万语,入心一句
"我要为你拍摄五千张
慢慢看,直到老"
招展的枝叶似有感应
背景里的草木春色渐深

在三江湿地公园

永安溪、始丰溪和灵江在此交汇
犹如桃园三结义
从此拧成一股绳做事
百川归海是最后的结局
在归宿之前,如何证明存在的价值?

清澈,保持内心的纯净
混浊,映照尘世的沧桑
曲折,砥砺生命的坚强
奔涌,显示个性的张扬

长长的滩涂,演绎沧海桑田的变迁
鱼虾、螃蟹、野兔、蛇鼠
正在繁衍生息
青草、芦苇、翠竹、枫杨
正在肆意生长

这是一片生命的欢场
广袤,蓬勃,葱茏
这是一曲生命的交响
磅礴,激越,雄壮

我已是完整（组诗）

· 蔡英明 ·

我已是完整

写下这本书
搭建一生的房屋
封面拉开窗帘，词语砌作板凳
流浪的诗句搬进诗集的屋子
不过是孤独的萤火置于笼中
不过是带着房子在大地上继续漂泊

疲倦的旅客，坐在我词语的板凳上吧
那板凳如花朵般轻盈
却足以装载你的沉重

携带词语一起去看海
在潮汐来临前
我先听见词语，或者词语先听见我
共同完成一次涨潮

那时，我不要房屋，不要旷野
我已是完整

我赠送给你拥有太阳的傍晚

黄昏，我用一枚硬币购买太阳
它藏在这条街道的每户彩色玻璃窗后
偷听我们谈论槐树的每片叶

我无法念出那条长长的法语街道

春天坐在教堂木凳上
孩子们唱诗的声音如时光般纯净
我左脑的记忆流到右手

谈到最后，彼此安静
用沉默与一朵花的记忆进行交易
从出生到开放到死亡
我的心脏渐渐哭泣

一千个傍晚，一万个傍晚
在树林，在孤独的边境
但愿你记得这个黄昏
只有我与你

海水

我们走向大海
如同走向一个词
花朵在蓝色海水里颤抖
像热烈且即将溺死的呼吸声
热浪扑到我脸颊的毛孔上
我转过脸。回忆故乡抵达一片海
一小时的车程，两旁是蒿草
海鸟拍打翅膀，沾染露珠
我们渴望海水的心情
如同祈求回到出生日
黑夜中有种秩序引领我们
我们穿过宽阔平整的马路

两排椰子树,它们潜伏着巨大的能量

爱如汁液藏于椰壳,果实缄口

有一阵子,我们似乎迷路

路灯在静默中闪烁

女孩的眸子夺走它们一半的光

黑夜里,美丽的静脉血管引诱我们

亲爱的,我常常思索

我们为何走向那片海

如一个词背叛了沙滩……

鸽子轻柔得如哀伤

你是法国大革命的一朵鸢尾

刻于骑士的宝剑

鸢尾,你这生注定拆解成忧愁

蓝色的小鸟无法拯救你

绿色的每小时都是安全的船舱

鸢尾,你若再想念一次

海水与黄昏分别洗过宝剑

你若再说出那个词

鸽子轻柔得如哀伤

鸢尾,投降吧

你是唯一的韵母

在河畔洗净仇恨

浪花是一生镣铐

鸢尾,若你还不觉醒

我要许下愿望

十岁那年,花朵停止打开

一个傍晚雨水打湿她所有花瓣

斑马线

斑马线一行行,如我曾写过的

诗句。注满悲伤与鲜花

人人踩在斑马线上

如同踩在,诗句

晴天,我年轻的面孔

有谁会为我的一行诗

写满标注。有谁会像读一卷书

读我的脸,读我眼底的阴影

世间任何一条斑马线

都是我失散多年的诗句

你们用不同脚步,不同语种

读它,渗透它,抛弃它

把烦恼,欢笑,悲愤

踩在我身上走过

远方的斑马线

是我待写的诗句

它们提前躺下

发出虚拟的语气

鸽子

你手里的鸽子,释放它吧

它的名字叫孤独

守门人

我赐予你令我悲伤的通行证

早在苍穹之前

鸽子便命名了云朵

透明

一棵没有同类的树木
只为喜欢的人
长出花朵与果实

弯曲的枝条,搭配
酸甜的果实
仿佛美好的事物
可以合二为一

天堂有那么多扇窗户
博尔赫斯与鲁米都是彩色玻璃

身体的每一个细胞
都不贴窗纸

因为透明
而活成了自己

美好
——给佳子

用新鲜的雨给你写诗
万里无云的早晨
晴朗也被你用尽了

你是薄荷味的月牙
笑起来时
薄荷味在空气里加速

你被阳光赞美了
花朵打开自己时
与你同样的神情

这首小诗中的
小花,小草
金子都来了

许多事物
和你一起,缓缓地
把美好用掉

小满

小满。你满在我的心头
小满。鸽子的羽毛从你身上飞走
小满。你过于丰盈与宁静
小满。我的火车离你只隔一片旷野

小满。我曾数着鸡蛋花
数到你家的灯盏落下最后一片花瓣
小满。池塘里的水涨了
苦竹不是锈迹,斑斑是眼眶的乌云
小满。我摸灭了灯
整条长廊在我体内矮了八度
我踮脚,只为看对面的果树
有阵风接近于泛红

小满。我们绕着彩虹船
一圈又一圈。我的昏眩接近浪花
一千朵浪花里的第一朵
刚好把你揽入怀里的那朵
我的耳朵流出泡泡鱼
咕噜咕噜,我吃水,也吃你
夜色发酵成海底的深蓝
泪水从水缸里
如鸽子徜徉般溢出来

小满。今年。我头发长长
鸽子云集。玫瑰绣满。
我已忘记那些零散的月光
你又教我重新记起
默写出毛衣里的旧绒球

小满。那只影子越来越远
我的心始终系在月梢上
偶尔隐隐作疼
月亮的背面
你从未见过

爆破音

如果我沉默
是莫兰迪色的沉默
今年的流行色系

每日清晨，推开窗户
草地，一片刚死的沉默
昨夜梦太凉，它们受寒
残留花朵状的沉默，喇叭状的沉默
倒金字塔形的沉默，哨子状的沉默

我一眼辨认。货物架，书页，花盆
火车两根细细的铁轨，柳树的头发
收割后的月光
沉默拥有形状或者超越形状

沉默如绳索从高楼抛下
嘣噔，音节清脆
沉默终于发声
并且是爆破音

西域镜像（组诗）

· 炽　子 ·

西域镜像

今夜,襟裳净洁的圣者枕河而眠
怀抱泛白的经书与半壶泉水
半截残缺的手杖,散发着天堂的檀香

双目失明的聱者,以杖为眸
在晚祷的星空下,看见七只折翼的白鸽
托举着檀木的棺椁,消失于雾起的湖面

在边关冷月,在碎银击响的西域
起身并用荒沙净身的使者
屈膝捡拾起晶石的右侧,那耀眼的骸骨
与一峰长出翅芽的白驼,继续西行
黎明前,沿荒漠的腹际线隐去

荒芜

蠕行的蛆虫,爬满沉沙的眶骨
时光的密枝,依旧栖满黑色的翅膀
而今夜,阴弱的月光让暗河闪烁鳞片
那是骨血高原,永恒疼痛的切片

一次次在肉体上睡去,一次次
在肉体上醒来。"是如蝎的欲望
饮血的鹰,啄食你们
啄食你们的内脏,与磷光。"

死寂的午夜,口嚙光芒的圣鸟
向我诉出人类的漏舟。那时
红海睁开眼睛的黑石,看了一眼
微微震颤的星空,又缓缓闭合

三声号角,终将抽干时光的血脉
孕育万灵的大地,抛弃万灵自陷死亡
那种荒芜,是一种陨灭与时间的坍塌

那一触阳光,就被撕碎的夜色
和感光腐烂的肢体,在渡河暗浮
还有逝水的陶罐,时间的白骨
以及死亡源体,那只身披杂色的公羊
无翅的魂,如河边沉陷黑暗的弃鞋

晨曦的诵词

儿时,在祖父晨曦的诵词中
能清晰地找到,路和彼岸的花香
在回荡穹宇的笑声,或在一枝糖梅中
也能清晰地说出,甜蜜与疼

而今,脚下遍布道路,舌爿长满藓苔
整夜静听体内无声的回声
沉寂的山河,使大地疼痛无语

在难抵的黑夜里
也只见一柱焚心的烛光,使黑夜更黑

燃着雪焰的高地

当大风撕碎梦袂，撕碎隔世的明澈
你们依旧着一身圣洁的信袍
在高地燃着雪焰，让我抵近河流的村庄

冰洁的你们逐水而居，净身而立
俯伏于大地边缘，俯伏于芒的圣谕
和血的法则，并以丰盛的天粮叩响天幕
让石榴的夜空，永恒诉出星辰的话语

谁的天空，在深秋的鹰翅上辽远
谁的大地，缀满圣谕和真理的影子
而谁的火焰，此刻聆听
星辰与天空的对话，聆听万灵的琴声

高地的血和无数俯伏的光芒
在经书的圣所深居，在长河的源头立驻
被光芒喂养的身影，日趋瘦美

囚笼

不见春风不见花，你独行北方的血脉
洁傲如雪，让荒芜直抵荆州
冷语如山，让铜鼎沉陷泥沼
被闪电劈开的身躯，使花瓣碎落两地
却依然怀抱，脆冷的火焰与暗香

被午夜蜇醒。谁的炽光

直抵苍穹，却蚁行在苍茫的街衢
如北方的马匹，在这史前的海底

在纯净的火焰，日渐熄灭之际
是为大地最后的萤烛与荒芜而悲泣
还是为餐桌的规则，禁锢的血脉
和无力爆断的龙筋，而撞入雷霆

玉，碎于自身刚烈的品质
喙伤并吞噬你的，终究是你自身的鹰
那行走天空的星宿，与蕴藏玄机的掌纹

渡劫

深秋的胡杨林，那袭人的冷焰
曾晶透过谁的心瓣，又是谁蜗居于
一首伤感而凄美的歌曲，守老了星河

一脉坚贞喂养的胡杨林，如三千金甲
那静美的守望
仿佛神话般芬芳，犹如神话般虚无

曾经挺肚的利刃，今夜如一弯边关冷月
风起之时，恩怨如针
缘散之地，誓言如雪

今夜，你在南方。我孤坐炉旁
用思念取暖，煎渡北方的寒冷与苍茫

南方的天，北方的夜（组诗）

· 陈才锋 ·

时光不再新鲜

空出一大片
接下来语言僵硬成木偶
或许是眷念了
怀旧的时光不再新鲜
我要下楼去，南方的天
遮住了许多彳亍在乍暖还寒的远方
一个人的恐惧、彷徨、孤独
于万径喧哗中的追讨生活
争先恐后地
一如既往地
在南方背离责任、担当和爱。慢慢
折成苍白无力
许多时候

南方没有家的栖居场所

岁月风流，事物之间
有人已落座
安排时光不要惊扰，这流浪
又为何多梦
已找不到的初心
南方没有家的栖居，沸腾的物欲
涨了还涨
纠结和挣扎患上思乡症
那一条一条流水线，从这头到那头
365天

补在迁途的路上
有时想喊，却哑口无言

行走

谁在断章取义
备足辽阔，行走的日子
南方的天是现在的进行时
落在心底的水声
常常四溅
你的孩子已经上学了
没有管束的个性像极当年的自己，跟风
说着有代沟的疯话
她已脱离缰绳了，万物拔节
无法忽略那些不曾给予或赠予
南方的天是一场愁绪的汪洋
将行走赶往深处
轻轻刺痛
一个中年男人的软肋

陌生的方言

解不开的情结，为我斟一盏酒吧
像现在的自己
麻木地挣钱，眼睁睁地看时光飞逝
南方是我养家的远方
北方是生我的后方
一株草枯了又青，陌生的方言

谁又曾忘记

你在外很久了！家

成了故事，成了时光的守望者

只有端坐在文字里

潮起潮落都由你掌控

只是不敢靠近

最初的想法

这纷扰的城市

错听了北方的想法

一群人精挑细选，证明了

这是一代人

最初的想法

放眼望去

接近了什么

南方的天，北方的夜

一样的喧闹

却不一样的安静

最后绕着别人自定的轨迹

反反复复

捂住伤口把家的地方

慢慢望去

江山若安好

表达自己的歉意

一声蛙声便可以让村庄热闹起来

不待自己选择

城市已偏离村庄

就像南方的天，北方的夜

我用足了失眠

只要江山安好，漂泊的命运就有着落

就知道来何处

去向何方

一种种在白发上的和解

源于内心

江山若安好

马不停蹄

卸下所有

城市该不会衰败，繁华

让霓虹灯有了欲望的可能

你选择的白天

人群接着嘈杂，那些马不停蹄的

常常将自己弄丢

南方的天到处都是彷徨

北方的夜到处都是童年

风一吹

谁

还能找到自己

奔跑的人

裹不住时光的孤独

夜许了很久，一种叫乡愁的东西

种在某个工厂

被园区圈养的人，又用思绪

种下奔跑

恐惧、彷徨、麻木、挣扎

最后咽下希望

沉默不语，许多不甘

在未来的日子里，不知所措

却又继续

似乎明白，等待

时光是个罪魁祸首

要你猜不透

又摸不着

爱着这薄情的人世（组诗）

● 张光杰 ●

登幽州台歌

登上幽州台，我已经老了
远远望去
在黄河边炼石的人，都去了天上
只有风，替他们捎回了汗水
阳光普照，有人衣不蔽体
在土里刨着黄金
还有一位老者，在击壤而歌
一转眼，便化成了云朵
我不敢逗留，我知道
后来者将出现在登山的途中，人群里
肯定还有一个我在催我上路
可我暂时还没有找到隐居的地方
也没有一座山
愿意接纳我这悲苦的一生
天地空旷，我四顾茫然
在莫名的风中，像一个走投无路的人

空巢

鸟儿飞走了，悬挂在树上的鸟巢
还叫鸟巢
空空荡荡的鸟巢，被北风一吹
会在枝丫间瑟瑟发抖
如果风再大些，会撕心裂肺地喊出来
我常常对这些熟悉的事物眼含热泪
譬如在豫西老家

一群群年轻人从陈吴老寨走出去
留下孤零零的村庄
和十几个颤巍巍的老人。他们被唤作
空巢老人
似乎他们的身体是空的
当他们絮絮叨叨说起以前
就像风正穿过他们的身体
他们不停地说着
似乎在替风把自己喊出来

人间

越来越觉得，人间就是一个戏场
在哭声中赶来的人，都在粉墨登场
每个人都是一个角色
可是，场地太小了，连角落里
都挤满了人
偷情、阴谋、战争和瘟疫……它们一遍遍
篡改着人们的履历。我爱过一个女子
她用最美的哭声——一种创世的元音
倾倒了长城。但是，凡登场者
都要退场，谁也不能例外
死亡是那扇唯一的门
可有一伙人，一直赖在戏台上
他们在等着云头落地，然后，御风成仙
我还认识一个人
他原本下场了，却被退了回来
我们看不见他，但他至今

活在我们中间,有时是我们的影子
有时,是我们的替身

归来

亲爱的,终有一日,我们将归于泥土
那些在我们身体上黯淡下去的光
将伴着灰烬消失,成为虚无
终有一日,我们的影子
——这须臾不离的假人,将扶着墙壁
站起来,端坐在神龛里
接受亲人们的祭祀和供奉。世事沧桑
我知道,我们的影子还活在尘世上
但我们的灵魂,已进入了天堂
亲爱的,就这样安息吧
让那些遭受的磨难,在泥土中
得到永恒的解脱和安宁。当磷火
一再从我们身上放飞,那是我们的灵魂
还爱着这薄情的人世
当我们,一次次在亲人们的梦境里现身
那是我们,已从缥渺的天界匆匆归来
就像天上的落日,披着一身
来世的光芒,回到人间

省亲

很多年了,我仍然对天上的星光
那么痴迷。可是,每当流星划过夜空
我又总是担心,它会砸中地上
一个无辜的人。很多年了
我也仍然对黑暗中的事物
充满恐惧。每次在漆黑的夜里行走
我总是害怕,遇见野狼的绿眼睛
撞上鬼打墙……就这样

每当夜晚降临的时候,我总是祈祷
能有更多的星星出现在天空
甚至,我希望能找到父亲的那颗
——那夜,一团磷火在父亲的坟头飘荡
仿佛他已化作一束光,从天上归来
我希望,他刚好罩着——我这个
喜忧参半的无辜者
就像小时候,父亲提着一盏灯笼
领着我,在人间省亲

写给母亲

那时候,您穿一件碎花蓝布大襟袄
腆着大肚子
显得臃肿、笨拙,甚至还有些丑陋
您在田野上
拣拾一颗颗遗落的大豆
总是先用手捂着肚子
然后,再把身子斜下去
后来,在一面镜子前
我看到被玻璃抱着的自己,已有些苍老
我想象不出那时在母亲身体里的样子
有一次,我在打碎的镜子里
找到了无数的我
它们闪烁着
就像母亲当年布襟上的碎花
母亲啊,当时您不停地用手抚摸着
就像在抚摸着一个个变小的我
就像那一个个我
也被您抱着

菩萨

对于孩子,每一位母亲
都是最漂亮的神
当我们在娘胎时,母亲用身体
庇护着我们
后来,我们降临人间
母亲在油灯下,一件件
为我们缝制衣物
那些花花绿绿的衣装,宛如母亲
不断变化的怀抱
当我们辞家远行,母亲依然为我们
操劳:"慈母手中线,游子身上衣"
她一针一针,为我们缝补着
容身的暖巢。可是,流年似水啊
那天,母亲在灯光下睡着了
垂暮的身子,怕冷似地,蜷缩着
那么羸弱,那么倦怠
像一件多年没有熨帖的衣服,也像
一尊即将重塑金身的菩萨

石头

那些俯身河道的石头,灰头土脸地
像一群长跪的人
一块块,匍匐在朝圣的水波里
有时,他们也像一群民工
一样的褴褛
一样的眉目不堪,向着尘埃更低处
屈从了命运的摆布

更多的时候,这些大大小小的石头
像一群打坐的僧人,闭目,合掌
似乎已避开了红尘离乱。但是
现在,他们在山野间流浪
更像一群我的影子
在我还没有看破沧海桑田之前
我还不愿一錾一凿地,把它们体内的
神明请出来
供在生活的高处,更不愿
让它们站起来,成为一块块墓碑
人影样,在人间飘荡

释放金星的人

小时候,因为饿,或者碰壁
我常常眼冒金星
它们像萤火虫一样飞舞着,每一颗
都像救星
当我使劲揉揉眼睛,它们便一颗颗
钻进我的身体里
后来,遇到繁星满天的夜晚
我总是祈祷:在黑夜收走它们之前
让我找到那个可怜的孩子吧
我甚至还想再饿一次
或者再碰一次壁
好让我重新成为释放金星的人
就像世上有两个受难的兄弟
我们走着
一个在天上
一个在人间

烽台山（组诗）

· 杜文辉 ·

烽台山

这是将军的烽火台　点火报警的地方
对面是马圈山
将军圈马、养马的地方
脚下就是战场　城池　兵　功名
将军曾使风云动　河流改道　日月变色

将军过去已经好多年
风里还有金戈铁马的气息　血腥的气息　将军
　的气息　旗的气息

我的战争
是这城墙上一只蚂蚁的战争

乡村路上的羊粪

乡村路上的羊粪
是羊本身
有的被压扁　有的还新鲜　有的还在滚动
有的铺了厚厚一层　被风吹动

乡村路旁有羊吃剩的生活
粗糙的生活　反复踩踏的生活　零乱的生活
堆积的生活

但我没有看到一只羊
没有看到一只羊的欢腾和散步

没有看到一只羊饱满的乳房
没有听到一只羊的叫声

寂静　如明亮的刀子
在我看不见的地方
正与羊对视

寒河

一只野鸭
身上一道黑一道白
是阴阳的颜色、清晰与混沌的颜色
它在冰碴上热舞　练习冬泳　身上没有一点冰
它搅热了自己的血　搅热了河和河道
搅热了空气、看客——我的血

它搅热了云　搅起了一场雪
在河心　它慢慢竖起头和身子
披起蓑
像中国古代的一位士子

黑云白云

一朵黑云往北移
一朵白云往南移
我以为它们会握手　拥抱　亲吻　跳华尔兹
会开会　在圆桌旁喝奶茶　谈心

放牧

谁知它们打起来
一朵黑云变成好多黑云
一朵白云变成好多白云
打得不分你我
打出石头　火　鞭子　镰刀　刀刃
打得混沌　模糊
它们最终都打散架了　精疲力竭
掉下泪和冰碴

一阵很冷的风把它们吹远

西岩寺只有一盏灯

西岩寺只有一盏灯
一盏灯照着一山的黑　天空
照着一川的村庄　一川的风　每一个植物的叶
　尖

远处看我　也是一盏灯　走走停停　微弱
被风吹得扑闪　似有　似无
我的灯照着西岩寺的灯

我提着马灯　没入尘世
西岩寺的灯亮到天明

等待白云仙

在湖上桥边　桥墩上　栏柱旁　荷花上面
我等待白云仙

许仙很多　法海不少　黑蛇也有
还有虾兵蟹将

但没有看到一个白云仙
有的也仙风道骨　披发云游　背剑　眉心一点
　红
有的也白纱飘飘　搭着伞　摆腰送臀
有的也有身孕　有的也胸怀药草
哼着"西湖山水还依旧"
也战斗　疲惫　伤痕累累
兴风作浪　无限风流
有的脸上也有书卷气
也姓白　叫云　叫仙　叫素　叫贞
但我没有看到白云仙

一直等到湖水绿出沧漪
湖水有些浑

向晚

我在花坛边闲坐
看见我和空气在打斗
看见我和别的孩子在抢夺　追逐
看见两个我和解　在打羽毛球

我看见我在摇篮里哭
向这个世界哭要
我看见我推着摇篮车在走
哄乖这个世界

我看见我挽着生活性感的腰
拿着一颗心
反复乞求　讨好

公交

我们被挤　也挤着别人

在能插足的地方插下足
全身带着小刀子
又带着羽毛

我们晃荡　前俯后仰　假装正经　克制
碰触　摩擦　夸张
占便宜
揩油
有些人悄悄消受
有些就大喊大叫

我们和陌生人抱得那么紧
喜欢　或者厌恶
很快
到了下车时间

不吃草的牛

不吃草的牛
看许多牛吃草
看栅栏外的人在指牛
比它大几岁的牛　出去了　没回来
比它小的牛　出去了　也没回来

吃饱的牛会去喝水　喝足
牛会把牛逼在墙角
牛把牛肚子里的肠子要逼出来
有些牛趴在牛背上
套火车
云朵一样的牛　地图一样的牛　尿湿的床单一
　　样的牛
不吃草的牛　后面还有两头牛
身子越靠越紧

雪人

拣几块小黑炭
戳在它的胸脯上　就是纽扣
拾两团谁家孩子丢弃的糖纸
镶在它的脸上　就是眼
再给它戴上一顶破草帽
正好有两个干树枝　给它插上
就是胳膊
它像在呼喊　像刚学说话　又像个哑巴
它下大上小　穿着棉袄　小矮人
身边立一把扫帚　像要扫什么

这个雪人多像我
在尘世上很童话地站着
很快就消失

与李某云湖边散步

桥上的水比桥下的水流得更快
影子都在闪电里
始终有风　树的头发有些乱　有些参差　无主
趴在湖边捞鱼的小孩
把更小的生命收进罐头瓶子里

树草深处　互相舔蜜的人　加紧舔蜜
远处的乐器、口器、箱子里传出永恒的悲哀、欢
　　乐

你再一次说起过去的那些沉泥
我再一次说　看看这些莲花

发现（组诗）

• 陆孝峰 •

距离

不经意的疏离和防备让秋天
有了一种新的解读
你的眼神告诉我：
土豆、西红柿和青菜的实用价值
不相干的风带来骄傲或蔑视
云朵在天空释放各种形状
远处又走来一群人
覆盖敏感所带来的隔膜

蟋蟀

秋的消息是蟋蟀最初给我带来的
黑夜的舞台涌动着无主角的声声浪潮
一丛丛的灌木林　一截截的狗尾巴草
隐藏着各种各样的蟋蟀
蟋蟀的鸣叫垒起了一座高墙
秋天被围困在里面
谁都不敢轻易闯入
正如它夜晚长节奏的鸣叫
展开对同性的敌视和挑战
求偶的威严和柔情并不矛盾

各自张开钳子似的互相撕咬
表演似的精彩成了蒲松龄笔下
《促织》悲剧的成因
你是孩子们天然的宠物
为了得到你　不惜被荆棘刺破

在大人们的呵斥下依然在草丛石缝间
窥探你的踪影
我不禁疑问
孩子们对你的兴趣难道就是你的任性
你毫不退让的同性相争
比人类更甚

荒芜的黄昏用什么来填满

大转盘矗立在公园的西南角
理直气壮没有一丝想法地挺立着
蝉鸣淹没在夕阳的余晖中
柳树在河岸边梳理着自己的心事
流水沉默地阅读天空

有没有一些事
让你冲动地往外跑

有这样一个人

甚至以不惜伤害自己的方式
表现自己超出他人
以极端否定获得自我心理的满足
躺在床上，不断伸屈的双腿
不耐烦隐藏在暗涌的情绪中
双手按住手杖器走出房间
在阳台燃起而又熄灭种种欲念
无法消解的不被承认的幽怨
在另一个明天以同一种方式滋长

话音又在房间响起

高分贝博取他人眼球

声音强弱区分不了真理与否

过分在意而又不自我强大

无法与自己和解的人

终究在未来不断地复制错误的自己

一个中年女子

清晨，朝霞还躲在云层后面梳妆打扮

娇艳的容颜没有露出对大地的钟情

鲜艳的绿，从柚子树上的果子垂落下来

抹去晨曦中淡淡的昏暗

人们已三三两两地在湖边公园跑步

厚实的体态展露出生活沉重的艰辛

一个中年女子

着灰色底子缀有蓝色小碎花的连衣裙

细细的脚踝在晨风中摇晃地行走

她的肥胖足以压垮她的下半身

故乡，你是水

一条河、一座桥、一辆辆的现代轿车

让故乡，近了，又远了

故乡啊

距离总让我把你挂在墙上

挂在墙上的故乡

没有白发、没有皱纹、没有拐杖

祖母的羽毛扇就是银河的牛郎织女

孩子的欢笑不会落地

坐在河边钓鱼的父亲

心在大海上

母亲的叮咛没有声音

趴在榆树上的蝉

不会让我出汗

挂在墙上的故乡

黑色是月亮、星星和萤火虫

白色就是通向远方的小路

此起彼伏的高高低低的脚步

响在时间上

却没有人听到

故乡啊

在或浓或淡、深深浅浅的日子里

我习惯于卷起裤腿

往深处的河里蹚

那墙上的故乡

便是水

老屋

你紧闭的门扉

是拦截不谙世事的轻狂少年

还是饱经沧桑的异乡漂泊者

一把锁

是一个悬念

从园内爬出墙外的四季花朵

石榴花、金银花、桂花和梅花

不会让江南水乡失语

你静坐中兴桥边

坐成了双手合十的姿态

信仰原来也是那般形象

连呼吸也没有背叛

我只是轻轻地打开门锁

怕一发出声响

就打湿了你的绣花鞋

故乡的河

你一生的温柔

可以用空间来称量

故乡从你身上出发

带回来的却是满园的春天

春天里

孩子的眼睛是水的

孩子的微笑是水的

孩子的梦也是被水浮起来的

故乡,我把你藏在黑夜里

习惯于在黄昏时走进故乡

就像童年时

爷爷的喊叫

一声"回家啦!"

爷爷的布裙

在风中飘成风筝

一端系着的就是我的手

我不知道是爷爷拉着我

还是我拉着爷爷

在黎明时分走出故乡

青石板上留下了黑夜的故乡

每天的太阳在上面滑过

故乡的翅膀就振动一下

有一天

我在异乡的河里看到了我的故乡

故乡,我回来了

故乡,我来了

什么也没带

没有白色的婚纱

没有众人的簇拥与惊呼

也没有荣耀的光环

让路旁的小树一次又一次地矮下去

我只带了一颗还不曾泯灭的童心

站在龙头山上

让尘埃一片一片地散落和浮漾

夜幕降临了

我还会拉着星星的辫子

把月亮的梦摇醒

告诉这里的父老乡亲

如果你还有梦

就让她在黑夜里发芽

父亲的对虾塘（外六首）

· 伤　水 ·

父亲教书退休后
在小麦屿的老鼠山养殖对虾
我和未婚妻去看望时
父亲用饲料和网，把对虾搞得
活蹦乱跳
我知道这表示了他的心情
坐在塘沽上，我配合着
看虾的鼓槌乱打着水面
鼓音比塘外的波涛，还要经久
鼓皮终被敲破，现在我
是父亲当时的年龄
围基早被征地
我无虾可养
只能看看洋面，波光粼粼
不真切的样子里
活蹦乱跳的时光消失了
天色暗下来时
一条船慢慢地横过眼前

柱础

老屋每根木柱下
都有一座石柱础
——多年以后我写下"柱础"
就想起那个头撞柱础的午后——
它们以不腐的秉性，合力顶起
农耕年代的木结构
被用于与某头颅相撞，确不是它本意

那个午后，柱础开始一矮再矮
我不得不蹲下去
试图与它们保持同样高度
以沾染几丝他人的血性
——我失血过多，并常有堵塞
何时才注入那澎湃的洼地
现在我写下它们
更由于不再出现它们，它们的
坚硬和专注

打水

抬头，树和树把夜空围成
一口深井
星星，蝌蚪一样忽隐忽现
我感受得到
那清冽得冰凉的井水
浑身不由地激灵了起来
我应该用根尼龙绳子
放下木桶
触到水面的感觉传上后
再猛地一晃绳子
对，往内一晃
巨大的木桶随之倾斜
并沉闷地，只一口就把
水和星辰包含其中
它吞咽的样子，使我体验
一种贪婪的心满意足

这时,满含的桶在水中并不沉
我开始憋气——十岁的样子
刚好子冉这般大
我咬着牙,双手在桶绳上
快速交替着
终于。把晃荡着月光的沁凉
倚在井口
我看见了我呼出一口大气
慢慢蹲下
突然发力挺起,并趁势转身
沉重的晃荡
被完整地提出了井口
好像解救出
被囚禁在地下水牢的一群兄弟

劈柴

先在地上垫一块平石板
一手把锯好的松木
竖放上去
一手抡起斧子劈下
咔嚓一声,松木
从中掰开
我负责取走两爿木头
堆放成柴垛
穿梭在两次劈开之间
好像穿梭在硝烟的战场
当爷爷挂着斧头
喘息,像松木一样
有着粗糙的皮肤,和
即将裂开的身子
少年的我顿然有了感伤
我趁机花好大力气
竖直一根木桩

有次在爷爷的微笑里
我抡起斧头
木桩倒了
只被削掉一层树皮
我才发现
在木桩歪斜之际
爷爷的斧子
立马劈下去了
噢,一根老松树娴熟地
撕开了
纠结难分的松木桩

跟爷爷打过草鞋

草是最基本的原料
一般是稻草
麻,算是高档素材
若用皮,要一根根积累
那专为细微而留心的日子
使光阴大可咀嚼
打草鞋有个简单的器具
顶端系在一根柱子上
一端环绕在腰间
草上上下下横穿几根麻绳做的弦
波浪形成了脚底的鞋子
怪不得常把草鞋比喻成船
一只鞋未成,不得解开腰间所系
任何完工需要预先准备的完善
现在,早找不到爷爷
打草鞋工具也多年不见
即使打出了一双结实的草鞋
也找不到一双有资格
穿上它的
赤脚

鸟鸣山涧

你晃着一把勾刀上山去
看起来,是刀的前后摆动
移动着你——正移过一座石桥
桥下流水:奔波的样子
一直在重复,重复快了就是静止

不静止的是另一种声音
间断且持久,蓑衣一样披挂着你
可以肯定的是:水珠滚落一粒,山色
明朗一分
有松果掷向你斗笠,总也投不准

岛,兼致父亲

读小学三册时
复式上课,坐到父亲任课的五年级
听父亲说"岛"
四面环水的陆地叫"岛"
我们生活的玉环县就是个岛,海岛
这是我第一次知道我活在岛上
心里突然感到
致命的孤独
并涌起强烈的愿望:一定要到大陆看看
当时,整个教室全是汪洋,父亲远去了
我是被抛弃的孩子
是一只会沉的船
这多么无助
我流下泪来,我
第一次意识到我将在孤独的海岛度过一生

夜晚的村庄(外七首)

· 蔡启发 ·

黄昏昏沉下来后,月亮与星辰
没有孤独,房屋就是唯一
能站立的男人。
欲静的树,而风不止撑起一爿天空
用仰脖的坐姿,度好寂静
蓝天反而清瘦了许多
幽曲包容的午夜让时光梦回

一个长夜,从黄昏暗地开始跋涉

或者,依旧流浪在夜的尽头
肃穆的声音,忍耐不住
蔬菜、水果、粮草,都在露水里
张开了呼吸。

村庄以外,沟沟壑壑许多芦苇
微微一扬笑成倾城绝恋
它们都,是不是在鸡鸣和狗叫声中
自然醒来的?

乡里的人一般都不大去怀疑

我睡得挺好
而我的心一直为你醒着
如果愿意，
下次陪你再来我母亲的村庄小住

海鸟飞

山坡可是透明的滑梯
在午后时滴落的汗水
写下了，半山腰的蓝天
滩涂上没有一只石头是无故的
大海经过漫长的涨潮
自拍与鸥鹭的对话
栖息什么地方？这是鸟儿自己的事
因为有小鱼小虾
喜欢冲浪，追赶潮头
一些海鸟总是不愿意飞远
哪怕冲追中折坏羽毛，又有何妨

这次来，没有好好
请你看鸟儿飞
甚至，没有与你一起
数数这些习惯海上生活的海鸟
是为留待你下次来
打下埋伏

沙滩上俯卧撑

身体的太阳不出来
昨夜灌浆的谷子就出长不饱满
随便天空中云朵
充盛着，开合、开合

沙滩上俯身的动作
就像海水倒灌

如灌篮高手，寂寞过招
募集齐了也无济于事
海上有明月升起
憔悴的浪花，在沙滩上被摔成了
碎片。结束了
乌云之巅的磅礴
而磅礴的力度
所能涉及的时候

沙子涵养着液体的泥巴
沾沾自喜
脚趾穿过沙的抚摸
海洋的葡萄棚涨起了
与云的跫音潮水。
我想：潮音你一定喜欢听
是否请留下来多住上一夜？

放养的海鸭

山岗与田亩延缓伸下的海岬
嬉游着丰富的水产
喂养鸭子
鸭场下满了海鸭的蛋
凭借栏处，腥味的那种感觉
怪怪地摄入鼻孔
鸭子朝天吼，漂流畅谈曾经的
一无所有，已被发配

被台风打击的早谷
进仓后，分成上好、一般和普通
半娘肉与瘪谷子

掺杂着海瓜子,蛎蝗壳
都变成养鸭最好的饲料。

鸭生蛋的时候,鸭是一声不响的
从来不报料以讨好主人欢心
所以,有时候,
稻田里、海塘泥,漏下蛋
是正常的事
整班鸭,习惯了被赶放
此时,领班的鸭头
最能理解主人的心思

老家的海鸭蛋肯定好吃
所以,我会送你一些

客栈

住在新开张的农家客栈
我被水龙头流出来的水愣了一下
不是尚未完善的设施
而是陌生的风景名胜
在古迹的语境里,叫醒不来
经过装修的效果
这一夜,
我仿佛是一只警惕的羊羔。
饰顶灯是我睡梦初醒中
要数的星子
依然,让我静若处子
这个夜,你呢?
也是否与我一样
处子般的煎熬和难眠

溪口街

多少次想起
我从未曾停息的出行脚步
人走在外面
心总是留在这里
我人虽然在外面的旅途
停下来后的靠一靠
就会深深地想起

想起溪口街:多少年的切切
早时的校园影子
平桥头清绿的坑水
虎头山下蓬莱寺里的香火
行者岭、五狮山、白岩山
甚至蜿蜒的街角石子路
曲折神秘的开口岩
斜斜流淌着的曾经白玉无瑕
都藏有我青涩的情愫

在我离乡的人生岁月里
总会时时刻刻想起
溪口的傍晚
是我抹不掉的乡愁
在我喝茶时
就是母亲泡的一杯童年的茶
当我有酒时
就是父亲烫好的一壶红糖酒

溪口街,请允许我
日思夜想
我的眼里,这是一株玫瑰
一坛酒的糟花儿
这个我想的地方,如今

带着你来走走看看

我想的是不是有点道理

相信你只来过一次

就摇曳和定格在我的心里

请你吃蟹

吃蟹季，小白蟹多如春色佳碧

多如秋色横行，夏季禁渔

秋之交开始打网

鱼与蟹

爬到了这里。海、港、城。

既不是海

也不是港，又不是城

乱串门户后爬上餐桌

它被捧成秋天之中时尚的海鲜

我先夹到一条大脚钳

大家忙于谈酒

我又夹来了一块小腿肉

鲜甜的乐趣，就像一个拓荒者

鲤鱼跳起的龙门，跳出海面

不知是几时的昨晚

我在，睡不着的梦境中

与你对吃蘸酒而醒

车过老家茅洋

白云飘过的地方

就是我老家的村庄

太阳下的渔民

多数是平静地出海赶潮

淹没了所有的烦恼

记忆中的喧嚣

泽披着恩仇，录视的风浪

沙滩阳光

海浪的拍打

完全给予了充分的尊重与高度

自由自在和生活

闲暇里都充分的感受

那里是你想要去的远方

蛏子在海涂上荡漾

而泡成了虾酱

是那些生物的多样性

蟹的横行

玩味家的感觉就是时尚

在时尚之下

我又想起来邀请你

夏夜——印象西湖（外七首）

• 吴作非 •

与你相约　一个清朗的夜晚

你在湖间　我在岸

当你一如远古的穿越

承音乐的呼唤踏波而现

我不由诧异

是否　你一直逯游在西湖的水底

入夜的岳湖　便是你的舞台

舞如传说将记忆轻载

时光逝去千年　你依然未改容颜

一只白鹤依依盘旋　诉说它所见证的悲欢

千只白鹤羽翼翻飞　终将沉淀的重新澎湃

于是　我看到一个个不朽的爱情故事

一个个故事里都有雷鸣风啸骇浪惊涛

于是　我看到风浪中凋下的片片羽毛

那片片羽毛里都沾染着同样的泪水

画舫的沉默　在于它眼中的纠结

纠结于悲伤的和快乐的场景都得转眼待见

画舫的笙歌　源自它内心的深刻

踽行于水　也唯有它能解说爱情不朽的终极密

　　码

星空　一直静默　如初夏它风的羞涩

断桥不断的演绎　此时还回旋脑海里

再见画舫上的新娘时候

那水　还是那曾漫过金山的水吧

在歌颂真爱的执着里

西湖的印象都成了爱与永恒

秋悟

借一爿铁皮屋顶

收听暮雨的问候声

却是百万鼓点般暴击

敲打我近乎木然的生命

惘然中看不透那千里云层

天雷响处金光是神灵的现身

这一定是我奉心膜拜的神灵

看心中的圣位已陡然立正

关于迷惘困顿闷烦饥渴

一溜烟儿收进玉净瓶

万千嘈杂魔舞魔蹿

只教我闭眼内听

于是我听到了秋

蓦然在夏眠里惊醒

我听到夏与它的话别

嘱它实现兄妹们丰收梦

时间辗转秋是最后的行程

风狂旌旗猎,雨急战鼓猛。

何须问成败,冲刺向前进。

雪之恋——等雪

没有时间伤感

也没有时间喟叹

没有期许中你的慰藉

冬天便显格外寒凉

我一直都在等待

你一直都在彷徨

来或不来没有准信

而我,也看不透千尺之上

冬至的夜盼你仍然

盼一场雪花覆盖的温暖

月光都为你甘心隐去

而你,仍只在我心里飘扬

雪之恋——当你来了

我以为

老了

会不再有爱

可当你来了

才知道
我还是迷恋
你的轻盈你的白

我以为
老了
便童心不再
可当你来了
我才发觉
每个人的内心
都藏着个小孩

我以为老了
便是万念俱灰
可当你来了
我才懂得
生命的秀场
并不在乎落幕的精彩

当你来了
洒落或者飘舞
轻缀或者笼盖
我以为
你是想改变这个世界
却原来
你只是为了还原我
记忆里的爱

雪之恋——一如既往

你总是喜欢
在我梦中徜徉
你的音容　却让我望眼欲穿
当时光千流百转

当我的期许几乎淡忘
不经意的今天
你却华丽登场

我久久地凝望
三万英尺你飘来的地方
天堂里凋落了最尊贵的花朵
成就了人间最惊艳的景象
你的轻舞慢转与淡淡忧伤
你的气吞山河却毫不轻狂
你的极简色彩与你生命无常
阐述着你绝无仅有的美的内涵

就让你一片一片地
吹打我的脸庞
让我在疾驰的摩托上
亲近你的温柔与温柔铸就的力量
你是我以童心拴紧的不释念想
你是我以相知承载的大爱无疆

喜欢你有忧伤却不凄惶
喜欢你有泪水却暗自流淌
对于雨对于晴的心情　总是会变
对于看着你时的心情
总是如孩提时
从未变换

爱的自白

年轻
是一种状态
不一定会随岁月离开

相思

是一种承载
堆叠心灵静静的告白

花朵
未必是因为寂寞凋零
但一定是
因为相思而绚丽多彩

望月遐思

仰望长空
便能触及你的音容
而我却不能
一如梦里般飘浮

寂夜长听
隐约在耳你的脚步
而我却不想
去分辨是左是右

我在的
像是一棵无法移栽的老树
期许如斯
那片荫凉却从未被眷顾

你爱着
在心底里串起亮闪的珍珠
转念之间
它或敝如尘土不再细数

青春
或是抹红的晨曦或是缀星的夜幕
有时却
沦陷于迷眼的浮华简单的重复
距离
如何让它只产生美而不产生迷误
比如像
风筝飞得远了你仍会为之欢呼
爱之永恒
或需得不息征逐而非坚固占有
自然如此月
总能让谁谁的思怀一致如初

爱的回音壁

你是我不会松懈的追求
哪怕你让我停留在永恒的夜幕
读遥遥星光如读你深邃的双眸
读历历孤独如读你美丽的寂寞
也许　我的倾心是不可挽回的错误
我的付出我的承诺你永不会在乎
也许我只能是你不愿接受的所有
尽管我爱你甘作千年的等候
看你　你便心事如莲雾萦重门
想你　我总夜夜失眠夜夜梦
爱你无由真情难隐亦难收
祈一种愿在眉头
盼一种缘在心头

随春末，随四季（外七首）

· 浅　夏 ·

窗的风景曾是我的四季

从纯白冬雪到盛夏林荫

伸手　一心一意想要捧起

却总是在刹那间惋惜

那无法再次拥有的风景

我还残留着这颗心

听得见生命的鼓动　始终如一

即便你跃入四季的身影

终究要化作相片中的回忆

或许今后

是一生一世的别离

也一定会有人　为曾经的故事哭泣

飞跃十年，二十年，一百年

随春末，随四季

一砂，一世界

它

陨于晨光

嘶嘶着

坠入时间的某个缝隙

黑暗　不知何处滴落

嘀嗒嘀嗒

催促着濒灭的身体

灵魂

却飞出音律

无形的双手

摩挲粗糙的岩壁

孤独　教会它思考

让祈祷的目光

渡过深渊

它

诞于暮夕

带着时光的泪痕

簌簌穿越生命的禁地

另一端

天堂的日光正褪去

千万白夜又升起

一时

是星火流连

一世

是生息更迭

它在近处　望着彼岸

它在手边　描绘永远

冬蝶

只是一个灵魂

午后小憩

在暖阳的安心感里

坠入宿命的梦境

不曾见过的朱色风景

感受温热蔓延的空气

填不满持续寂寞的心房

是谁的吻轻轻落下
印在已然冰凉的肩头
带着生命的味道
夺走仅剩困倦的吐息

被追赶着　被朦胧的时光
选择吧，任何一个出口　却不允许迷惘
多久　多久　还在等待
握着车票，却错过了的列车
多久　多久　才能够归还
载上　这拒绝远行的人

比永远更久的冬季
银色花盛开又凋零
这份温柔很像你
化作最后的泪滴

心悸

我所眷恋的
并非腐朽的折翼
是过于冗长的等待
与一期一会的爱意

是什么让这鼓动如此清晰
暧昧的生存憧憬
还是疲惫的短暂安心
绷紧的躯壳即将分崩离析
加速度的生命
亦耐不住　止不停
脉搏的律动　卜不出凶吉
又有谁
能为我剪断这纤细的神经？

雨·木槿

天廊微雨
华风不定
清冽水滟香滴
金籽雪落尽
淅淅沥沥流音
一如残枝泣
碾怜惨踩一时惜
雨后谁记？
此处无人伤别离
雨中独葬木槿

天之光

一颗心脏
同一时刻
踱着不同的分秒
它平静　又焦躁
不能停止的日程
一路走得缥渺
却也能睁开双眼　看得明了

在途

季节　走得匆忙
心情还来不及换装
记忆　终是握不住的残影

这一次　仿佛它也触到
天落凡世的闪耀
拉长的剪影

跟着踏起步调

驻足　握紧生存的勇气

以清晰坦荡的姿态

看那天之光

晨露

没有星辰的入场券

晨露不会做梦

蜷缩起来守候

倒影里另一处境界

是黎明滴落的泪

带着没有温度的温度

虫鸣织作摇篮

哺育下一个纪年

没有悲伤的行使权

晨露不会哭泣

蜷缩起来舔舐

身后又一抹伤愁

通过树林（外五首）

· 寿劲草 ·

懵懂初醒的人会留意鸟鸣

那些婉转的音调表明它们的语言

并不单一，

从而探究到它们的内心

正在迎接早晨

我可以想象到一些轻快的跳跃

树叶滴下水珠。它们的尖喙

在迅捷地接连地挽留这些

被误认的虫子

甚至差点站不稳——

我是这样恢复知觉的。

我的知觉落后于鸟。而光总是

通过屋后的树林照到我。

即景

虚无下嫁于蔬菜

它是它自身的修辞

在垄与垄的排比中

豆角借助着细竹子，长得

比青菜高挑一些

这时候枇杷黄了

像触手可及的意境

杏子也抛开了它自身的酸

变得柔和，甜蜜

这些初夏成熟的果子

在现实里超过了现实，它们似乎

乐于架空一个忧心的杜甫

风声

大风在吹着它经过的地方
通过窗口的缝隙,到达我的耳膜
这个时候是清晨
它也瞬间改变了一个人对太阳的想法
我听到
它经过远处山岗的时候
还是一阵隐约的雷声
代替消失的虎啸
这股气流是怎样聚集的呢
成为我窗帘外的唢呐,笛子,中提琴
有时候是凌空的鞭笞
不断地用一截塑料薄膜的残片模拟怠惰的马匹
我一直想仿写那种声音
准确的,能够得到对应的情绪的音色
它狂野的声音制造了某种假象,像一个濒危的
　　世界
操控在它手中
现在我要想想这声音背后的东西
这是代言
还是引导恐慌?
它替天空,在乌云里拨出一个太阳?
这一点从我拉开窗帘的那一刻得到印证

意义

我临时栖身于
医护大楼对面的
不存在里

看着遥遥无期的病人
隐身窗户体内。
这让我确凿无疑。

在一个人寂静的时候
突然明白
世界走到了对面

在一条城市马路这边
无病呻吟的空房间
那边的新生儿撞击着深长的蝉鸣

湖边观荷

我将在西湖边上敲响这荷叶
用夏雨
赞美的细锤
美的事物
自然有美的事物去赞美
尤其在世界的高温之中
一片荷叶
成为一片缩小的湖面
在这挨着的亲密中
禁不住一丝风
它们藏起了女舞蹈演员细长的腿
和后仰的天鹅颈
只有最外面的一排
被单反相机泄露

美豪宾馆一瞥

住在十七楼的空调房里
我与地面
形成了一个落差,我得以俯瞰。
步行的人行色匆匆,但被我减慢了速度
骑电瓶车的人更多一些
在辅道上,像戴着头盔的蚂蚁

又像一条蠕动的蚯蚓

他们合起来，个体追求着集体

而汽车承担着时间

从学院路的十字路口，向四面辐射

他们搬运自己。超大城市

集中了不能放心的生活

我是否在一个超低空的视角得到启示

在我与他们平行时

是一名骑士，或者超速的驾驶者

或者在电梯提升下

到达十七楼，销毁自己分配的角色

我听到知了传上来，是一批

得不到解释的申诉者

拎着喉咙的布袋

当你（外七首）

● 陈　颖 ●

当你成了刀俎

坚硬锋利

深夜里喝酒

坐进沙发，小心翼翼

听见金属摩擦的声音

铁锈的腥气

你怀念三月的平原

雪霁风晴

那时你是一棵韭菜

一畦一畦的兄弟

总是有云朵擦过叶尖

柔软炫目，遥不可及

再不曾如此生猛啊

那些最好的日子

桥弄街

回来得不算迟

浅浅的街石和屋檐

雨后夕阳里，杜鹃肥绿

梧桐树半大的叶子

十年前

出门那天，只一点点绿芽

路边生着煤炉

清早的水雾和柴烟

风轻轻回旋

还是小时候的四月

桥弄街的玉兰和泡桐花

都要等我看过

才会落下

暴雨

他们发明了文字

我可以靠在岩壁幽深的凹处

抬手下它三个月最大的暴雨

然后另起一行,写上阳光
风在最好季节的坡地上来去

木,林,森,蘑菇,我不厌其烦
让它们次第生长
渐渐营造出一切
开着牵牛花和豌豆花的竹篱
通往外婆家的小路

要非常小心,不能写到你
你是已知的病毒,小小的黑洞
是文字不能说出的事物
是三个月,又三个月的暴雨

小满

小镇的天空特别肆意
云朵毫无来由地涌起
反正风一吹
又能跌回海里
就像随季节涨落的鱼群
浩浩荡荡
被捞走一筐也不介意

要什么酒呢
就着晚霞,白灼生啖
每一句话都可以晾晒久藏
每一个争先恐后的气泡
都喜滋滋破裂

明天还来么
我家就住桥西的西边
整整齐齐的排门
红木太师椅,螺钿镶嵌

每个早上十点
小时候的我都在那儿练字

京九线

行过浓荫不雨
港岛翁郁的天气
行过陂塘小小,思念葱茏

卢橘杨梅,丁香,茉莉
依次变瘦
渐止于岭南之南,雨巷之雨季

洞庭烟波,环滁蔚然深秀
然后河冰塞川,太行白雪满山
我只是一路向北
经过无数战场,街肆和麦田

像所有银色的鱼
逆着所有的贬谪洄游
在一个开满菟丝花的院子
喝茶,写书,看草色上阶
看长安慢慢消失
于春天的山川之间

江南

一夜的雨
你有没有等我出现

读满目青山
还有今晨写的诗
问我喝龙井还是毛尖

一夜的雨

笑语盈盈的天气

你是一个小小的叶公

我是一条小小的龙

名叫江南

没有什么谜题因未解而惆怅

冬天是不用收获

也不用播种的季节

是松鼠们在一夜大雪后

忘了哪一个树洞

藏着它花费整个秋天

一点点收集的阳光

将至

冬天来临的时候我并不惊慌

所谓万物凋谢

早已经预习过两遍

在前年春去

和去年春去的时候

所以你看这样的夜里

河水平静如漆黑的眸

雪线默默地翻越太行山

城里的红栌和金叶槭

从从容容地把叶子落在地上

落在全世界所有的小径上

四月

一朵早开的花

每个早晨踮起脚尖

在最高处迎接新认识的光

永远都有这样美丽

而容易被风吹动的事物

像隔岸的柿子

微妙地悬停于初秋

像冒雪行过山谷的旅人

不想被纳为风景

直到有一天孤独的黄昏来临

一瞬间，四月将它淹没

义山回声·散关遇雪（外四首）

· 李文龙 ·

"剑外从军远，无家与寄衣。
散关三尺雪，回梦旧鸳机。"

散关不眠

剑破寒气

乱山中军声滚滚

云啊，一张瘦削的脸

静卧在剑的镜中

残雪，一切都指向
那一场伏击。

呼啸中雪在流亡
她织的衣冷了
三尺雪地里
好像埋葬理所应当

旧织机上的回眸
梦也冷了

春日忆梅

"定定住天涯，依依向物华。
寒梅最堪恨，长作去年花。"

灵魂被钉死在天的钢板
铁钉凝血作冠
千万的媚眼
被扔进比血更深的火焰
黯淡失色。

在春天步入黑暗的前一刹那
我的身体如一支衔恨的箭
钟表碎裂，焰光倒转
重换一次次守望。光
直到为烬
直到只剩一具无名的尸骸

残香依旧，她却不语

暮时见柳

"曾逐东风拂舞筵，乐游春苑断肠天。

如何肯到清秋日，已带斜阳又带蝉。"

觥筹交错之中，倾倒
是谁的绿裙染了污
颈上锁链曼舞
是谁的青袖遭了吐

秋声向晚
换奏一曲长恨哀歌
蝉也咽不下那一颗
烈如秋日的痰

石头咏史

"北湖南埭水漫漫，一片降旗百尺竿。
三百年间同晓梦，钟山何处有龙盘？"

湖水消失了。
剥蚀的舟病倒在石岸
远古的低语。

风一次次抚平旗的皱纹
闭上眼，依稀能听见
苍白的笙歌。

像是一个易碎的梦
蛰伏在石的胸口

博物馆门开，
是孩子的惊声：
"呼！这个怪物
像只脑门长泡的龙！"

花下醉眼

"寻芳不觉醉流霞,倚树沉眠日已斜。
客散酒醒深夜后,更持红烛赏残花。"

阴柔的唇还垂着酒露
利齿已撕碎语言的躯体
当蛇蝎之心向夜无限趋近

醉,便预示着一场分裂

他曾不止一次鄙视自己
残春入梦,人散
媚骨的紫火被点燃
一切字眼于他皆暗示着性

暗飞（外三首）

● 张淑锵 ●

无边的黑夜已然降临
沉重的帷幕悄悄落下

一只鸟儿飞着
从黑暗中飞来
于黑暗中飞去
黑夜的天空中
寻觅不到一丝丝痕迹
就仿佛
这鸟儿
从来不曾飞过

剑桥天风

百余年前
你从烟云中初生
尘土沾满了
孱弱的身躯
你以求是
为自己起名

你用图治
为自己定向
你知晓
前途漫漫
必须笃行

八十余年前
你浴火重生
敌机当空
且作恶鹰盘旋
穷疾加身
权作精钢百炼
五千里征途
只是你的一小步

你不满足于
东南一隅　因为你
将论文写在边省
将理想刻入邦国
将真理视为依归

将天下揽为己任

你在浩瀚星辰里
架起了一座
通向未来的东方剑桥
无数的华美衣冠
在天风如潮中涌动

我站在历史的此岸
感受风中吹来的潮声
有时天音如籁
有时天音如崩
我默默地
在风中与你相拥
在梦中与你相逢

今天晚上

今天晚上
那些星星都去哪了
那颗最亮的启明星
已经没了踪影
夜空中
它曾经

放射着光芒
无论夜空如何暗透
悄然穿破千重云

夜已央
夜正浓
夜空惨淡
夜意苍穹

问昙花

白天与黑夜交替
孤灯长悬
春天与冬天轮回
落叶无边
悠悠天音
廊中呜咽

一声鸟鸣
几页书声
我问昙花
花开何日
昙花不语也不答

梅之眼（外四首）

· 麟 子 ·

那年初见
你的眼睛是蓝色的

铮铮的铁骨上　有
你曾经盛开的梅花烙印

在生你　长你的地方
觅觅　寻寻
却再也无从辨别
七彩的花丛中　哪一朵
哪一枚里　有你
那一双蓝色的眼睛

在夏　秋　冬季里蛰伏
再一次等待　来年春天
就算　无从再见

许是为回避于我
在某一粒花蕾里
你的隐身
像天上的星星

梅海中心的湖水
像一面青铜宝镜
抑或你已溶入了唐诗宋词

与东太湖细语

木桥镶嵌于东太湖
看不出鱼儿的心事
月亮今晚休息
星星夜空偷闲
美人蕉争相艳
芦苇叶轻轻飘
莲花一池　晚风徐行
多年以后
东太湖的木桥
茫茫的人潮中
还能否找到你
托腮凝思的片段

就算那时思念无语
却不愿看见太湖之水
行船孤帆影单的画面

少了一个主角花儿依旧

感觉很傻
却傻得可爱

仍去你到过的场所
一个人赏花
一个人穿越，
与你走过的路程

花儿绽放的瞬间
看落英缤纷
蝶舞飞扬
轻了，一春的心事

青苔已布满台阶
却仍能从苔藓下面
翻阅一些伤感

明清家具

在一个朝代
居家

主人离开以后
仍旧沉默

走过一个朝代
躲过一场场浩劫

简单也好流畅也好

繁缛也好沉重也好

曾经的许多故事

于树木的年轮

年味里的村庄

云雾半山

外路亭外油纸伞下

丝雨中的徽杭古道

儿时的年味

已缭绕在乡村的炊烟里

溪流中　春已在

石斑鱼　螃蟹　鱿鱼仍在冬眠

老家的饺子

已在多层的竹笼里

挨家挨户拜年的时间

小伙伴们都不在野外

杀猪饭是最香的

大人们喝酒聊天的时候

偷偷约小伙伴们

白色的夜晚出门

堆雪人打雪仗

一别四十载

一别姑母已远离

一座古桥上

一块让岁月磨损的石雕

经历了万千人间的故事

青山绿水依在

捡一枚石头　水面如镜

父亲曾经走过

间隔着青石板的徽杭古道

一直抵达朝鲜战场

沿一个村

一个个马头墙下的巷子

努力想儿时一起玩的伙伴

坐一个陌生的草编上

冬季的青石上很温暖

熟悉的古建筑前

一边是胡氏分祠

一边是南来北往的山口

原来出道的

是礼仪之邦的一份情结

走一节　停一个段落

斑驳的墙　纷飞的事

老土灶　炉火笑的那一刻

村头仍旧有喜鹊的鸣叫声

古城的伤口（外五首）

• 童玉莲 •

距离是横亘的斑驳
色彩是遥远的传说
余晖下的古城
独自唱着忧伤寂寞的歌

我撷一捧落英
看天边云起霞落
古城的淡然
也轻卷着多少岁月的疏狂
也在不经意中
为谁写下流年的思索

时空曾绘下一幅有你的画卷
此刻却成了寂寂无人的空巷
梦里欲远还近的念想
不是撑着油纸伞
徘徊在江南丁香花开的雨巷
古城下的斜阳
曾将你离去的背影拉得很长很长

我不理解古城的坚持
也看不透它眼眸中仅剩的一点亮光
千百年来的沧桑
或许早已泯灭了心中的那一盏灯火
可它却依然守护着风雨中的来来往往
还有
那并不会归来的远方

当春天走入我的眼

曾经醉在这一片白茶园
清香古朴于五彩斑斓的霓虹世界之外
任凭远处歌声嘹亮
还是彻夜狂欢
我在浙北最娴静的角落
看山

当春天走入我的眼
这一片葱绿
覆盖着满山满野的生机盎然
家乡的茶园
已经在悄悄地酝酿着一场繁忙的农事
赶在清明之前
蹿上农人的眼角眉梢

每一片姹紫嫣红
都有一个起于情怀的故事
这一片绿色也是
我走进这一场属于春天的明媚
谁在悦乎这关于大山的馈赠
在春风照拂的地方

安且吉兮
且乐且唱

渡口

写在桃花扇上的字
渐渐消褪了颜色
刻在心上的情思
斑驳了岁月
时间是一场不可逆转的行程
走过少年
越近中年
多少沧桑都开始掩在心底
或藏于笔下

四季最喜是秋
放眼皆是金黄
摇落一山的黄翠
却无从分享起
终于明白了
月当轩色湖平后
雁断云声夜起初

静立在这已沉寂多年的渡口
破旧的船只略显荒凉
笑着与往事再见
来年桃花再开时
扇里已无桃花

塞北风远，江南梦短

寄往塞北的诗写了一篇又一篇
通往江南的信却在寂寥中熄了光火
唱过的歌还记得
写过的字已经失了颜色
闭上眼，只愿不再被催醒
江南，丝雨成线

春与秋是两个不会相遇的季节
那么相似却终是无言
我走过你窗前时你正春风
你离开时我醉意却浓
酒杯里，是夕阳褪下的残红

我把心事藏在钟楼
一声一声敲给自己听
一盏一盏的渔火
将我隐入暗中
从此，无字无声
诗歌里，风和月本无关

最美的风情，是你在周庄水乡

想起
那千年水墨画里
天青色彩笔勾勒的烟雨楼阁
想起
醉意朦胧时浮现的青砖黛瓦
乌篷船门前划过
撑起袅袅半城烟沙
未曾言语
早已惊了唐宋的水花

每一块砖，都经历过纷繁的时光
每一寸墙，都有温婉的卓越风姿
每一滴水，都涌过历史的沧桑
灵魂与乡愁
敲打着过客的心动与迷茫
那是梦里的江南
梦里的周庄水乡
水与人，成就了几个世纪的水乳交融

此刻，眼前的美好足以让我怦然心动

吴侬软语
亦曾回荡在耳边　　　　　　　　想谈一场邂逅
花桥水阁头　　　　　　　　　　在风和雨交集的路口
那个着粉衣顾盼生辉的女子　　　我来，你正好还在
撑一把油纸伞　　　　　　　　　你笑，我点头致谢你的温柔
她说春已瘦　　　　　　　　　　一场秋事
满城尽是　　　　　　　　　　　漫洒着整个四季的欢欣鼓舞
相思的芽

　　　　　　　　　　　　　　　角落里已经泛黄的油纸伞
凤泊鸾飘别有愁　　　　　　　　勾起了我心底最深最深的回忆
三生花草梦苏州　　　　　　　　那用诗歌晕染的黄昏
　　　　　　　　　　　　　　　有人说那是黑夜与白天一起写成的故事
风起　　　　　　　　　　　　白是你，黑是我

走进一场柔柔的春雨里　　　　　情缘
赤足，踮起脚尖　　　　　　　　总是错位在桥与路之间
掬一捧芬芳　　　　　　　　　　我不怕风起，却更怕低头
任凭雨水湿了眼帘

午夜听雪（外三首）

· 方东晓 ·

江南雪　轻轻地落　　　　　　　寻访乡愁的影迹
在午夜　可有谁静静地听？
这雪　染白了山林田野　　　　　午夜雪　悠悠地落
染白了游子归乡的路途　　　　　在江南　有我在静静地听
也染白了相思的鬓角　　　　　　这雪　随风的舞姿
恰似你的牵挂　　　　　　　　　飘飞着　诗意般的柔情
总会在千里之遥有人感念　　　　也泛起一片沉睡的梦境

恰好天地有正气
人间正道又有风雪夜归人
肩披岁月的风尘

午夜听雪　那只是世俗的恋情
我却用尽了一生的约定
一生的约定

秋韵

凉风　穿透了酷暑
在田野上游荡
秋天将再次降临

蓝天牵挂着几朵白云
几抹浅黄　点缀
尚处于酝酿中的秋色

因为有汗水灌注在田野
丰收的喜悦沉甸甸
让秋色顿时喜上眉梢

晚霞里　虫啾鸟啼数声
炊烟起　在远处人家
描摹秋天的田野

归程的旅途漫长
从春天走到秋日　而乡愁
早已在宅门前守候

月下读诗

当一轮明月悬挂空中
我沉溺晚风的轻抚

在有点儿清高的月光下
开始读诗　心想着
做一名怀抱云朵的诗人……
当有一丝馨香掠过
我肯定在诗里读到了爱情甜蜜；
当有一声叹息响起
我肯定读出了诗中的泪滴凄涟；
当有一朵愁云飘来
我肯定在诗里听到了惆怅绵长；
当有一缕悸动划过
我肯定在诗里看到了年迈的双亲
还有那山水相连的牵挂
此刻　我的神情
我的愁绪　我的世俗风尘
我的身影　我的目光所及……
都被那漏下的月光
如一丝不挂地近距离窥视

今晚　月下读诗
那月光的清白如我心境
我依然想着
做一名簇拥清风的诗人……
当我读到了温柔
世间的一切美好就将我包围；
当我读到了乡愁
远方老宅前的荒草就开始疯长；
当我读到了寂寞
幽怨就从天涯海角遥相传来；
当我读到了飞雪连天
那北国雪原就从心里奔涌而来
用捎带着的清凉
给热晕了的江南退退高烧
恍如四季一带而过　顺便
把所有急躁的欲望一并冰封

只留一地月光的清辉

让诗人专注地读诗

读出一片轻风朗月

读出一个清气乾坤……

诗意江南的草原

我刚把时光扶上马背

草原的风就开始奔跑起来

远道而来的暑夏

忙碌地在这儿安营扎寨

顺带着江南的诗意温婉

那些轻烟细雨和丝竹小调

应和北方粗犷的烟火味

举目远望　大雁北归的身影

不时从天边掠过

它要去往更远的北方抚平思念

蓝天白云的映衬下

草原的鹰借势扶摇直上

因这个生长的季节欢呼雀跃

在浓烈的热情氛围里

草地渐次变得肥美

比昨日又妩媚了几分

面对这丰腴的身姿

一群群牛羊垂涎欲滴……

欢乐堆在牧民黝黑的脸上

这日子从此变得轻盈明快

这诗意江南的草原

青绿是此时的主色调

从黎明到夜晚

它的每一个角落

尽是奏唱"成长成长"的回响

即便当落日被晚风带去远方

每个人心里住着的　那片

故乡的晚霞依然绚烂

只是我沿着星光潜行

无法找到护佑草原的神灵

在夏天过冬（外六首）

· 侯乃琦 ·

时间在手臂扎飞镖，试图

让我免疫诗和爱情。

另一种足以致幻的针剂，想让我

变成非我。阴雨天，淋湿帆布鞋。

迷路的男人点了三串变态辣鸡皮，

配上重庆啤酒。我的家乡，

可知，你也是一处香港地名，

或者说某一部电影名字。

语言的泡沫让我几乎失去你。

中国人安土重迁，也向往仗剑天涯。

蜷缩墙角的猫，或许有一天，

能完成攀登珠穆朗玛峰的使命。

我还在被窝里发呆,同时使用
空调和空调被。小宝贝体肥如猪,
食冻干过量导致肿了嘴。
它以臀部对准我的脑门心。
我始终不愿离开洞穴,
恨不得屯够一年的粮食,足以
过冬、过春、过夏、过秋。
愿景多美好! 但楼下住着
瘫痪老妇,歌唱、呻吟、骂人。
还有隔壁那三辈人,时不时
把垃圾、玩具车放置在过道区域。
如此,便是五味杂陈的生活。
从童年起,就在期待着老年——
于是,我在夏天过冬,并猫成一团。
过去是美好的过去,未来
像硬挤出来的牙膏,挺着梆硬的身子
证明自己的价值。其实
不那么必要。因为,当未来到来时,
并未经过任何人同意。

变形

清晨,搅动牙刷泡沫的动作,
像清洗水粉笔颜料。
我的头顶筑起鸟窝,除了长发,
我能接受光头。

直或曲线有不一样的美感。
水滴从壶嘴滑落成就微缩的侘寂。
时针摇来甩去,想来,
是一束被固定得牢固的捧花。

我背诵自己的诗,
以为侯乃琦是个诗人。

无穷尽的表达,悄悄地,
在难以读懂的符码间嚣张。
鞋三十六码半,
与发胀的太阳肉搏。

走过的路不过重庆到重庆。
不敢北漂的夹尾巴狗,
输得起虚名,但输不起个性。
我的疯狂在于扭曲的时间,
我是孩子,也是老人。

冷街的轻雨落在旧楼天台,
忧伤幕天席地。
在二次元、七方界、艺落街
收藏着透明的魂魄。
一颗染色玻璃弹珠变成火焰,
无意间把我点燃。

夜晚唱歌的灵魂

偶尔唱歌,钩编波希米亚头饰的时候。
异国的晚上,夜莺曾赢得蓝眼睛、绿眼睛的注
　　视。
她自由如蝴蝶,宣誓着
如果被朝九晚五束缚,就要自杀!
白天的任务是收罗古怪的玩意儿,
有一天,要把它们传给儿子。

先锋形象绽放成概念里的自由花,
仿佛玻璃窗外下雪的景象。
月下小草悄然靠近——
缸花,花器是屋顶无边泳池,
漂浮的荷花是裁纸刀塑造紫洋葱。
蒲扇、铁丝、蝴蝶及一切可能性,

它们奔跑着、跳跃着，为了美，
甘愿弯折自己的骨头。

就像手臂是维纳斯多余的部分，
好些花骨朵和叶子，被摘下，
躺在母本旁边，
欣赏花不成花，叶不成叶的创造。
此刻，造物主是手持剪刀的人，
但若胡乱伤害植株，会被缪斯呵斥。

我想起了许多，遇见她和她的女孩之后——一
　　对超凡脱俗的婆媳，
她们用干净而热烈的刮刀画，满屋充满现代性
　　的手工艺术，与机械生产相抵抗。
美院有我儿时的梦想，
仅待过两个月，却想念老校区的烟囱、铺盖面、
　　台式奶茶。
我喜欢被丢弃的画板，无心沾染的颜料格外好
　　看。
还有裸露的人体雕塑，那是敞开心灵的视觉化
　　表达。

望月，捕梦，摘星星

有人说，写你看到的，
像是磕长头的老人，
或牛生前的泪。
我看见过飞鸟眼里的雪。
我写下梦中邂逅的凡·高，
他纸上的颜料，是血。

山旋转成渺小尖点刺向柔软胸膛。
我开始写，当我感到疼。
你知道我，但不知道我的名字，

诗人的名字，湮没在浩瀚之中。
你不必查阅，请把它们连成北斗星。
车窗里的人把那当成诗人的影像，
却不知，那是诗人本身。

所有人都会下车，
火车伴着夜色，直到月亮褪去。
庸碌的日子，妇人点燃火柴，
一分钱卖给穷人，转身讨好贵族。
未冻死的小女孩，回归市井。

我从万花筒，看见时间
是战争的暴虐。
看不见的硝烟弥散在城市，
行乞的人，疯人院的人，囚室的人
还在写诗。当火车经过，
他们的魂魄会被带走。

骨肉

像流体画那样缓慢，一下午
野生茶也喝得索然无味。因为
孩子们不和，在狭小的空间里厮杀。
体魄强健的那一个要被送走，
去好人家。他吞下过量的肉，
我吃下过量的糖，给彼此最后的微笑。
人类世界，也一度有过赠送孩子，
由各种原因导致母不母，子不子。
还赠送过女人，为了免于战争，
求一时和平。我躺在沙发上，
任他舔我的嘴唇、舌头。
亲手养大的孩子，为何躁动至此？
我不愿打他，在外保护他，
即使是他错了也绝不承认。

破坏的力量是生命本来的美。
所以要破窗、破框、破梦。
被肢解的昆虫获得另一种幸福，
变成残忍的艺术重生。
父母和子女之间不过一场巨大的悲剧，
一再别离，连眼泪也不剩。
世间摆满林妹妹的宴席，
让人难以下咽。
他食蛋黄不食蛋白，养出金黄毛发。
他长出眉毛，像极了我笔下涂鸦。
谁见证他的降生？我记得季节流转，
小窝里的布换成毛毯，再换成凉席。
渐渐，他在小区臭名昭著，
凶猛易爆冲，伤人没礼貌。
他只是个孩子，却得不到人们谅解。
他不能玩人类幼崽的滑梯，
他不能不被绳索拉着跑，
他不能逛超市……一切的不公，
我的孩子，请相信我不是那样的人类，
我只是被唤作奶糖的柴犬他母亲。

天堂是所茅屋

天堂是所茅屋。里面摆满草鞋，
摆满粗线毛衣，尼龙裤……
即使为秋风所破歌也不要紧，
那终究不会垮。落叶
是一个个无家可归的灵魂，
它们渴望来我这里，和我搭讪。
这里就是天堂。生者时刻准备着
往死者的灵柩撞上去。亡者回归，
推开老旧的木门，一溜烟，
离开沾满油渍的灶台。

谁不爱茅屋？他们用海绵之身
吸满眷恋之水。
锅碗瓢盆抛弃我。
我挽起情人的发丝，
把它与命运的绳索打上结。
那温暖，进入我体内，变成赤子之血。
我贪恋的，只有茅屋非幻象。

山夏

像一株低垂的紫藤，
以不确定的语气指点大家的小作。
或许可以让枝条换一个角度，
又或许，你的理解更好。
平淡的生活真美啊……
剪下植物的器官，孕育新的品种，
即使它的生命只有几天，
与我们一期一会。

她佛前供花，在我皈依的寺庙。
那一天，我意外错过菩萨的生日。
请替我诵经，将功德回向给卑微的存在。
寂寞清晨，修行者摘下青草露珠，
安置于浅盘。某个瑰丽的黄昏，
一饮而尽残余的光线。
梦里，女子穿着和服，与花对话。
荼蘼是忧伤的表达，像褪色的胶片，
失去明媚的展颜。
草月有自由奔放的情感，
隐藏着很多不情之请。
如今，那变成溶洞中清溪，
泛出山茶最初的芳香。

夜入禁航区（外五首）

· 彭　杰 ·

窗棂悬满鹤唳，深月裁开之处
松针上久置的镜头，紧张地交光。
天气把控出行，汽笛拌嘴，对视
似潮汐耸肩，向折叠影报借来低空

施展内心的雪景。早交上减价头颅
风暴又忽至焉，灯塔蕴波色文身
满心捞取珊瑚的噪音。引擎搜索马达
沿禁航区徘徊，夜黑黑可闻蔷薇色？

所有人都做相同梦。持灯入琴弦
横算星河失筹，来往剪影皆作样板戏。
树尖染粉，直至激腾深青的孔雀云
舔几瓣失神黑铅皮，玉弧绕满王公声

谁能掘来闪电，溢满穴室的听觉
唯道中托于火光曳满脚踝的姓名：
基路伯，撒拉弗。在但丁的位置中
疲倦地裸泳，"你亦不能上岸"。

密林区

从这里进入，灌木向四方伸展
修剪星辰的余声。场景跨过
重力的起伏，像花丛的反光
戒备着，永夜般充斥彼此的凹槽。

忽略到处的迹象，昆虫的音质
布满灰色裂隙，迎着下坡风
伸展脖颈，对抗林木蔓延的斜角。
如环顾家庭的展览，被取出截面

鸟群分配色彩，避免即将的丧失。
积水在视野中不断刷新，战栗着
等待雨水腾空地板，每个到来的脚印
都包含无法妥协的对抗，从上空

倾听彼此夜晚的泥泞。我们也曾
凝聚，而后属于树丛间逐渐消失的
动作。想到万物的不平均，催促着空气
穿过厅堂，铜铃般的迟疑，你水银的署名。

山雀区

你能想象，山雀在枝头轮流站立数十年
就为了分辨出我们的到来，再扑棱一下
飞走吗？那些完成而无法辨清的事
像漂来的人。现在雨水算完高度，

持续落入自身的尽头。可解决的事情变少，
砝码却没有移除。富裕催动水面的不安，
植物的夜晚，生产的空气与花费的空间
在账单上不成比例——压舱石被抛出

在箱式地形的内海中，泄尽所有的重力。

你我总说服自己不是其中的一员
因为取消，获得了编号与所有的形体。
花朵转梯般的嗓音，持续了好多晚上

还没有想清，在什么角度停下。
戴毛线手套的狱警，正好从菜地边经过
看见光线穿过走廊，像一次微型注射
尽头的画像显露出疼痛，像人类一样。

风景储物区

黑暗中失神的水声，怎样引动了你？
肉身辗转，试图捕获夜晚催人入眠的力量。
堤岸低声念的姓名，携着星藻向后退却
她也是月落的裙脚，又不时地陷落。

柏舟的不定近似烛火。匮乏遮拦的水域
雾气逡巡中辨听体内枝干的位移。
掌心的潮汐跃过丘壑，借此融化盐粒
那反复的动作将你的触觉一层层归还

一如火焰，披拂着低空的丛林滑翔。
但"人是风景的汇聚，蜗形的梦魇中
急转神智"。她每日照见的镜中
都有着隔岸对峙的奥义，唯存的实体

是他们之间奔流的河水。只心已如席般展开
平行的松枝，每一个尖端都与星辰相连。
多少夜雨下簌簌的湿矩，和星流顺服的音轨
经过肉身辗转。但松枝，那晚松枝听见了什么？

叙事中的夜晚区

叙事中的夜晚，月亮像一个猎手

使他们深陷于光晕的搁浅。而迟到的夜
向四处敞开，覆满她体表星系，
谁为谁失重，谁就如林般落入新生的手势。

急急的欢潮，撑起内海的地形
一如性中的闪电，擦亮彼此抚摸。
因双手的海拔压低，手势也是观看
而暗室在手势间隙兼听，遐想

精密于梯阶的甩尾。重叠的回望：
花群是复眼，将晒谷的手，增殖为
霜群的手，远景中树枝溃散到极尽
归还你体内折叠的水银。然后被叙事

从手势中暂居的耳骨，到她面孔上
被青苔化解的神情，缓慢恍若缓刑。
踮脚中的蓄势，叙事汇聚到草叶的尖端
积水定时交接完引力，坠落直至深心。

禁止入内区

禁止入内。哈气的人望着春心，
丢失风的园林，是虚弱的邀请。
看，皇帝的细雨描摹你的蛾眉
每一刻，为悔恨的内壁铺满青苔。

全是落差。最先从混浊中清醒的
是积水。蝉翼玉鸣的时刻，风琴
内烁的手势，欲望的星辰已从
井中升起，冷锻同烛光液态的对谈。

不能阐释。花的造影转动长夜。
杯状的峥嵘，被波纹一如既往地
切割着，患上病雪的雾修饰缓慢

一步步后撤,搅动她新月的形体。

代替言说。帝国的话语雨意般喘息

渡河入林,铺展浑身湿透的睡意。

阵风满帆的眺望,怎样才能结束你

海床在耸肩中蔓延,曲折承欢。

迷楼（外四首）

· 李　峥 ·

想象一座七世纪的迷楼
寻帝王留下的诗酒香气
在河道两旁聆听旧日的消息

《春江花月夜》伴着水流
从你的家乡流淌到我的家乡
从旧歌诗变为新乐章——
暮江畔,春花开得烂漫
月晖下,娥皇女英归来

吴歌的家乡歌声依旧在?
载满欲望的迷楼
消失了会不会再来?

耕几亩想象之田于河岸
召集酒徒把酒言欢
看对倒的世界里大地蠕动
荒诞始　万物变甘甜

马蹄莲

空气是橘红色的
把对面的楼隐蔽

门窗紧闭
又是禁足居家的一日

诗人X和黑咖啡　给了我
本该由朝阳带来的兴奋

桌子中央一捧白
梦中新娘的马蹄莲
浸水　剪裁

却原来　她是萝卜芹菜
喂饱我　更待明日

晚祷

向晚时分她望着窗外发呆
看枯枝上降落的叶
看天色从昏黄变成微黛

对面四楼的白猫　晒足了太阳
日夜更迭并不影响它的好心情

它站起来　它跳下去　它全然不管
三楼弓腰干活的妇人和此刻
凝望它的眼睛

暮色四合　晚祷开启
想起神明　眼角湿润
她念叨着：多么忧伤的人类
多么欢愉的猫咪

白夜

饱食的这一夜　灯火无际
喀秋莎台聚焦文学青年的疲态
滚动播放茨维塔耶娃的事迹

从远东到故宫到底要多少春秋
紫禁城到静园又差了路程几里

还未揭晓先生投湖的谜底
就反复琢磨起女诗人缺爱的谜题

自戕者丧命后被人们频频提起
寡爱之人逝世后得到众人膜拜

夜晚为什么要如此光明
高贵者为何会一败涂地

海城迷事

炭烧的沙子　穿不成串
棕皮肤孩童
食指冲天　唾骂落日

一轮涂黑的月悄然升起
地火烧干泪珠
墨水滚滚前行

子夜　城池
富商们面容干涸
只身投入暗黑色　默默别过
连枝带叶的兄弟
携四十年来的秘密没入深海深处

艳阳翌日依旧
警察例行公事
海岸闪现的玻璃
手机弹出的信息

面朝大海的主位兄弟
吁叹一声　长长——
长长——呼了口气

幸存者偏差

· 孔艺真 ·

高高的　地方

大剧场

干净衣服说　必先苦其心志

不幸

是好吃懒做　应有的奖赏

垃圾桶与励志

隔着薄薄的玫瑰花窗

从里面

可以翻出坚硬过咸的苦难

分成三份

在没有路灯的地方吃掉

比高更高的地方

煽动着　廉价的批判

和　露骨的愿望

群体　旗子　口号

可疑的感同身受

体察的西装

城市是个游牧民族

亘古不变的钟声

是唯一的家当

可广播说的效率究竟是什么

毕竟明天那么漫长。

孩子

· 郑光明 ·

绵延的丘陵

钟声渐响

我慢慢睁开眼睛

冻住的黑色

匍匐的玩具

一切都令人诧异

高耸的柱子

无情地将我与外界隔离

我从哪儿来？该往哪儿去？

所幸

可以享受这久违的宁静

可以听窸窸窣窣的虫鸣

可以

想象驰骋
幻想所有东西
还有
上天的一丝悲悯
雪白的眼泪
落在我的眉梢

天渐亮
城市里
人们欢声笑语
悠钟声扬
又一次划过天际。

偌大的城市

· 何嘉乐 ·

高楼大厦
白色的烟雾
红色的高跟鞋
桌上还有半截没抽完的雪茄

游散的野兽
正在啃食嚎叫的猪羊

城市的角落
熏黑的土地
破烂的布匹
土地上冒着硝烟的弹片
坚毅的旗杆
正在远方诉说着自己的看见。

果

· 陈 卓 ·

红润 表皮光滑，
仿佛穿着一身花嫁。

儿时，我在阿婆家仰望一树果实，
想它的枝条抽芽，
等果实在秋季落下。

可它们与它们不同，
果子没有果实的芬芳，
尝不出春日里向阳的花。

如今，我在果园里摘下许多果子，

便宜酒窖

· 胡芳宁 ·

下水道浮肿的蛹
抛光了一副骨架，
粉饰着早已脱落的血和肉

清扫昨夜的人，扯坏了
镀金的楼宇空茧

茧内早熟的婴儿，微弱存活
醉醺醺地，摇晃，探头
泼洒两元的啤酒
一元敬如哑女的黑暗

濒死也发不出音节的新生
一元替城市，赎它跪下缝茧的人
悠悠众口被当宠物喂养

繁华养人
尊严营养过剩
灯火稠烈地泛起气泡

醉汉的背影
咿呀出霓虹和罪恶的小调。

独身

· 彭诗尧 ·

在嫌恶、打骂间穿梭
是我生存的都市

缓步于孤寂
在孤寂中寻觅

证明鲜活存在的痕迹

钻进巷尾的小道

饱餐一次
胡乱扭动着身体
找不到惬意的姿势

从角落望向都市

"老鼠先生"
叹下了最后一口气。

废墟里的流浪

· 田宇骄 ·

高楼林立　车马熙攘
城市向人们宣告
它的年富力强

不过
喧嚣背后却是无尽荒凉
黑白为废墟梳妆

蚊蝇在阴影的交响中
流浪　　流浪

彷徨　　彷徨

何人听我诉心殇
无人渡我过风霜。

他们的废墟

· 子木逍遥 ·

有半座城崩塌了
太阳和月亮同时照向废墟

幻境在阳光下熠熠生辉
无法触及的真实
黄金乐章里永舞的男女

现实在月辉下萧瑟黯然

永远找不到父母的弃儿
用眼泪和血肉
继续建造废墟

嘭!
又有半座城崩塌了
日与月
照向新的废墟

黑与白

· 高　灿 ·

黑是白的私生子　　　　　　　在夜晚披上灯红酒绿
蜷缩在一隅
　　　　　　　　　　　　　　黑什么时候都只是黑
角落的黑永远不会被人拿出
白却可坦荡享受　　　　　　　白是虚妄
溢美之词　　　　　　　　　　黑是事实

白在日间是白　　　　　　　　不争。

城市文身

——《精神分析棱镜中的本雅明文艺肖像》

· 杨东篱 ·

水泥、钢筋、贪欲　　　　　　生命在梦、记忆和眼神中回响
在城市边缘
蚕食、攀爬　　　　　　　　　梦境
肆意生长　　　　　　　　　　跳来跳去
　　　　　　　　　　　　　　绕过高墙
机械复制的时代
废墟上的跋涉游荡　　　　　　被语言征服

碎片闪烁　　　　　　　　　　背叛自己
破败支离
　　　　　　　　　　　　　　强行讲述

没有裂痕的快乐

往日时光
被刻意遗忘

记忆只拉出虚无
逃避意识的捕捉

远山氤氲

午后斑驳荫凉

山与水的灵韵在呼吸

眼睛里
栖居着无限未来

走向现实深处。

从此，山间的草木替他们活着（外四首）

• 陈群洲 •

突然之间发生的改变，让他们从此开始
从容接受春天里的一切：泥土气息
高处的惊雷，雨雪。低处的虫鸣跟蝼蚁们
细若尘埃的热爱。在早晨到来之前
深不见底的黑里，萤火虫是见证存在的，唯一
　　火炬

有草木共有的长势与轮回。有草木没有的
永远的名字。籍贯。伦理与亲情
对尘世的种种依恋，以及割舍不了的疼痛

如果山间有鸟鸣，清脆，或者尖厉
那是愁肠百结的亲人
在阵阵小雨里，万唤千呼

洣水北去。一个又一个黄昏，兀自带走落日，喧
　　嚣，连同我们内心里无边的荒原

只有一些营养不良的身子还发着精神的微光
如同遥远的星辰。从冬去春来的每一条梧桐
　　枝头
从向阳路的拐角处，出发。风霜雨雪
连着未来

时光是一位魔术师。三十年里，它改变了太多
生活与容颜。潮的流向。甚至生命轨迹
无法改变的，是信誓旦旦的诺言，跟我们始终如
　　一的追寻

那些年，那些事，
那些时光无法改变的我
——与沐兴书

而夜渐渐瘦了下去。口袋里空空如也的我们
依旧眉飞色舞，意犹未尽。夜宵老板
不知道面前的年轻人，被啤酒和激情打开的胃，
　　究竟有多大

那是可以称之为风景的时代异象。时光曼妙地
　　流淌
袖珍版的十字街跟小城尚在缓缓发育

换上冬装的草们
依然保持优美的站姿

谁也不能真正打败它们
这些，一阵风就可以吹倒的小草

直至这一刻，换上冬装
它们依然保持优美的站姿。事实上
这不是生命的最后时刻

一根火柴就足以打开它们汹涌的内心
小小身体里，有深藏不露的烈焰
和高过云天的青烟

在曾经爱恋过的大地
它们会很快返回,再一次
写下,春天的辽阔

摘星台上我们看到的山
零碎且已经停止了晃动

风停了。这一刻,天空之下的
黄石寨,静若处子

异想天开的风把整座整座的山
吹开了。吹得,零零散散
只剩下瘦骨跟无边落寞

时间的海里,阳光缓慢
被切成条状的山,零碎,且停止了晃动
百丈危崖上,唯有我们的心
咚咚,咚咚地跳动

妈妈

只怔了几秒钟,妈妈的眼眶就红了
就叫出了我的名字

她好像更瘦削了。青筋暴起的手
只剩皮包着骨头。五一小长假
二姐将妈妈接去住几天
才几天,我就已经迫不及待要去看她了

有越来越严重老年痴呆症的妈妈
越来越不像从前的妈妈。有时
她会在沙发上一言不发,睡上一整天
有时,歇斯底里骂人,通宵达旦

可是,她依然是这个世上最好最好的妈妈
越来越多的事记不得了,越来越多的人认不
　　出了
她居然还能认出我来

我知道,其实86岁的妈妈要求很简单
她有内心的苦,有深不见底的孤独
陪伴,才有可能让她药到病除

蒙古马的传说（外四首）

· 甘建华 ·

它又脏又瘦，站在远处的草地上
流着热泪，等待主人走过去
惊喜地抱住它的头，放声痛哭
就像失散多年的兄弟，劫后重逢
时间凝滞，人与马肺腑痛彻
想一想吧，这是一匹多么
令人心疼的马儿啊！在被国家
作为名贵礼物，用专车送往越南
半年之后，在乌兰巴托郊外
何止万里之遥，它竟然独自个
回到草原，回到祖先的血脉大地
想一想吧，关山重重
它得经过多少道关卡，还得
渡过澜沧江，渡过长江和黄河
跋涉无数条弯曲的河道。想一想吧
它得翻越一座座高山峻岭，还要在
连绵起伏的丘陵间，辨识方向
它得绕过四川盆地的阡陌，跃上
青藏高原的雪山，小心翼翼地避过
随时可能灭顶的沼泽，独自徜徉
荒漠戈壁，前方祁连新月如弓
回首处，则是昆仑铁灰色的剪影
最最不可思议的，它是如何
避开城市的刀俎，猎手的枪索
想一想吧，人类的好奇与贪欲
是怎样惊吓到一只云豹，一只藏羚羊
是怎样令华南虎失魂，东北虎落魄
难道它是驾着云朵，与南来的鸿雁

结伴飞回来的么？想一想吧
多么不可思议的事情，就这样发生了
故乡与一匹马，在蓝色的蒙古高原
相拥而泣，只是因为北风的缘故

　　注：根据 20 世纪 60 年代一个真实故事而写。

随金光中老师访鲁迅故居

时光于此若青苔若迷雾
记忆被越剧曲调慢慢复活
百草园的粉墙那边
皂荚和桑树探出枝头的地方
便是旧时绍兴金家的商号
两家虽然没有什么来往
乌篷船却紧挨着埠头
童年常常与伙伴们翻过山墙
捉迷藏抓知了不亦乐乎
偶尔念及无缘见面的鲁迅先生
还有那条很大的赤练蛇
惋惜就像周家当年贱卖宅子
金家叔侄的房产
十年前百余万元售出
重装者挂牌价却翻了十倍

自果洛草原归来的昔日少年
如今已是苍眉皓髯的八秩老者

这个雨后初霁的夏日
陪同我们来看石砌井栏与美人蕉
几畦南瓜未搭棚架
匍匐在地开着一朵朵黄花
肥胖的黄蜂伏在菜花上
鸣蝉在树叶里长吟
轻捷的叫天子
忽然从草间直窜向云霄里去了
分明是先生曩年描述的情景
却令我们常读常忆且常新
而那个回眸瞅我的园艺女工
可是百年前的长妈妈么?
还有少年闰土
和他会捉张飞鸟的父亲呢?

张家界的猴子有人的表情

几只披金带银色的老猴子
聚在太阳底下交头接耳
颇像村口的翁妪
谈论着世态与家常
一只母猴怀抱着幼子哺乳
手指轻轻摩挲其头顶
目光中流露出舐犊之爱
又有小猴子
给大猴子捉虱子
暗中比画一拳一脚
还冲人扮着鬼脸
最惊骇的是
一只面相英武的公猴
撩拨一只母猴
双方亲昵间
但听一声雷霆咆哮
飞也似的蹿来

一只极其雄壮的王猴
寂静的山林中
迅即上演一场追逐打斗
这可喜坏了那只母猴
得意地扭动着腰身
嘴里发出呕吧呕吧的叫唤
长臂却不忘攫走
小女孩手中的苹果
它们都是张家界的子民
这方奇山异水的主人
在游客走过的道旁
做着各种各样的表情
那种坦荡荡的神气
诚不失为人类的
友朋与近亲

闻《云南映象》谢幕

疫情真的太残酷了
没有了舞台
谁还能坚持得下去呢?

而我,还没有来得及
观看异族原生态大型歌舞
却听到了散场的铃声

曾被视为铁女人的杨丽萍
最后的坚守,之后
难道只有选择放弃吗?

她的话语哽咽
引得许多人,如我
鼻孔发酸,若有所失

怅望彩云之南
那些匆匆散去的背影
仍然在我们的灵魂里舞蹈

艾肯泉就像险恶的人心

它从桌面屏保飞弹而出
真的吓了我一跳
如同沸腾开水的泉眼
不断地往上翻涌
形状仿如一只
没有睫毛
奇特而巨无霸的瞳孔

那时我们在花土沟

并不知道莫合尔布鲁克村
有着这样一只色彩斑斓
所谓大地的眼睛
连凶悍的野兽都不敢靠近
却在百余年前
进入俄罗斯探险家的书中

这些年，眼见他们欣喜若狂
视之为茫崖网红打卡地
却始终不能改变我的厌憎
事实上，它是一只恶魔之眼
时刻警醒我等
世道人心
有时甚至比它更为险恶

一只白鹭立于水田上（外四首）

· 法卡山 ·

一群农夫站在水田里，用锄头平整秧田
一位农妇正在溪水边冲洗脚踝上的泥巴
我从山道上走下来
不停地辨认灯芯草、蒲公英、夏枯草，以及
牛粪上的蘑菇
我偏爱这泥泞满面的生活，贫瘠中
有种安之若素的坦然
此刻，一只白鹭立于水田上，踮着脚尖
伸长脖子，眺望远方
那白衣胜雪的姿态，令混浊的水田，顿时
陷入慌乱的孤独

穿透这四月的荒凉，万物葳蕤

关于石牛峰的一场竹林音乐会

石牛峰太过于静穆。弥陀寺的钟声被疫情封锁
我们在一场竹林音乐会中
邂逅魏晋，不再借酒浇愁，也不管南北朝
如一枚春风，搂着竹叶纷飞
或化身为一泓山泉，不停地浣洗石头上的明月
或者，去漫步，期待一生
比蜗牛还要慢，直到牵着你的手，布满了青苔与

落叶
我们相拥,隐遁山野
让世人在鸟鸣声里,艳羡离经叛道的我们
他们肯定不知道——一群蚂蚁正在搬运落日
这庞大的寂静有多美

关于漂木文艺吧的一种可能生活

骑单车迈过小县城的湘江大桥。有时
会看到阳光在江面上晃荡
有时,江风吹拂着天空灰褐色的积雨云
与那些匆匆的行人
他们彼此陌生,老死不相往来
小县城很安静,像那些被阳光宠爱的阴影
隐藏一种莫名的孤独
我试图逃离这种无所事事的危险,顺便拐入
明德巷39号漂木文艺吧
一眼瞥见——松木书架上布满尘埃的书籍
此刻,有人在敲打非洲鼓,有人品茗或喝酒
或啃食诗魔烧饼,找寻一种诗意的乡愁
毋庸置疑,我们更多的时间是用来虚度
或发呆,就如这黄昏的雨水,是用来回忆
饱经沧桑的流浪,与故乡
在这个虚度的瞬间
我们活着,爱着,见证了一种可能的生活

立夏,在梓木冲袁隆平试验基地

立夏,陪同甘建华老师到梓木冲袁隆平院士团
　　队的试验田
探秘第三代杂交水稻为何与众不同
矗立在山腰的宣传标语,比太阳还要耀眼:"中
　　国人的饭碗
任何时候都要牢牢地端在自己手上"

风吹来,一行白鹭掠过水田、池塘、山野,以及空
　　旷的村庄
禾苗低下头,窥见水田里的浮萍、水草,与自己
　　羞涩的倒影
我们不停地拍照,仔细辨认隐藏在这片土地上
　　的高产密码
除了密密麻麻的禾苗、密密麻麻的阳光、密密麻
　　麻的蝉鸣,我们一无所获。
我试图去问问正在田间劳作的陈师傅
他说,谁要你们来拍照的? 来这里采访我,必须
　　要县政府批准
我说,你上过央视,是大名人啊,能否说说水稻
　　种植的秘诀
他淡淡地回答,啥名人啊? 没有钱叫什么名人?
我羞愧地低下头,摸了摸口袋,除了干瘪的诗
　　行,一无所有

与种田大户张旭光的对话

他递给我一支烟,试图
让这个黄昏再漫长一些,有些话
是不能带到黑夜的
他说,签订协议流转的抛荒农田
被村霸毁约了,无法继续耕种
还有,村里赠送的种子远远不够,是不是
有挪用的情况
对此,我一无所知。我说,会去了解清楚的
他掐灭了烟头
卷起裤管,领着一帮子老人
继续平整秧田
秧田里的水,如安稳的岁月,倒映着
蓝天、白云、鹤舞,与泥泞的汗水
临走时,他说,安木村的野猪泛滥,糟蹋庄稼
一直也找不到解决的办法

对自己的忠告（外五首）

• 张沐兴 •

不转发灾难的消息
不转发别人获罪的新闻
不转发升迁的喜讯
不传播公开渠道获得的动静
说自己的话
哪怕有些偏执
最大限度捧出自己的善意
真理没有弹性
光也没有
你要认定这两样东西
找到它们
做它们的仆从、搬运工
但你要与这个世界保持适度距离
认真地观察
但尽量保持沉默
不以个人的愤怒、不安影响他人
如果你要赞美
多将美好的词与大自然发生关系
譬如将春天重复说千百次
将心中的月亮说千百次
你爱上什么人
一次也别说出来都可以的
你自己知道就好

上帝微笑

岩石上长出青苔
坚硬在接受柔软的覆盖
刀子生锈
铁在回归铁无害的本真
五号宋体字放出一个城市最新消息
垮塌的楼里又救出幸存者
白鹭飞起
像一个比喻在通灵中
……
上帝路过了一切
你所见遇见的美好，皆是上帝微笑。

热泪盈眶

为一个热泪盈眶的人牵肠挂肚
为告别、重逢
为一个人刹那被丰盈灌满
仿佛什么触动了
藏于人心的琴弦、波浪……
超出浅浅的悲伤，或者小小的欢喜
在泪水中充溢的
真挚、温度，不可控制的情绪
更接近一滴水对地平线的放大
善良，宽容，朴素
自尊，悲悯，责任、正直、坦荡……
这些美好的词给人带来的感动
与我们对不幸者的同情
因力所不及的羞愧
应当分量相当
风暴遇见闪电，语言的玉成为爱的信物

我最近一次热泪盈眶是因为脆弱
说着说着话就这样
仿佛世界已经开始崩溃
而我是最初的、最大的裂缝。

骆驼

从未见过,一根稻草将骆驼压倒
这样一匹骆驼
走在我们心里。它的孤独比沙丘柔软
比沙漠辽阔

一根稻草不曾料想骆驼的倒下
我们常常忽视,这最后的、微不足道的负重
也不知道究竟哪一根稻草带来了极限
在此之前,我们都祝福过
每一个人都能骆驼一般庞大、坚强

苦难与风景都会结束
这个世界的底细永在未知的路途
我不赞美一匹骆驼倒下前的竭尽全力
我会致敬古往今来的万念俱灰——

幻觉谢幕,灵魂不再受制于肉身。

迎接

春雷捶响天空,这是青铜的动静
古老、悠远
地上的树叶也有轻微回应
雨将下未下
风摇晃着一枝鸢尾花的人间
是爱,也是期待的样子
时光的变奏

与我们心中的荡漾一直呼应
多少排斥、对话
多少挣扎、和解
一场雨将会带来什么
雨过天晴又会怎样
所有不可预知的安排,我都认领
结束与开始都存在必然
正因如此,我对美的咏叹也有担心。

衡东,命中注定

丘陵、田野、村庄,命中注定
写实的油画展开十个想象中的衡东
作物拱起黎明
星光将灵魂的仰望聚拢
走在路上的人们,都是春天的信使

细雨、小桥、流水,命中注定
燕子归来
它的黑闪电煽动天空的激情
从杨林到白莲
油菜花与荷花悄悄互换身份
季节的流转,轻缓、温柔
花开短暂,但从未后悔

瓜、豆、稻子,命中注定
向上的力量与开腔的梦想随处可见
万物敞开血脉接续朴素的河溪
满目葱茏宣告卑微又一次集体转身
勤劳的谱系在生活中显现

探求、跋涉、倔强,命中注定
命运有许多的喻体
人们更信任压榨机下的油滴、蜂箱里的蜜

剪纸的人、打铁的人、弹棉花的人……那么认真
也在佐证这命中注定：

苦里有甜，夜里有光。

岳麓书院（外五首）

• 独孤长沙 •

多年以后，麓山脚下已无厚雪可跪
我们的膝盖，被折合成50元一张的门票

两万平方米的宋朝，藏有令人眷恋的山水
中轴，对称。众鸟会讲，且一声声递进

我的耳朵。黄金屋？颜如玉？你可曾见过
谁的电饭煲内煮熟过一部四书五经？

风荷年年溃败。我被生活的炉火烧制十年
仍不能为"于斯为盛"添上半砖一瓦

爱晚亭

岳麓山，清风峡。好听的地名常使人忘记
亭不过是以伞的另一种形式存在

在此停留，只为虚构些许雨水
这些年，太多的事物在我的心头积蓄，滴落

停车坐爱。更有情绪的枫叶随时准备复燃
而我必须强忍着灼痛，从融雪的灰烬中爬起

所以爱我。并不需要持久恒定
即便重檐八柱，也不足以支撑我的一生

橘子洲

流水并未使我丧失自己。相反，时间的碎屑
时常在我的体内积郁，凝结，梗塞

甚至以无限的可能横过脉管，阻拦明日
江河因此而消沉，死去的事物不断涌现

巨大的美丽，往往源自伤口的疼痛。烟花
适时绽放，夕阳终日髹漆同一座雕像

太多的颠沛流离以苦涩的形式
重新在我心底聚集，使我无法结出甘甜的橘子

天心阁

从来没有多余的灰烬。每一粒游离的尘埃
都曾参与过历史的动乱。舞榭，歌台，甚至墓碑

在这片遗址的根茎上，飞檐如春笋般涌出
他们企图使用铁栅，售票处，来阻止我的痛哭

原谅我，贫穷的热爱。当我说出口来
野花会不会死于鲜艳？楼阁会不会毁于险要？

那些令我引以为傲的高处，终有一日
也会成为我蒙羞的标志。正如我的爱情，我的
　　皇帝

假如即刻北去，必定是又一番惊涛与骇浪
不如在此耕读，抬头可见父母，低头侍奉土地

潇湘源

惊蛰将近，鸟鸣低一声，高一声地解冻
无数条弯弯曲曲的小径，已然融化成另一条
　　河流

寻根也好，溯流也罢。在此难得的晴天
面对巨大的石碑，我们多像一群饱含热泪的
　　鱼儿

"二水回游如襟带"。还有什么能够撕裂
我们脱掉一身鳞片，用滚烫泪水焊接的潇湘
　　源头

蘋洲书院

桃花羞涩，迟迟不愿见人。萎靡的芭蕉
如蛇一般，急于在雨水的消磨中褪去老皮

多少事物，期待着能从一副皮囊下脱身
白素贞，祝英台，甚至眼前翻修的蘋洲书院

无可否认，我也曾渴望逃离生活的鼎镬
正好借此百年的孤独，重新去温书，赶考

偶有闲暇，可以去听朴树，闻香樟，折金桂
或者看洲上白蘋点点，一年浓过一年的思念

人间书（外四首）

· 方　斌 ·

这一天，我们不谈生死
我只想来看看你。和我一起来看你的
还有四月淡紫的泡桐花

我只想跟你聊聊，聊你关心的政治
讲你喜欢听的段子
(可惜，我还是那样的木讷)

我想告诉你，你恨的人还那样可恨
你爱的人还没有人爱

母亲继续着她的仁慈与疼痛
你关心的长孙婚事还是悬而未决

你曾居住的屋子大部分时间都空着
你想砍的那棵空心老树冒出了新芽
现在，你不会再老了
你在墙上，用一个表情置身事外

我仿佛已习惯你的离去
正如你已习惯我的庸常

（这样说你可能会不高兴）

日子是新的，但其实是旧的

对于人间，那只时间赠予每个人的

一具躯壳，你已经卸下

我还戴着，行走在时间掉落的灰尘中

做另一个你

一个人与他的地理诗
——致甘建华先生

你的身体里，一定藏有更辽阔的山河

诗歌里的气象、山峦和流水，一不小心

泄露了你的秘密。你爱地名如爱自己的名字

金银滩，一个地名激荡着1100平方公里风云

一首歌拓展了它的疆域，叫爱情的草年年青葱

青海湖瓦蓝，你的青春瓦蓝，灵魂瓦蓝

纯在燃烧，真在燃烧，梦在燃烧

诗歌在燃烧。天空有白云飘过

你一躺下，每一处都是草原

一定要说祁曼塔格雪峰

像你说起你的父亲。你说

"父亲已仙逝，但与雪峰一样耸峙"

一定要说湟水河，说你创立的诗社

一定要说花土沟，说你的青春与万丈雄心

你现在说出这些地名，像说起某个人的胎记

像一朵走丢的花，找到它的春天

此刻，我必须说到另一个地名

岐山，一个小镇，一座大山

我提到它们时，它们都还有点羞涩

你用二十三首诗，用二十三种口吻

叙述一个雪域地名与藏民族史诗

叙述一个人的离开与深情回眸

叙述一个地名与另一个地名的

相见恨晚

不是每一朵花都能赶到春天

万物都恪守神谕——

雨水诵经，春风布道

出席的盛装，交给轮回的草木

布谷鸟把农事，叫成一面牛皮鼓

毛毛虫开始练习易容术，等待一场化装舞会

有人在模仿飞翔

有人揭下面具

有人站在月光下，同自己握手

有人原谅了一块石头的过失

有人什么也不说，一个人静静地走

我被一种惯性带着，身体有青草的明亮

阳光下的枝，不必理会它的旁逸斜出

连同河水带来的泥沙，它们都被我包容

被我包容的，还有永远无法抵达春天的枯藤

我知道，不是每一朵花都能赶到春天

那是神的疏忽。所以，我不悲伤

所以，我只关心，我清澈的溪水

又流走多少

登岣嵝峰

只有到了禹泉
只有在喝一捧甘泉之后
你才会觉得
登半山,如度半生

借一株千年枯树的空心
我看见安放着的岁月与苍茫
而草木,依旧按自己的方式
铭刻风霜,与流年

有些石头不只是石头
还肩负着遗命与神祇
禹王殿是另一种石头
负责山下的不朽

登岣嵝峰,我遇到三个人
望江亭上坐着我坍塌的中年
望日亭里,是我久违的
鲜衣少年

另一个,是下山时
身上多了一层山色的
还俗的肉身

菜园子和诗

黄昏很轻。你侍弄的菜园子
很静。斜阳拉长了你的故事

我临窗写诗。词语在后台着装
酷似你手下的青菜、韭黄和小葱

你泼下一瓢光影
我小心打捞思想的碎片

多么美妙的交叠:你在菜园子里
写诗。我在白纸上种菜

我们都是输给时光的病人
但我们,并不憎恨时光

游兰芝堂念琼瑶阿姨（外三首）

· 王锦芳 ·

那些过于相信琼瑶爱情故事
深陷其中而不能自拔者
大都如她自身一样中了蛊
成为婚姻的失败者

我的婆婆,也是一个琼瑶迷

然而,她较一般知识女性清醒
每当看到催人流泪处
便与我的公公会心一笑

奇怪! 我在少女时代
并无特殊的抵抗力

却也知道分辨影视的真假
从而牵了外子的手

在规定的细雨绵绵情境中
我与一群衡阳人
在兰芝堂,哼唱《念我故乡》
想起陈家老姑奶奶,远在台岛

初见洛夫先生

随夫君赶往回雁峰的路上
天气真是再好不过了
恰合着古语所云
"圣人与彩霞"的典故
满城的男女老幼赶来观看
衡阳第一长联揭幕仪式
于万千人之中
于特定的时间、地点
我一眼认出了洛夫先生
满头华发像昆仑山顶的积雪
恰合着"文化昆仑"的比喻
旁边是他的夫人
颇像一株健美的白桦
不由得在心底里暗暗喝彩
——真是一对璧人啊!
——真是一对老金童玉女啊!
那一刻,我真的看到了
两只大雁从天边归来
许多人也看到了
人群中
突然响起热烈的掌声

风吹石鼓嘴

第一次到城北石鼓嘴
我刚成为衡阳人的儿媳

第一次走过那条老街
看到几个瞎子谈笑风生

第一次在湘江边喝茶
嗅到了春天的草木之香

第一次在栈桥上赏月
已是三十年后的中秋夜

第一次深情赞美书院
风中的芙蓉花次第盛开

诗魔月饼

当你们都在欣赏天上的月亮
我可以赞美人间酥薄月吗?
可以借用其他诗人的话
赞美如同石鼓形状
并以之为名的酥薄月吗?

譬如,杭州黄亚洲先生
中秋节收到那么多的月饼
但还是亲口品尝了
石鼓酥薄月,随之发出
一迭声由衷的赞叹

譬如,威海燎原老师
尝了一口后,马上感觉出
从未享受过的味道

算是多了一番

美好的味觉体验

譬如,北京女诗人马文秀

开始并不相信

天底下

真有这么好吃的月饼

后来,她,惊呆了

对了,忘记告诉诸位

我所说的,石鼓酥薄月

它的金身是诗魔月饼

手工制作者

——女诗人夏夏

中秋游石鼓书院（外三首）

• 陈学阳 •

西有来雁塔,珠晖塔东峙

接龙塔,藏于车水马龙的市尘

古衡州三个水口,都不及

石鼓书院,恁般神奇

韩文公意兴遄飞,李宽开山

历代诸儒过化,大观楼

书香千载,大禹王的

岣嵝神碑,又有谁人能识?

彩霞飘过,帆影划过,归雁掠过

日寇的炮火狂轰滥炸过

古银杏静默,秋日的黄叶

惊落,湘蒸耒三水汩汩北去

在故园心诗歌讲坛旁听
——写在2012年洛夫最后一次回乡之际

因为风的缘故,乡愁复发了

漂木顶着满头的秋霜

以融雪的速度奔回

第一声啼哭惊醒的燕子山

盛满诗的行囊

袅袅的炊烟

捡回门前散落的鸟声

温热而饱满的双手

紧握滚烫的乡音

传导温哥华雪楼的思念

相市烧饼久久粘在唇间

柔软的滋味

呛呛的咳嗽

眼泪唰地撕开了伤口

那一溜山脉,那一条河流
那一座城,那一群人
都在赶赴一场文学盛宴
聆听诗魔的跫音
走过云集,走过耒河
在故园心诗歌讲坛
守望世界最魔幻的脐带

又吐出一波,一切安静下来
就像落叶放慢步子,放低身姿
在郱侯铜像前肃立,怀想
唐王朝的烽烟
瞥见宫廷的血雨腥风
参悟,放下

金钱山

衡山郱侯书院

峰隐烟霞,楼藏林中
端居室
山腰无所不囊的书袋
掏出三万轴古籍
温习千余年前的对话
方圆动静,得誉奇童
四次辅佐,四次转身
功抛云之外,心归山林
院门不谢月光、雾岚
不辞寺钟、书声

人流如潮。书院吞进一波

地下无金,山上无钱
只肩披碧玉一样湿漉漉的绿叶
思凡的钱公钱母
临水清居

掌管天上财富,却不屑金钱
厌弃佩玉戴银与富丽堂皇
爱上山间的草木、空气、落霞
还有长空雁阵,耒水银鲽

诸葛亮惊羡泊岸
徐霞客亦歆慕夜宿
金钱山被遗落的容颜
在燕子山的背面

写给女儿陈佳琪（组诗）

· 陈益群 ·

我的女儿有大海的浩瀚

女儿六岁,大师断言她是白纸
这指认轻率,且让我恐惧

我怕世间凌厉而不讲章法的刀笔
将她涂刻得支离破碎
我宁愿认为
她是大海,神秘、自洁、不可预知

你看她每次离家

生活都会突然少了蓝色喧哗

让我坐立不安,仿佛

那喧哗,是我孤寂一生的药丸

每次归来,我又会拥她入怀

细辨她身上黏附的刀光

剑影、快马的蹄声、青衫的湿痕

我深嗅她,微腥的海风味

总让我再次确认,她生来就是大海

储藏着无穷汗水和泪

已准备好,迎纳世上的滚滚浊流

我的女儿有野花的清香

我承认我对世间的爱狭隘

总在万物的苦痛里萃取欢愉

比如我常在山间田畴

摧折四季的野花,作为时光的

献礼,赠予六岁的女儿

我迷醉于她眼眸里溅射出的光焰

让我蛰伏已久的灵魂

在生活的夜空,烟火般绽放

女儿怜惜易于凋零的事物

这让我欣慰。她将枯萎的花瓣

葬于绣囊,藏于枕下,仿佛珍爱着

一部秘不示人的成长史

对于人世,我一生襟袍未曾开

注定无锦囊相授,唯愿

那绣囊里穿越过生死的花朵

历久弥香,浸染她一生

些微遮蔽生活的苦味

我的女儿有天鹅的高洁

一只黑天鹅张开夜幕的翅膀

目光如炬俯视人间

红色巨喙,随时准备啄破人类的

悲伤。它的阴影中,一个芭蕾舞女

仿佛一道白色闪电

向天空祭出诘问的手语——

这是女儿舞校的标识

仿佛,恰是这纷繁人世的隐喻

高悬于城市的颅顶

此刻,我的女儿就在教室

对镜练功,疼痛又让她满含泪花

她并不知,这仅是人生的彩排

世间还有浩瀚的苦涩和辛酸

在觊觎她漫长的旅程

但我坚信,她一旦养成自察的习性

即便生不出天鹅的羽翅

一生中,也绝不会熄灭内心深处

洁净的光芒

我的女儿开始换牙

一颗乳牙脱落,女儿少不更事

揽镜自顾,一脸迷茫

她还未及体悟,生命的进阶

须以舍弃为代价,比如破茧,比如浴火

我早挨过流水的刀子,深受那切肤之痛

痂又成茧。但仍忍不住伤感

一直完好无缺的女儿

转瞬间,也被流水切走了一块

星斗的轮转,总让天下的爱无力

那白森森的时光碎片

我再无法,用蜜去喂养

当然,牙还会重生

只是最终出落成尖利,还是讷钝

全由女儿自己作主

之后,它会跟随女儿一辈子

去撕扯,去辩白,去尝尽冷暖

并时常为了不让泪水

夺眶而出,而紧紧咬合

我的灵魂是多年水生的芦苇（外三首）

· 枫 子 ·

我的灵魂是多年水生的芦苇

伫立在潮湿的浅水中,形成婀娜一簇

世界很大,我真的很想去看看

比如爱尔兰的都柏林,意大利巴里皇家美院

新西兰激流岛……都在我的体内纠结

而有时又彼此贯穿,相互融合

但我又听很多人说:国外治安不好,经常发生
　　命案

于是,我便接受了现有的一切

活得有棱有角,在适当时学会放弃

在生活中,在一些空旷的地方

未必有野趣横生的芦苇

我是多年水生的芦苇

我有绽放属于自己的美丽

比如:白鸟一双临水立,见人惊起入芦花

母亲

有的事物在黑暗中沉睡

有的事物像母亲一样常在夜半醒来

譬如,父亲去了趟医院就不辞而别

没有留下人生最后的言语

人生苦短又能怎样

现在母亲每天的生活非常简单

起床后的第一件事就是推开窗

与对面连绵起伏的群山相视而笑

大山也过着人世一样的孤独

它挑出山腰,落寞、苍凉

第二件事就是与墙上微笑的父亲

道声早安!

偶尔会准备美酒佳肴劝父亲多喝一杯

在酒杯里放入回忆,眷恋父亲带来尘的光芒

在佳肴中添加话题,望着遗像唠嗑

隐身术

隐身术可追溯到秦朝

帝王的皇冠

可以让马的嘶鸣隐身于鹿

飞沫隐身于病魔,可以发热、干咳

掐住咽喉,让肉体隐于轻烟

昨夜,墓碑上的名字

惊醒了荒草,一场野火
烧得真理吐出鲜血,骨灰
又隐身于草籽

我的村庄,我摸不到它的骨头

那桃花坞、桃花庵不是我的
那酒盏花枝不是我的

那青蛙、河塘不是我的
那水声里的期盼不是我的

那蒹葭伊人不是我的
那风里的诗经不是我的

那扁担锄头不是我的
那田野的希望不是我的

流水光阴从我的指尖溜走
那温驯的梦颠覆着我

据说只要看见一根芦苇,一片桃花
便可与上帝说话
可是炊烟升起,而留给我的
只有半桌夕阳

抬头望了望蓝天
那云梦月魂是我的
那青丝暮雪是我的

春风藏有一块芯片(外三首)

· 丁小平 ·

春风藏有一块芯片,集成的规划路线
布满祖国的大江南北

从漠北吹起,乘坐高铁
看尽春风唤醒的荒漠和戈壁
绿意葱茏,浩荡如大海的浪涌

从南疆吹起,扬一张远帆
和平的熹微渔网一样洒遍春色
收获着荣光和尊严

从神州十三号的塔尖上吹过
从奋斗者号的舷舱边吹过
从港珠澳大桥的沉管中吹过

春风必定藏有一块芯片,上面
金光錾刻着五颗晶亮的星星
镰刀和锤子,是集成电路的中枢

春风藏有一块芯片,小得
可以任意嵌进十四亿颗搏动的心脏

春已深

春已深,雨点在给万物染色
至于桃花的生日蜡烛,就让蜜蜂去点燃
顺着赣江而来的词句,很快就会泛滥
船舶和码头还有一定的距离
需要缆绳像青草一样长出嫩芽
触角伸至西岸温暖的怀里
那是和母亲体温一样的亲情
那是和挂在窗口一样和煦的灯盏
让一只只迷航的船,找到归路
让针脚一样的雨丝,回归赣江

春会慢慢长大,会长高个子
最后像肖云峰一样挺拔
无限接近云的柔情,无限
把自己送至阳光的深处
能俯瞰草根般活着的自己
能仰望星宇浩瀚的明天
爱得深切,就会成为爱的敌人
爱得渊远,就会被爱窒息而亡
我想像一阵风一样地扑向你
——如果春天能够永驻,像手掌里
一句永不消逝的箴言

春天拥有一张金色的脸

先说一说冬天发生的事,茶杯倾斜
故事停住脚步,灰暗的暮色
笼罩着瓦檐上不安分的雪崩

再说一说笔下的岁月,流年似水
铸不成一江浩荡的鸿篇,任凭
爱抚过的偏执,顺着白色的格子回家

最后说一说春风带来的口谕——
等今晨的曦光敲打窗棂时,倦意的半生
会看见春天拥有一张金色的脸

桃花岭偶遇的词句

一

年年相交又错失,是开在桃花岭的桃花
每每和友人谈起时,心里就有一只蜜蜂飞出
时候不早,又是桃红妖娆时
一年的好光景,复制在想象中
昨夜有梦在反复提醒,时值中年
观桃花的次数,犹如花瓣在一片片减少

二

数瓣桃花,写不成春天
数颗雨点,汇聚不成赣江
在桃花岭赏花,还不如在心中种树
万物在风雨中摇曳,心中的
那棵桃树,像得道的经书
字迹清晰,盘坐在时光深处
颔首低眉,蝴蝶一圈圈在加持

三

桃花庵里,已没有桃花仙
蛛网织就光阴
今日的访者,是一只赤脚野兔
虽有机灵的双耳,却无法听到
印在大明朝的那声长叹
我想成为一朵开败的桃花,如果
春光不再,了无踪迹
如果前路是悬崖,整座山
成为断章

遗落的光阴（外二首）

· 罗永鸿 ·

我穿越白天与黑夜
那些遗落的光阴
在暗处闪烁
它们是黑夜里的星星
以万年不变的光芒
照亮所有迷失的方向
它们是游离的灵魂
孤独地抵达时间的深处
无法诉说的悲欢
是巨大的陨石
它们的眼眸
是漫天的星光
一次次在苦难中绽放
洁白的花蕾
那些虚无的灵魂
遗落在光阴的背后

落叶之痛

我们无法穿透那些落叶
无法穿透一秋的萧瑟
它们是单薄的蝉翼
在岁月的枝头黯然伤神
一种痛来自天空

抵达虚无
我们都是寒秋的隐喻

在风中颤动瘦弱的身体
一种痛划破苍穹直指大地
我们是不变的色彩
在阳光中燃烧最后的斑斓
我们是苍黄的银杏
在秋风中掩埋万物的孤独

陶罐

把虚无隐藏于历史
把思想隐藏于水
把现实隐藏于火
把疼痛隐藏于黯然
把岁月密封
注入无形的深处
时间是一个巨大的容器
包裹着山川河流
那些原始的记忆
用黄土锻造的肌肤
在火焰中反复燃烧
痛苦在磨砺中美丽地绽放
卸下淡淡的忧伤
灰烬中跌落满身的斑驳
发出闪亮的光芒
每一片都是沉默的史册
遗忘在苦难的深处

"青岛散文诗群"专辑 ▶　　箫　风 / 主持

编者按　　自20世纪80年代以来,以耿林莽为代表的青岛散文诗群不断发展壮大。耿林莽、陈少松、王泽群、韩嘉川,是较早梯队。之后有梁真、方舟等,以不同姿态活跃于报刊和网络,作品被多种选本选载。其中,栾承舟、韩嘉川先后获"中国散文诗大奖"。2019年,由青岛市文联编选、青岛出版社出版的八卷本《中国散文诗一百年大系》推出,既体现了青岛散文诗群体的视野,也为中国散文诗百年献上一份厚礼。

雨的背影（外七章）

• 韩嘉川 •

相信天空,像相信大地一样,不会骗人;
天亮了,却看到昨天的雨还在街上没有走远……

城市房檐下,没有谁在意天空的脸色;
早餐摊开始用煎饼果子大饼油条填充夜的肠胃;
太极老人与唱歌大妈的晨练公园,开始舒展隔夜的筋骨……

彻夜未归的人,还未见踪影。
打牌赌球、与好友喝通宵,甚至彻夜加班;或者酒后不开车,就地休息了都无妨。
只是,天亮了……

雨以形而上的姿态,让街道更干净草更绿;
只是背影像一些词语中潜在的隐喻。

喂养远方

将精选的苏子用铲子送进笼子里,老人在喂养远方;
在梳理鸟儿的羽毛时,却怕远方飞了。
编织笼子的竹芯儿生长在南方,那里的河溪上,有小船儿被竹篙划动,歌声也在水面上漂涌。

清凉。葱绿。间有鸟儿的鸣啭滴翠。

它愉悦的表情在睁圆的眼睛里,灵动;

观察一座山、一条江、一爿竹叶掩映的灰瓦白墙人家,抑或想象无数种生命方式,老人与鸟儿的看法,是一致的。

与远方,隔着千山万水,
隔着磨热的铁轨、排队的航站楼与高速公路收费站,
隔着核酸检测与口罩,与劈开一片竹子编织的鸟笼,是一致的。

喂养鸟儿,不仅在喂养远方,
还有五色羽毛里的河山。

檐头雨水叮当

檐头的雨水叮叮当当敲打白铁桶,是天上的星星掉下来了。幼童说。

待落满了桶,且融化成水,加入三五声蛙鸣与少许青苔,在河埠头的青石板上捣碎,拌以柳梢的风,勾兑出一味江南的幽怨,置放于绮窗外凉透,便可疗养文人情怀的乡愁。

那时的乌篷船,在漂过小石桥的弧度之后,
以高铁般的速度,愈来愈快地离去。

漆面磨损的老钢琴,与一方不规整的阳光,还有起伏的旧旋律
在摊开的,没有拿定主意要细读哪一本的书籍间,
猩红色的地板,组合成了上午十点钟的孤独;
那时扬子江的船,驶过一个地域名称之后,
用汽笛声划出一片可以隔离的天空。

以冬天为背景的其他季节,不再非白即黑那么简单;

从野菜榆钱茅草根与洋槐树的嫩芽儿,以及在竹竿与人们呐喊的海洋中,活下来的麻雀后裔,又占据了有树枝的窗外,芦苇返青的思想,袒开风的力量……

而珞珈山的樱花瓣例外,飘落东湖之后,沉作未来讲述的标点。

黄梅雨

　　黄梅雨,若串门的亲戚,敲打傍晚的窗……

　　那时的米酒与烧干笋已经组合起了微笑的晚餐;

　　而雨丝犀利的闪电一样擦亮了眼睛,令你迟疑地打量着时光的某一个发霉的斑点。

　　雨霭氤氲着白蒿的气味儿,季节的手指在涂抹;

　　从山村的体温里抽出的,丝丝缕缕的夕光,若母亲的呼叫,令流浪的雨流成了满面的泪。

　　黄梅雨,在窗外眨动着邻家小妹的媚眼儿,

　　青果与嫩叶浸润的角落,散发着初夏的怅惘。

　　黛瓦的缝隙,用苔藓绿标示昨日的去向;酥软的墙皮让情绪沉郁幽微,桌面摆满杯盘碗盏与懒散的语言。

　　雨丝散布的静谧含有潜语,在喻示岁月走光的羞怯。

　　石拱桥下总有喜庆的船儿驶过,心事也随之欸乃地远去了。

　　梅子的隐痛酿制着酸涩。

年轻的月光

　　从栅栏的缝隙,时间挤了进来。

　　钟声将暮色敲散了,散进了街灯的光影。

　　月光并没有衰老,沾了海水看上去更青葱。

　　没有衰老的还有起了茧子的手和酒,还有煮红的螃蟹和海螺。

　　海面一波波折叠起来,又伸开,上面有船有看不见的风。

　　陆地也是折叠的,譬如一重重的山和山谷里的村庄。

　　攀着泥墙进入院落,穿透被夏日雨水打破的窗纸;

　　月光是年轻的。

　　从海边栅栏挤出的时间,还有酒和海鲜。

　　有月光的地方也可以是故乡。而故乡昏花的眼睛在翘盼年轻的月光。

广福寺檐角的风铃

那天的阳光很蓝,轻轻系在檐角的铃上。
风是从北魏年间出发的,将慈悲栽植于千年山冈。
小沙弥敲响午课钟声的时候,鸟鸣与山泉将经文遍布绿叶。

若干王朝的背影沿瓦当灰色纹理,缓缓滴落为光阴,
溅起碑石与岩层模糊的回声,镶嵌着殿堂的石阶砖缝。
蓄满了声韵的风铃比影子还轻,让檐角挑起天空的明净。

石缸露出莲花的面庞,给气流以唇红齿白的馨香。
沿廊庑走向八月的高处,一汪清凉侧倚着寺院的黄墙。
隔着花岗岩的围栏,做个手势便有会意的眼神收藏。

陈旧才有真实的分量,甚至雕花棂窗与柱廊的意象。
诗人的吟咏来自细节,绽放心花的微笑隐于每一片草叶;
禅房是可以读书饮茶倾听风雨走过的地方……

在青州

在青州,从窗子里看云卷雨丝的时候,那层玻璃透明且厚重。
是否厚过古城墙,不知道;
那些灰砖垒砌的时间,仅缝隙就是几百年。

在九州路口,去泰山还是去海边随风向而动。
那时,云中有雨。
登南门谯楼,让晨曦打探与东夷部落的距离;
以太阳和鸟为图腾。

盛夏是兑现生命力的季节,偶园的门环有本家后人敲叩的指印。
蝉鸣奏响一片绿荫,让庄园与府邸荫庇蚂蚁和蜜蜂的生态。

杏花的叫卖声,镶嵌着北门大街的青石纹理;古槐挺着千年的骨头。
灯火阑珊的地面砖,油亮亮地映射更夫敲打宋时月影与词韵的婉约。

在青州,锈迹斑斑的光阴做门钉,掩多少故事于那些后晌。
既然朝天锅是一种隐喻,走过万年桥也是一个象征。

雀鸟飞过山冈

惊讶于白云的碰撞,鸟儿匆匆飞过山冈。
而一场暴雨离得还远,树叶还在摇曳着光线的夹角。
偷采桑葚的大妈,用黑嘴黑手与黑眼珠,掩饰黑色欲望。
而艾草在草莽深处,苦涩的气味儿像一些暗语。

我在寻找一个艾草镶饰的日子,为诗作图腾。
滋养雨水的灰瓦已等待很久,一场暴雨还没有来到。
在北方,鸟儿却不这么想;即使再远,也需要一条江。
水的骨头很硬,风的力量也足以撑起所有的翅膀。

气味儿以宫殿的仪式,庄重地在山野间布道。
响尾蛇在草丛的潮湿中走调,蠢蠢欲动的昆虫,
比菖蒲叶子还绿地匍匐着,等待身体里的河流苏醒,
那时正当午,雨水还在酝酿。

走进朱仙古镇（外四章）

· 栾承舟 ·

若芥豆之微，一个小镇，在史册中，光焰万丈。

迎着风，逆行而至。

千年以远，这小小一镇，时时再生着稻禾麦浪，用时光构筑着家园。

一个传说，多少年了，总是在运粮河东支河道欸乃夜行。抑或，估衣街老宅深院，碧绿着时光，显示着岁月悠悠，青山绵延。

朱仙镇，所有街道、店铺、民居，每一片青瓦都醒着记忆。离夜夜笙歌，很远。

大运河文化带上的所有蟋蟀、天鹅、鸟鸣、虫啼，啁啾着未解之谜。

而过往春风，却总是在风清月明的夜半，走过长街，观赏着水岸宿鸟，想象着前世今生。

随后，就是细雨淅沥，就是斜风悠悠。

晚霞中古镇慵懒。西大街上，游人熙攘，万千灯火彻夜不息，如风在野，如鸟在林。

通许，菊花抒情诗

原野黄昏，远近俱寂。

通许大地上晚风骤起，广数万亩的波涛啊，奔腾无声；金光闪耀着，万千气象。

万目攒视，期待着晚潮来袭。

风，倚着栏杆，吹灭了谁心中的泪？

菊花，这长在史册或大地上的绝句、散曲、宋词，心中有丘壑，讲格律，变幻莫测。

另一种灿烂，昭示着大野肥沃，馨香盈怀。

河之南，蓄涌着的时光啊，为中原大地提供了一块宽厚的赖以扎根的土，反哺着历史。

菊花,菊花,默不出声的菊花,爱听豫剧的菊花,正将金膏水碧的前生今世,以及千古不灭的人性光辉,变成了开封大地扶贫的成果,增收的喜悦。

这精神之美,将一直盛开到——

天长地久……

拜谒岳庙

雨下着。

风依然劲吹,吹着这个上午。

吹着史册中,渐去渐远的——

铁骑……

大风起兮,旷野间天地苍茫。八千里路云和月啊,让树上的鸟儿,在这个上午,

勒住了咻咻马嘶……

处处都是花一样的鼻息。

那些血,马蹄踏出的火星,仍在今日,横扫着一切。

他的马,打一个响鼻,就不见了。

燃着香烛,念诵着冷月碑刻。

宋史,在这一刻,依稀一种沁寒透骨,使所有人等从头凉到了脚底……

余店民俗村

精品民俗的花墙门楼,敛情于森森古意。

洗尽铅华之后,洗净风霜之后,余店村上升为民俗艺术。

斜风细雨中,这兵家必争之地,重新长出了桃羞杏让、熙攘旅游和人口粮食。

在大地上,撰就一部日月春秋。

一代又一代人,在家谱、村志上,坚强地活着,繁衍着未来。

走进了新世纪。

此时,梦一般的阒寂脱颖而出,使余店的夜,一声声,一句句,啁啾着莺歌燕语,上演着河南豫剧。

中原繁华之梦,中华崛起之梦,在宋都每一位民众的心中,雾走云浮,跌宕起伏。

西姜寨

日光已出,寨子里金光送暖。

每一幢精致民居,都面风临水。一条长河,绕村而去。

已是夏日,彩线系了端午节的蜻蜓;每一条柳枝,都伸出小手,一声声,呼唤着汴水春雨,瞩目于雾走云浮。

启窗便见万顷花海。

随后,便见村周林带上宿鸟展翅;累累麦田与菊花间,曲呀、词呀、长袖善舞的民乐呀;以及蜃楼似的精品民宿、乡村酒吧、书院驿站,意象鲜明,情趣盎然。

有汗粒子,有血脚印,有金钥匙,很干净,很美。

脚印,刻在大地上。

汗水,落在大地上。

愿景,写在大地上。

开封,一幅乡村振兴的立体画轴,正在中原大地,徐徐拉开帷幕。

一个田园综合体,在西姜寨肥硕的原野上,萌发着新枝……

幸好还有孤独

• 高　伟 •

1

一部小说说到孤独。孤独，就是几乎所有人都认为你不孤独。

这其实也是一句矫情的话，没有人有心情关心你孤独还是不孤独。

有过一次关于孤独的探讨，一群人。把孤独说得热烈，说得花枝战栗，说得语不惊人死不休。

把孤独转化成算术去说。用上微积分，用上量子力学去说。

想起爱因斯坦的话：并不是每件算出来的事，都有意义，也不是每件有意义的事，都能算出来。

孤独，就是所有对它解释的没有触达的部分。

孤独，就是用于建造一座大桥的数学定律，与这座桥事实上形成的误差部分。

诗歌也是这个误差。

那天我没有说话。我不说孤独的话。

——幸好还有孤独。

2

人生苦海无边。这不是个修辞，这是个原定律。

人生苦海无边。这是个人生的奇点定律。

人生苦海无边。这其实还说得不够完整。人生同时还错综复杂，每个人都必须走自己的路。这条路没有自助手册，没有高德地图，没有公式，没有现成答案。

活着的过程，就是绘制自己生命内在地图的过程。如果没有这张清晰又正确的心灵地图，就是二点五的眼，也是个瞎子。

冰山浮在海上，看见的部分是肤浅的。这张地图的路径在冰山之下，那80%看不见的黑洞，足以让人生的泰坦尼克号巨轮触礁，船毁人亡。

你必须像个海盗那样，在迷惘的深水区域，绘制这张霸权的地图。

每一个人都是这个海上的水手。每一个人都要面临一个让我们失神的塞壬。

如果一个水手想从塞壬的歌喉下死里逃生，那么，他必须成为自己的塞壬。

拥有塞壬的绝技，才能穿越自己的百慕大海域而不死。

塞壬的绝技，就是那张我们必须自己绘对的地图，就是把来自外面的打击自己的力量变成自己的力量,甚至自己的力量大过打击自己的力量。

人生苦海无边。我嘟哝着这句话,不再采取躲避的姿势。

我现在过的人生,就是真实的人生,从来没有我们做梦的那种人生。

没有痛苦,没有恐惧,那是撒谎的人生。

痛苦再来,我就接纳它。而接纳苦难,是化解痛苦的最好方式。

待在众人举起酒杯的叮当声中,众人的语法太过正确。

空洞的生活,一望无际。

——幸好还有孤独。

3

再一次打开尼采的《查拉斯图拉如是说》——

一只粗壮的蛇从牧羊人身上爬了出来,蛇头露在因痛苦而蜷缩的牧羊人的嘴外边。他浑身抽搐,面部痛苦到变了形。

查拉斯图拉试图把蛇拽出来而未果。

年轻人,把蛇头咬下来——查拉斯图拉大声吆喝着。

牧羊人继续抽搐着……他果真把自己身前的蛇头咬了下来。

查拉斯图拉惊讶地看到了眼前的景象:牧羊人不再是过去的那个年轻人,他甚至不再是一个常人,而是一个周身发光的人。

他大笑着,世上没有人发出过像他那样的笑声。

在我的眼里,这个牧羊人甚至超过了西西弗斯。加缪给我的力量绵长而恒久,而尼采给我的力量,宇宙的奇点爆炸那样给我——一个反词。

那蛇就是我日常的恐惧。蛇从我的身体里出没,一个比一个大。

牧羊人曾经的抽搐,就是我的抽搐。

最真实的抽搐,是笑着的抽搐。

我不能只是一个牧过羊的人。我来到世上,不是只牧过几只羊。

我必须像牧羊人那样,把蛇头狠狠地从自己身前咬下来。

蛇头会一个比一个大,我撕咬的力量必须比蛇头更大,大成我生命中的枭雄。

我必须在活着的时候获得我身体里面没有的力量,没有任何讨价还价。

除此之外,我还有别的活法吗?

疾病让我康复,更大的疾病让我更大的康复。

这样的康复是我一个人的事,是众生喧哗之后,一个人在苍穹之下向天的仰望。

——幸好还有孤独。

4

我来到世上,几瞬而已。

我要真正地幸福一回。

幸福是一个高贵的事情,它不稀罕待在低矮的凡尘杂物之中。

幸福原本就是对于高贵情愫的一种奖励。幸福有它自己的私生活,有它自己的理性。

活在人间,我要走一条不一样的路,少有人走过的路。离开人间的时候,我要变成另外一个自己,和这个喧嚷纷扰的三维空间里不一样的自己。

在这个普遍苦难的人世间,我要获得幸福的能力,没有丝毫的假设和附加条件。

如果不是这样,我就活该不幸福。

我的灵魂,你要升至良善与喜悦的那个能级和维度,那才是幸福的维度。

在物质的世界里,我要轻些,再轻些,抵达羽毛的程度。

这是个飞腾的过程,里面包含了孤独。幸福的孤独。

——幸好还有孤独。

即墨走笔（组章）

· 张晓林 ·

眺望田横岛

岁月蔚蓝。

海，静如荒原。

我在岁月这边望你，田横岛，就像审视一段历史……

岛上有碑，有凛然风骨；一个王朝大剧，像树，枝叶扶苏着——

一部《史记》，生猛鲜活，淋漓着春秋况味；

越过千山万水，千年万年，那些故事，那些人物，依旧鲜活，仿佛就在我们身边！

望着你，田横岛，就像在读一部青史，然后，化蝶似地飞起。

看天下大势，你来我往，风卷云舒！

田横祭海

日已东升。

风在吹，呼啦啦的各色旗帜，像天鹅在飞。

所有的牺牲一字排开，所有的酒坛一一打开。

所有的船，所有的人，都在期盼着，

这一刻！

终于，金风起了；

有乐奏了；

有红红火火的鞭炮，开出十万朵响着的牡丹了；

锣鼓声，欢呼声，大海的波涛声，开出十万朵百万朵鲜红的玫瑰了。

甜蜜啊，美好啊，富足啊，期盼和祝福啊，在人和岁月的田野，延续了千年，

今日，终于开花了！

照亮了黄海之滨的每一片云朵,每一片树叶,每一张笑脸……
就连那高挂的渔网,都像身边欢呼的少女,婀娜着娇娆的身段……

走进雄崖所

这个下午,有土地的温热袅然上升。
雄崖所,每一块方砖,都穿着明代的肤色。
此时,乡野间夏日葱茏,秋毫无犯。
没有烟火,不是要塞,它是历史,一个名字,或一个句点,一个逗号,如此而已。
没有惊呼,没有审视的目光闪闪。一弯新月,看着剑戟如水,除此之外,无有其他。

这个下午,很静。
年长日深,雄崖所,你体内的寒凉,想必越来越少了吧!

风雪大沽河

风吹着口哨,在河道上走。
一种酷寒,透体的冷,像一阕词,在我心中
涌动着,朗诵着。

此时,大沽河如远古时光,静默无声;
在视野中,遥远地开阔着。
滔滔不息的雪,在天地间狂舞……

北风呼啸,雪花飘飘。
曾经是万径人踪灭。
骨头和血,都滋生着冰花,那么美……

回忆波涛汹涌。
美好纵横驰骋。
在天地之间,在我的心中,旋涌着风暴……

双塔之春

你，是即墨西北平原上，一个站着的
美丽传说。
长身玉立着，数百春秋。

时光一天天过去，每一个屋檐下的铜铃都叮咚作响，被风吹得越来越亮。
春天已经来临，空中飞了千百年的鸟，更加娇柔俊美。
那叫声啊，更加动听。

曾经花一般的岁月，大沽河水和满坡青苗生长着花香；有柳和桃花，有一丝丝
嫩草鹅黄着，这个春天……
谁都不知道风在吹向谁，但谁都明白：这里的春天，越来越美好了……

环秀湖

在岸，摄想凝思。
粼粼波涛，天高云阔之间，小草和不知名的野花，散播着芳香，正在拔节。

堤岸上细柳依依，最后的一丝残雪都消融了，鸟的歌，更加动听了。
依依走过的一些男女，独语着，他们心中的日月啊，甜蜜着。

至夜，华灯初上，
璀璨灯火连绵数里，天上人间笑语歌吹……

马山

在马山，我看见了亿万年前喷发的岩浆。
在我的诗中，活了。

我们，面对面站着，像恋人一样对视着，
倾听着对方心底的秘密……

若干年后，我们是不是也会像今天这样，

心,还在跳;

血,依然流……

灵山

这个夏末,山中云雾缭绕。

林中有百鸟,不住啾啾着"大乱不乱、大减不减"。

多少年了,那么多雾,这么多风中的庙宇,都做了土。

唯黑虎泉水依然清澈。

唯苍松翠柏依然绿着。

唯青霄元君,在民众心中依然活着。

在受尽千苦万难之后,

上苍,依然庇护着这方热土。

琅琊台

开出黄花的春已经过去。

夏,在黄海一侧的琅琊台上,苗壮着深蓝的梦想。

风,轻轻吹着。吹着这个夏天。

御路上,沟壑间,漫山遍野的小黄花,在此时,沿着岁月盛开着。

一只鸟,又一只鸟,仪态潇洒。

犹如一股自由的风,干净的风……

梦中见过,史中读过,心中时时念叨着的千年岁月,在这个时候,依然带着信仰,迎送着

王者琴瑟、曼声娇音……

云上村（组章）

· 萝卜孩儿 ·

云在故乡还好吗

云在故乡渴望一场雨。
她用力挤了挤眼睛，只挤出两颗泪珠。
云在故乡思念一缕风。
扶摇直上的炊烟，紧紧地把她缠住了。

一朵云，夜里歇脚房檐，痛饮了房檐下的半缸水。
早起的老父亲，步行两公里到村外挑水去了。

云在故乡还好吗？
坷垃滚烫的玉米地里，最后一朵干瘦的云、弱小的云，变成了老母亲额头上的
一抹汗珠……

竹林

穿过一片竹林又一片竹林——横吹的笛声，此起彼伏。
有脚步声，时远时近；不见人影，只有出入袖口的竹风。

竹林深处，谁抬头仰望：竹叶如筛，天光云影散落如米粒。
黄昏的一炷香，袅袅升腾，把一轮明月引入一处道观——

竹海幽处，蔚竹观。
观中道长，道号云谷，清瘦如竹……

云上村

云上村,离天三尺三。

云上村,到处都是泉眼,却只饮天水。

家家户户天井里的水缸,不管缸中有多少水,早晨都会水满缸沿。

化斋的小和尚,第一次来到云上村。

赤脚,裸肩,目若泉眼。

他在村里住了三天三夜,不食一粒米,只饮缸中水。

下山的时候,小和尚只带走了一瓦钵水。

他说:我要把它做引子,从此不用天天担水了……

晚安

今晚,多少生灵寄宿花心里。

我路过时,她们轻轻地摇动了一下腰身。

晚安:那位比拇指还小的小姑娘,和她受惊了的小心脏。

晚安:美人鱼身上的鳞片,鳞片上的银光。

晚安:窗棂上灵魂出窍的小蜗牛,盼望你一夜醒来就魂归躯壳。

晚安:那个天天挂记我的人,梦里我会悄悄地告诉你——

爱和期待等长;

你睡了,大地就睡了;

你醒来了,天就放亮了。

秋

柴门紧闭。门前的道长喊了一声:月。

所有瞌睡的露珠,都睁开了眼睛。

松风是山的深呼吸。道士轻轻地敲了一下门。

大合唱的蛐蛐们,都不约而同地停顿了一下。

篱笆旁,山菊花散发着淡淡的苦香。

闻香识君:所有的蜂蝶,都夜宿花心。

柴门外,盘坐石凳上的道士又喊了一声:月。

山梁上,瞬即露出一张银白的脸………

寒露

云朵是大海从心窝里掏出的一颗颗心,盐的颜色。

露从今夜凉。

一泓清泉,隔空注满空腹的水缸。

星从今夜亮。

燧石里的心跳开始变慢,每小时只跳动十二次。

当最低的云朵抵达村口,天便黑了下来。请你拨亮一盏油灯,然后静坐。

当最小的云朵,用委屈的泪水打湿你的窗台和门扉。请你走出家门,手捧一只青花碗站在院子里。

今晚,秋风在你的耳轮上打了三个结。请不要触摸,只静静地倾听:雁鸣声从你的额头上掠过……

云棉

收获的季节! 无土栽培的棉花地,无人采摘的棉。

无名国里的一株棉,被阳光和天空溺爱了十万年! 这株棉,一朝脱胎换骨,便通体轻盈,无根无叶。

——吸晨露,听鹤鸣;开洁白的花,结晶莹的果。

温润如玉的一朵棉,每每在午夜,露宿我的窗台上。

头戴莲花,

手绘窗花。

蛐蛐儿的催眠曲里,一颗冰心跳出棉花的胸口,与山梁的一轮明月——合二为一。

漏风漏雨的时光（组章）

· 王忠友 ·

登济南华山

登上山顶,心朝南一下,小清河触动了楼舍荷田祥和的影子。心向北一下,黄河逶迤起伏向前。

我枉为诗人,怎么写也写不出泰岱连绵、鹊华烟雨的丁点儿神韵。

落日辉煌。

这座出水芙蓉,花瓣仿佛在慢慢伸开。

学古人静坐,修炼,参禅。

平凡之心,还眷恋喧嚣的尘间。

躲

那不是躲在山沟里的雪,是一群羊。

你看,穿白羊皮袄的麻子爷,挥着鞭。

白,越躲,越少。躲着,躲着,挥着的鞭,也消失于山涧。

这些躲的事物啊,应该迎春而长。

不是站在黄雀岭的我,被风吹远——

月光暗下来

草还在坡上长。花还在岭下开。

那棵直插夜空的老槐树,门洞里的狗,窗户里的灯光,什么都不能阻挡月光亮起来。

一个王姓的小院落,豢养一群泪水。

谁家的公鸡不小心,啼出一声晨鸣。炕旮旯里,父亲哆嗦着起来:

他妈,鸡又叫了,三天三夜了,下炕吧。

儿子去的,值。

倏然,月光暗下来——

相信

茅草屯。黄雀岭。洗心河。

一阵小南风从河对岸,跑来。

母亲的肩头倾斜了一下,抖落的肯定是春天的秘密。

那截枯木桩恍惚了一下,内心肯定是春天的回响。

离别

黄雀岭上,老祖宗还给我们留下两亩好地。

老了,我们就回茅草屯。

你种上风,我种上月。

风挽着洗心河,月抱着茅草屯。

白天,我像风挽着洗心河一样,挽着你。

夜晚,你像月抱着茅草屯一样,抱着我。

我喝不下那一杯

每天,二两小酒。母亲喝啤酒,陪着父亲。

你一言,我一语,谈家长里短,村里谁谁不养老人……

也对着明月清风,发点小诗意小感慨。

父亲偶尔发脾气,顿杯子。

回到老家,我也小酒一杯,陪他坐下。

父亲喝得有些醉意,说你来,来家一趟,就,就是客人。

非要母亲和他一块儿敬我一杯——

时间之外

在从平度到济南的一辆客车的内部：

有人在孤独地玩游戏，有人可怜兮兮地打电话，有人财大气粗要替天行道，有人阿弥陀佛安慰着病人，也有人可能是昨夜雨中的杀人犯……

我坐在最后面，没有人认识我。

更没有人知道，到站时，我已经挥霍了他们282公里生命。

雪停之后

雪花无理由地，停止飞翔。

猩红的冬衣，呼喊谁的嘴唇，又闭上？

孤独的山路，阳光下钓出千山飞鸟的寂静。

柴扉开启，推出石头，推出树，推出拐杖与白发。

不远处，另一个赶季节的人，在路上。

年关

天下小雪。

外出打工的二哥还没回家。

工地上，二哥头上压满白雪。

烟花开在省城上空。

小狗叫了起来。

母亲撂下手中的家什，跑了出去——

一辆车子，驶向街头，闪着红灯。

背影

你孤独的背影，又一次被暮色挡住。

我有我的远方。你有你的一亩三分地。

每次送别，你一句话也不说。转过身，我就泪流满面。

我的旅途，有我童年骑在你背上的温暖。

你辛劳的镰刀，扎进我的双肋，夜夜辗转难眠。

我就是你的过客。

这次,我不写诗。我的字,都跟着动车飞。

黄河古道

坐在湿地,落日遥远。

白鹭在长天盘旋,水鸟在荒野觅食。

一只黑天鹅,从荷叶中孤单游出,另一只追来,交颈,低咕,原始着黄河古道最初的爱恋。

它们,能让我写出黄河入海口八百亩情诗,写出红地毯爱的坚贞,芦花爱的洁白。

黑夜里,一盏一盏的矿灯,

那是盐碱地阔大无边的爱情。

孤岛

抽油机动作规范,不紧不慢。

半个世纪以前的孤岛啊,

歪脖柳举起荒滩的痛,浪花驮着黄河的泪。

随便抓一把滩土,都能听到黄河低低的哭泣。

直到很久以后的一个黄昏,一群追赶理想的人扎根这里。

从此,孤岛不孤。

天下便有了盐碱地美丽的传奇。

芦花飘雪的日子,我能否成为孤岛一棵树?

现河岸边有人家（外一章）

• 李付志 •

1

一条玉带,环围逐水而居的家园。

细雨编织着游鱼的梦。碧水清波,有酢浆草落入,一声轻颤。

时光衍进——

夕阳余晖,河面如绸,拢住了谁的眸子。

谁在遵循人间烟火的秩序,数说着小城的蝶变和乡愁。

2

阳光从云端洒下,小城时光缓缓,平静而祥和。

到河边走走。我不想隔着朋友圈亲近你。

一尾鱼,一丛芦荻,三两粒柳燕的鸣叫,值得忙碌的人忽略过往,好生相处。

走着走着,河水就禁不住开始吟唱,渗透了有关故乡的描写。

3

有一掬露水就足够了。

有一缕轻风就足够了。

我始终无法诗意地表达,遇见你瞬间的感动。

在河岸边安个家,携妻儿自由升降,就有了享不尽的清凉和柔暖。

打开窗户,在一截阳光上,安身立命。

或者,任暮色四合,用月辉煮酒,饮干前生的暗伤。

4

清风先我之前抚开花瓣。

群山先我之前打开水墨。

我来时,尘世之上,有凋零之美,也有飞翔的翅膀。

凝视火牛奋进的城标,与即墨故城遥遥相对。

生活朴素,日子简约。你在身后双手合掌,岁月就少了一份薄凉,多了几盏灯火。

5

昨天我为梦出发,今日我为爱回家。

云朵归于天边,草木归于大地,蝴蝶归于花蕊,我归于你。

有玉兰盛开,是你眼里家园喜悦的样子。

如同有个人,陪自己一起老去,是最幸福的事情。

琴瑟和鸣,抑制不住的花开,令城市的轮廓清晰,不会迷路。

6

白鹭还是灰鹳,衔来一片云彩,像极了紫丁香沉迷的香气。

钟楼下,风穿过亭榭,仿若麦浪浩荡。

这安稳的现世,细水长流,波澜不惊,青草的味道伸进书房。

深深叩拜盛大的慈悲,终其一生,爱你。

我的亲人!

幸福的家没有多大的房子,暖在充塞空荡。

7

现河岸边有人家。

从青色淋漓,到红香涌动,直至虬枝横斜……

家园的粉墙上,每一段生命的影像,都在端端正正蔚蓝着。

感恩一路经历的时光,因你来到我的世界。

与芹书

1

初冬时节,乍凉还暖。

马家沟人气骤升。秦皇河水流低飞。

胶东大地,十万亩芹香自天边奔涌而来。置无端风雨于不顾,你面含微笑。

收拢一束目光,时间之书缓缓打开:

故事在铺陈,跌宕起伏,那些叱咤风云的人事,鲜亮如初。

2

年轮里的许多光阴为一片碧绿停留——

记忆的渡口。背影里的斜阳。炊烟袅袅的乡村。

一定有令人心仪的一隅,固守你的初衷。

一定有一个怀美丽心事的人,和我一样放不下执念。

青葱的日子,你温柔无言;芦花霜白时,你站在村口,静候回眸……

我把曾经的尘埃,凝结。

这巨大的疼痛,化成一道佳肴,品出一棵芹菜的苦香。

如果记忆是鹅黄色,一定和爱有关啊。

芹!在你热烈的香气里我能做些什么?

我须用尽一生,追随你香彻九重的样子。

在这个冬天里窖藏一枚水晶心,与春天相约青碧,许一世安暖。

3

如纤纤神女赴凡尘,你韵色绝伦,幽香潜梦,魂牵胶水采芹人。

晨曦漫洒,轻透轩窗。爱如芹姿亭亭,细品淡甘成永久。

当畦上无边青翠,化案头一缕奇香,这百般滋味,荤与素,热和凉,味道脆甜难得,馥郁莫忘。

休思忖悲欢荣辱,饕餮一场盛宴,长伴诗书入梦。

如是。我便不止一次把你从《诗经》里约出再别离,你一次次又在我心笺上匍匐再跃起。

我从深谷的梦中醒过来,把自己从偏狭的空间里弹出。仿若每棵芹菜都有自己的想法。

当一只鸟在潜伏时突然高飞,你要忍住尖叫。

大地总会眷顾你的起伏之美。

4

不要告诉我雪花已经上路,我只想抱着你——

在水之湄的芹菜。

于北纬36度—37度的黄金纬度带上,于幸福平度的深处,迎迓春天。

直到整个冬季被我们的虔诚,感动。

若有来世（外四章）

· 王小玲 ·

1

黑色的波涛汹涌而至。

我在黑色的空房子里惊惧不安。

心，成为旋转的陀螺，思念是来回抽动的鞭子。

想跳起来，去击碎一件瓷器，任破碎的声音划透子夜的黑皮肤。

2

世间情绪种种，我宁愿选择孤独。

痛苦结晶为药，与思念和泪共饮。

培植一株叫月亮的花朵，从此爱上黑夜，在黑夜里孕育文字的珍珠。

即使君归未有期，我也会轻喊你的名字，然后学着你的样子小声地应答。

3

月影动了一下，是你吗？

我闻见植物的香息传来，穿过夜的黑栅栏。

黑夜何其美好，你来与不来，我都能从月光的边缘撷取一点甜。

江水自弹自唱，在你的名字里安排我们的相遇。

4

日日思君，相思无涯。

流水在我的期待里泛滥成灾了，

水边多了一个终日盘桓的妇人，她左手前世，右手今生。

临水自照，爱上流水唱出的你的名字。

若有来世，我们就在江边厮守，放鸭打鱼，弄莲采藕。

不谈政令，不论规矩，只说江边日月，风雨同舟。

在樱桃谷

山野沉默,道路茂盛。

穿过草地、麦田、石块和溪流,进山。清风像个任性的孩子,掀动山的花衣裳。

进山呵,人迹罕至,草木葱茏。鲜花与绿植相爱,生出披霓裳的蝴蝶。

我要以此为据,铺排白云清虚,尘世安宁。

一树熟透的樱桃,如诱人的妖妇,眼波汹涌,

闪着红宝石的光,抛洒若干相思的红豆。

那些被压下去的欲望,被一一撩起。

我看到满山的花盛开,流水的声音隐约传来。

所有的花飞上枝头,它们绝不辜负这个季节的期望。

我想与它们,一起飞;用简单的诗歌畅谈理想,用更多的沉默证实我的沧海桑田。

然后诳语:看啊,我与红衣的妖一起,

开花结果,或者夭折。

立冬的柿子

山坡上的柿子树,斑驳的树干,虬枝盘旋。

小北风吹过,红叶落尽。

在最高处,连鸟儿也够不到的枝头,挑着几颗晶莹透亮的柿子。

是爱做梦的星星忘记回家了吗?

从初春到初冬,把一颗苦涩的心捂暖,把一身青涩的绿捂红;把风景装进心里,看着庄稼走回农家,四野空寂,内心甜软,最终出落得珠圆玉润。

一枚麻涩的小青果,走过惊蛰、春分……霜降、立冬,经得住风雨霜冻;

一枚成熟的柿子,却经不起一双粗暴的手。

所以,请轻拿轻放。

茶心

一种茶。既是花,又是茶。

单是名字,就生出一股暗香。

如菊般淡雅的女子的茶。

沸水冲之,凝神看菊花茶畅意舒展,渐至平静。

霎时,一朵朵淡黄色的菊花在水中盛开,如浴女,赤脚从云中翩然而至,欣喜地抖开素洁的衣衫。

把盏轻饮,浅浅隐隐的一脉苦香,一缕清寒。入心,入过往的岁月。

一切羁绊顷刻间释然,一如斯茶,心生清韵,和润含香。

菊在水中盛开的刹那,心底液体漫过。

花的痛,从蕊开始;我的痛,从心开始。

那些干枯的花啊——沉于长久的寂寞。

茶的心,暗藏着苦。

守着,等着,期待与水炙热地相逢,将心事一瓣一瓣打开,奉献最后的香息。

世间真有那么一种如茶心的女子,深藏苦苦美美的心事,等待一次绝版的美丽?

如此淡雅的茶,必是女子的茶。

这世间,必有真肯静下心来品一盏茶、簪一枝菊的人。

樱花

一群粉嫩的小女子,闪烁着细腻的清香,在多情的四月旁逸斜出。

我说"念奴娇"。

她说"相见欢"。

随意地一开,就美得无法无天。

姑娘们按住内心的红粉,身体里的花朵欲说还休。

忽而落下泪来,那一刻的忧伤就像看着镜中的自己。

一朵,两朵,三朵……

樱花纷纷地落了。

世上如果只有一种盛放与谢落同时进行的花,那就是樱花。

眼看着一朵花灿然绽开,又决然飘落,初衷和疼痛一起高悬。

开就开他个轰轰烈烈。爱就爱他个天翻地覆。落就落他个惊心动魄。

——就像爱情的来临与消逝。

旧时光（组章）

· 陈　亮 ·

父亲已经说不出话了

因为肺病，父亲半年来昼夜咳嗽，已经说不出话了，春风再度吹着他，这个几乎一夜间就衰老的老人。当他渴了，他就用手指一指暖瓶，饿了就拍拍肚子，生气了，就任性地不吃也不喝，仿佛是我们全家人的孩子。

连一向顽皮的儿子都在学着哄他了，儿子把平时自己喜欢玩的吃的，一股脑全部放在了父亲的炕头上，他吃力地抚弄着儿子的头，想说什么，却哑哑的怎么也说不明白。儿子给玩具们上足了弦，让它们喊爷爷，或者把妙脆角戴在手指上给父亲吃。父亲想笑一笑，除了脸上皱纹在动，喉咙里只发出一些干燥的沙沙声——

这就是我现在的父亲，已经好久没说过一句囫囵话的父亲，曾经喊我去打狗而我却去撵鸡，最后鸡飞蛋打，狗急跳墙，怒火烧糊了头发的父亲。他也许再也骂不动我们了，尽管他教给我们的农活我们依旧没有干好。春天里，我们望着自己耕过的歪扭的犁沟，沮丧地坐在地头上不说一句话。

春风吹过来，我们竖起耳朵，使劲听着，村庄里除了鸡狗牛羊的声音，就只剩下父亲的咳嗽声在沙沙地响着——

老鼠

它来过了。清晨，我在厢房发现了它的踪迹，我想它一定是饿极了，它啃掉一只大头鞋的半块鞋底，把一件军大衣咬了几个洞，露出了洁白的棉花。儿子的一个西洋玩偶被撕去了半个耳朵，正捂着伤口哭泣，叫喊，晃悠着小小的身体。

还有一个花盆被它蹬下了窗台，满脸无辜地碎着。它终于发现了一个长着绿毛的干面包，啃了一大半，又在墙角的一个白手套上美美地睡了一觉，撒了泡尿，拉了几粒干屎，就悄悄离开了。

我敢断定，这是一只很大的老鼠，我仔细查看了好久，门窗没有缝隙，地面和房顶都是水泥，真不知道，它是怎么进来的。

这个恨人的家伙，我想了好多办法想捉住它：沾鼠胶、耗子药都不管用。后来我又从岳父家借来了几个夹鼠板,用几块猪头肉蘸香油做诱饵,这次奏效了,但却只夹住它的一个小小同伙,另外那个夹鼠板,被它拖了好久,留下一条灰色的断尾巴,又跑了,再没来过。

但我确定它还在附近,对此我一直保持足够的警惕。有几次,我甚至听见了它在暗地里磨牙和轻轻喘息。我想,它还是会回来的——

天黑了又白了

天黑了又白了,鸡冠红了茉莉开了,阳光的钥匙打开远门,被噩梦缠绕的人又活了过来,可他并没有露出多少欣喜或感激。

他是个出卖力气的人,也是全村起得最早的人,他虎着脸子,披上遮蔽身体的布,拿一块生硬的饼子啃着往外走,他在给村里一个抠门的包工头打工,干最累最苦的活,拿最少的钱。

他十五岁殁了爹娘后就胡乱吃穿,身板却又干又瘦,却有着钢筋般的力气。平时像个木偶,看到女人就突然活了,张着大嘴流着口水,挨了很多庄户揍,却屡教不改。本家曾撮合他收留过一个要饭的女人,好日子过了没几天又成了苦瓜。

他牛头般直冲冲往外走,到了村外的空场,突然被一个闪光的东西吸引住了,他猫着腰,小心地跑了过去,竟然捡到了一个祭祀用的"元宝"。他兴奋极了,以为是金的,就捂在怀里朝四下张望,感觉没人,就刷的变成一溜黑烟。

天黑了又白了,神啊!我希望那个元宝是真的,今天早上,就让所有惊喜都发生在这个可怜人身上吧!

淹没

暮色里,一个人走向田野,这是个看坡人,他摇摇晃晃地扛着锃亮的铁锨,头顶紊乱的蚊虫,步履显得老迈滞重。

秋,已经深了——庄稼绿得发黑,淹过猫狗的沟渠里盛开白花,小路依旧被野草和庄稼挤得忍气吞声,隐身的虫子依旧在叫魂,孤苦的坟头开始慢腾腾吐出蓝霭。

他发现一只麻雀,在眼前虚晃了一下,扔下一个灰灰的眼神,扑哧就飞远了,却很快就被发黑的绿吸纳的干净。几个黄鼠狼,竖耳咳嗽着,朝他神秘地摆手,旋即,也被吸纳于无迹,统统没有遗下任何的波澜。

田野像个无底洞——想到这里,他感到莫名的口渴和心慌,因为周围现在是不见一个活物了。他鸡仔样地哆嗦起来,似乎自己也会很快被吸纳干净,不会留下一点骨头。他就咣当扔下铁锨,跌撞着跑了起来,扔下了多年看坡的营生。

这么多年了,他是第一次被吓破了胆。而那些黑绿却更加安静,悄悄吐出草灰的月亮,不担心有谁会逃出它的黑掌。

树影

疯狂的槐米树,把影子打在院子里,秋日阳光充沛,风吹来的是植物香气,而不是化肥厂令人作呕的恶腥,还有工业园那些近乎末日的噪音。

多么好,鸟修复了全部的神经,我可以把木匠活移到院子里。多么好,我可以在院子里,用槐米树多余的权丫轻松地赶完邻家定制的木器,可以吹着口哨,想着漂亮的姑娘,让暗处的上帝,那个大胡子老头发笑。

更重要的是,可以让祖传的槐米树,把它的影子疏朗地打在我身上,沉在我心里。这个时候,我不会感到痛苦,因为槐米树的影子让我享受了它的清凉,而不是谁用鞭子打我的皮肉,用烙铁烙在我的胸膛,用锤子钉在我的骨头,也不是谁用斧锯在我的喉咙,或者是巫术控制我的魂魄。

我可以贪婪地享受这一天的阳光,这是槐米树带给我的祖传幸福。累了,我就会躺一会儿,或者把自己做进梦里,巨大的树影会让发热的身体,慢慢地凉下来,就像那些磨损的农具,擦去了泥巴,轻松的调子,就从它们伤口里慢慢地流淌出来。

暂停键（组章）

· 金小杰 ·

奔赴

与一艘船相遇，像是旧识，只瞥了一眼就满心欢喜。收锚离岸，痛快地说再见。

潮声，一下一下灌满了耳朵，溺水的日子不需要清醒，只需要一声汽笛，故事就有了崭新的开始。

海面，浪花翻腾成大朵的云彩，海鸥一次次地追逐，热吻着蔚蓝的海水。甲板上，一具傀儡紧挨着两只垃圾桶，工作、家庭、生活……无数的细线缚住手脚。

今日风大，风里有细线绷断的脆响。

轮船靠岸，仅剩几只海鸥在甲板上空盘旋。垃圾桶里，扔满了形形色色的线圈。

黄昏

想把这个黄昏借给你，与你同享此刻的海风、斜阳。

走了很远的路，只看到海和悬崖。转过海角，夕阳正枕住几朵烧红的云彩，在与海做最后的交涉。

身后的悬崖，漫坡的忘忧草起伏成金色的浪花。倒退几步，想拉住你的衣角，同你分享此刻的壮美，但只拉住风，拉住环海公路上生锈的铁链。我们早已走散走远，但很多瞬间都固执地停留，如同昨天，印刻成一种感觉，摸不到看不见，更不可能在明天撞个满怀。

一天又用旧了，礁石参差的海滩，遗落了几声海鸥的鸣叫，黄昏和潮水反反复复地涌来，撞击着岸边。

乐园

夜色是一种掩护。退回岛屿，上山，下山，一个人摸回住处。偶遇一座游乐园，荒草丛生但灯火极盛。

没见到游客,也寻不到小孩,旋转木马的彩灯不停地闪烁,色彩艳丽的塑料马匹不停地旋转。跳楼机很高,迷乱的灯光也很高。几辆卡丁车凑在一起,不知商量着什么。

儿童乐园里,只有音乐在独自热闹。

我站在园外,像看一场荒诞。很多事情都在自欺欺人,很多时候都在自欺欺人。

夜晚

不能安眠,有整夜整夜的海浪声。

小岛太小,人少。风吹得急了,会有石头从悬崖上一跃而下,溅成一朵浪花。

夜里,小岛在身下晃成了一艘船,我蜷缩在一张单人床的中央,拼命想抓住点什么。海浪太大,稍不留意可能会把船只击得粉碎。

你在,又能怎样? 不在,又能怎样?

这个夜晚,我没有靠山,只能尝试把自己变成一艘颠簸的小船。

月牙湾

一片海滩,一个海湾,取了一个美丽的名字。

遍地都是圆润的石子,海一遍遍地把它们推向岸边,献宝一般。早晨,雾气在翠色的山丘上流淌成瀑布,或许有云彩不小心跌落,海湾里的每一小颗月牙都在熟睡。

我坐在清晨的月牙湾,数不清这里的月亮,也不能俯瞰海湾的形状。天亮了,所看也并非真相。

交锋

环岛,只用了几十分钟。烈阳之下,年轻人在海风中踏着单车,女孩的黑发、浅色的长裙都是夏天。

观景台上,远处的渤海和黄海正在交锋,浪花四溅,谁也不肯退步,一条弧线僵持成一道伤疤,难以愈合。

两片海,僵持了这么多年,早已没有了对错。一些婚姻,打打闹闹,分不清孰是孰非,但总是剑拔弩张。

丽泽·穆勒诗选

• 倪志娟　译 •

怀念死者

我怀念高架上的旧涂鸦
狂舞的红色词："大鸟"犹在①。
现在它消失了，墙干净如遗忘。
我回家，放上一张唱片，
查理·帕克的《居于蓝色音符》
每次隔了几个月或几年，播放它，
音乐会更明亮地响起；
此前我从未听过这么好的音乐。

我希望我的父母是音乐家，
将他们自己变形为声音留给我，
或者，我相信星星
是逝者发光的身体。
这样我就能站在黑暗中，向所有
不认识的人，指出
我的母亲和父亲，他们如何闪烁，
如何变得更亮，
当我们靠近彼此时。

当我被问起

当我被问起
我如何开始写诗，
我谈起了自然的冷漠。

那是在我母亲死后不久，

一个明亮的六月，
万物繁盛。

植物园景色宜人，
我坐在一条灰色石椅上，
但是，那天的百合
聋得像醉鬼的耳朵，
玫瑰合拢着。
没有黑色或破碎之物，
也没有一片落叶，
太阳为夏日长假
叫嚣着广告，无休无止。

坐在灰色石椅上，
身边环绕着粉色、白色的凤仙花
那无邪的面孔，
我把悲伤
放进语言的唇中，
它是唯一和我一起悲伤的事物。

在博物馆

是什么吸引我一次次
走向那尊
端坐于花园餐厅上的佛？
女人们，穿戴得像花儿一样，
在那里进进出出。

我站在抛光地板上
仰望他的脸，
那抹微笑我无法洞悉，
无论善
或恶的言辞
皆无法企及。

快乐

别哭，这只是音乐，
某人的声音这样说；
你爱的人并未死去。

这只是音乐。只是曾经的春天，
世界不可理喻的身躯
横冲直撞，像一个圣人，携带荣耀，
将一个小女孩
投入不可理喻的悲伤。
疯了，她告诫自己，
我应快乐地起舞。

且这又一次发生了。它出现在
我们无限爱着的那一刻——
无限的悲伤随之而来
不是绝望
而是绝望无名的对立面。
它与时间的流逝无关。
它不是失落。它是
两条看似平行的线
忽然交集，
在我们体内，在某个
仍旧荒芜之处。

快乐，快乐，女高音唱着，

攀向闪烁的音符，
我们的眼中饱含泪水。

乡村骑士

世上所有的萤火虫
今夜聚集在我们的院中，
在灌木丛中摇曳，
如同过季的圣诞灯
夸张地陈列。
但空中的音乐
是热烈的，八月的音乐——
蝉正在掏空
它们尖细、刺耳的高音，
如同乡村的小提琴手安坐于
一个长夜。我感到自在，
在他们不间断的音调中，
极简派音乐家，如同八十年代。

场景自我重复，
但一种差异造就了所有的
差异。作为一个孩子，
维罗纳的某个夏夜
是我的第一场歌剧，
我看到一簇火柴
照亮了罗马竞技场，
直到我们变得安静。仿佛
音乐是一朵夜来香，
当我们屏住呼吸时
才会绽放。
盛大的音响，
激情一心一意的
战斗：声音彼此磨利
它们闪光的刀片，

选择活着或者死去。
就这么简单。这个故事
并不重要，动机迷失在
深沉，动荡的黑暗。
是否有月，我忘记了。

木兰

今年的春夏
决定很快过去，将它们自己压缩为
只有三天的季节，
就像冬天冒出的蒸汽。
前门的院子里，不情不愿的
木兰花苞忽然失去了控制，
彻底绽放在枝头。
两天后，她们淡粉色的丝绸
堆在树干周围，
就像被丢弃的衬裙。

记得以往的春天有多久吗？
从开头的十指相扣到初吻，
有多久？之后，
是无尽的动作，再到解开一颗纽扣，
又是一段多么漫长的时光？

家庭和朋友

我们围坐在桌边
讨论青少年叛逆的
利与弊。
我们反复沦入这种境况，
清楚所有的陷阱，棘手之处。

下一个话题是科技，电脑是恶棍。
我们彼此迎合，预知每一句话。
不曾有任何人犯错。

时而，又谈起国情。
杰弗逊说的是什么意思？
有人在涂鸦。有人去洗手间。
有人听见了咖啡煮沸的声音。
像一个结，注意力
瞬间瓦解。

最后，是音乐拯救了我们，
华尔斯坦奏鸣曲。我们移坐到
沙发和软椅，
头靠在靠枕上。
矮牵牛，蓝丝绒
开放在碗中。很长一段时间
我们倾听，没有人说话。
当我们开口，我们的话题已改变。

大拼图

一

我从天空开始，我的原始
大穹顶，我的帐篷，我的罩床。
拼图的第一天，
是蓝色夹杂白色的条纹，
云朵模糊地消失
如笑容。一些绿色的事物侵入，
一个树梢。我继续，

然后,辨认出那是一棵枫树,
打算今天到此为止,
但是一只鸟喙
忽然探进这片风景,
而将这喙与精巧的头,
与带翅的、包裹着
一颗特大号的、被扩张的心脏的
身体分开,是荒谬的。
上帝轻松完成了
严格的、分门别类的六天,
而此处,物与物混杂,
没有边界,无论我在何处停下,
总有些什么尚未完成:
天空破碎,树木断裂,鸟
不光彩地缺失了翅膀。

二

拼完后,结果是
一片背景,模仿了
天空的颜色,
一顶冠帽,代表
权威,统领。

我的放大镜
辨出黑色的条纹,在眼睛后
延伸——
一只戴眼镜的鸟——

显示了它灰色的爪
抓握的力量,脚趾攥紧一根
树枝,就像我的婚戒攥紧
我的手指,

抽象的表现主义的尾巴,

一抹新蓝,与黑色的地平线
交错。

今天我放弃了世界
去注视这唯一的鸟,
这特殊的松鸦。

三

像一架电梯,我垂直
向下,进入
枫树光滑的树干,
抵达顶端,一个孩子称之为大地的头发
而惠特曼说可能是
主的围巾。
绿,我想要你绿,
洛尔加写道。在绿之中
是无数黄色的头颅,
装有几打辐条的轮子,
太阳宝宝会衰老,
变成塞满星星的白球
直到它们爆炸,飞散
形成新的星系,
给我们未来,下一个春天。

四

下一个春天! 但拼图是此刻,
这个春天,尚未完成。
今天,我对自己说
我要完成拼图。我要驯服世界,
封锁边界,闭合框架,
将困难的内容
锁进一个笼子。在那之后
碎片将归位。
我将完成天的边际,

转到左边角落,接着向下
抵达一根柳枝,
它命令我跟随它
轻点湖面。接着,湖岸
命令我探索它,直到我陷落
覆盆子灌木丛,
开着花的触须,绿白相映。
现在,我回到了中部,
被局部的
叶、棘和花的秩序所吸引,
我的视线被框限在
一小块易管控的土地中,
世界整体上依然布满破洞。

注:①美国爵士大师查理·帕克(Charlie Parker)绰号名为大鸟(Bird),1955年,帕克去世后,纽约街头出现了很多涂鸦"Bird Lives"以纪念他。

作者简介 | 丽泽·穆勒(Lisel Mueller,1924-2020),1924年2月8日生于德国汉堡一个知识分子家庭,15岁时全家反对希特勒移居美国,一生从事诗歌创作、翻译和教学,是德裔美国诗人,1997年获普利策诗歌奖。主要诗集有:《附属物》(Dependencies,1965);《私人生活》(The Private Life,1976);《来自森林的声音》(Voices from the Forest,1977);《需要安静》(The Need to Hold Still,1981);《第二语言》(Second Language,1986);《一起活着:新诗选》(Alive Together: New and Selected Poems,1996)等。

译者简介 | 倪志娟,出生于1970年,湖北天门人。现为杭州电子科技大学人文与法学院教授。出版有诗集《猎·物》;译介多名英美现代诗人,翻译出版玛丽·奥利弗诗集《去爱那可爱的事物》、雷·阿曼特劳特诗集《精深》。

伊恩·波普勒诗选

· 姜海舟　译 ·

树线

水的气味
喷散在下午的晚些时候。
她站在路对面
仰望鸽群,犹如
犬一般嗅着空气。

阵阵叫声传来
由经树线上方的寺院。
听上去是他们
在各种课程里
刚学到的语言。

对于他一切都变了;
他相爱于一位卡索邦抽搐者。
被她的脸迷住,在他的脑海里,
在僻静的房子里,他摸她的身体。
望着外面海之上,记着

那些相机捕捉的
蓝色和金色,如冰层下
鳟鱼等待移位,
他想逃出闪亮的汽车堆,
雨从四面八方打在他身上。

巴塞尔
——致 A. P.

我身后的花园降至水里。
各个夜晚一只气球浮现在河上方,
煤气喷火玷污了寂静,
而鳟鱼们上升到影子里。

我透过窗帘和厌倦
查看孩子们;这是另一种境况,
一块新地毯铺就了,狗儿沿着石砾小路
朝我跑来。"不管对谁

死是所有的一切,一种释怀。
你知道所有这些年里我只能在那里
换乘火车,曾经,在那
深夜。"我们正走向拐角处的

双脚持续着消失。
你站在桌子的一侧。
当我放回书本我体验到
依稀雪和尿的儿时气味。

时至圣徒们

一

我曾总在那条路上
杀死什么。开始是一只兔子。
后来是一只画眉鸟飞起
撞上挡风玻璃。我忘却了
不列颠生物学；我们也
还有松貂跟野兰花。

我曾如一只放飞的歌鸟。
道路延续在肿胀的河边
河水淹没了田地。我寻找着
太阳点燃的熟悉塔尖；
你给我的天真微笑
如你扭头观看外面的停车场。

我们布置好了这个房间，你的理性观点
同我的合起来填满了它。我父亲
正变得像他讲给我听的
那北大路的往事一样
易碎和微弱。我们曾围聚
跳起父亲的莫理斯舞，高高的树弯下

于路的上方，正当灰色柏油表面
化入阳光。仿佛
鲁斯·谭柏林电影般缩小
成大拇指汤姆，同他小小的爱尔兰朋友们

在树丛中跳舞，圣维特斯
将我的父亲掌握在他的手掌中。

二

田野的幕后

一层薄云无休止地滚动。
连水鸟也逆着

肿胀的丘陵高飞，
越过屋顶，柏油路面
和无缝排气管。

云在底部
被玷污。水
没有沉重到

成为单纯的降雨。
马匹啃着他的草皮
散发出腥腻味。鸭子的脚

从未真正与他
渠道的表面
取得平行。这种

页状剥落和阻塞的混杂：
失聪，圣维特斯之舞，
领舞者。似乎我

是他右手指
失去的上关节
显示着我曾经可能去过的地方。

终年圣诞节

我把所有这些人聚集在树下；
我不想逼他们再做任何事
但确显处境的连续性之一。
和他们可能尝试相互拥抱一样
总有人太怕保持沉默。

互相压在一起,有的压在树干上,
有的蜷缩在树枝下,我知道有些事
会说漏嘴,我还是走开
去某个窝棚寻找珍贵的东西,或半晌后

有人会来,走进村子,
他们双手束缚于横过树脖子的粗枝,
我别的什么也没做一直只坐在
完全相同的树下凝视着云冠
高过群山,或从通常的地方
去寻找鸡蛋;享受着一种
我会被关在栅栏,回归原处的感觉。
但远到这里我知道钱堆积
在银行里,我没有任何
家庭开销,所以我只想继续闲逛,
盯着头人的女儿等着
鸟入境迁徙,下到
山谷;从捕鸟胶上摘取小的。
村里的孩子们来了把它们从树枝上扯下。
树上满是成簇的羽毛或从拐角断掉的
鹌鹑脚。傍晚的火有着
肉的甜美;它们的火焰在彩虹中颤动。
烹调每只鸟的方式都不同。它们被掰开骨头
冷漠地放在嘴里,但这一块块包含着
秘密的营养。有时人们从山上
下来咀嚼剩下的一切。

旅伴们

火车开始了我们缓慢地向后漂移
穿过嶙峋的山脉而下
去到谷底的耕作物地带。

也许她觉得自己已经成了寡妇,

抓起水仙花贴在她半开的外衣上,
凝视着窗户外,

如同写乐①的演员凝视着牧师。
也许树林中是一张地图。
在鸟冠的寂静中

是它握住的茎在摆动。
我把靴子借给她沉默的丈夫。
我们穿过田野去参观

洗礼堂的窗户:三只野兔
无休止地绕着圈子跳舞,
铁钉扭曲着钉在十字架上,

裸者,止住了下面男人的火焰;
把这书当作是他自己的了,
似乎那里的记号是他做的。

译者注:①东洲斋写乐(活跃于1794-
1795),日本画家,擅长歌舞伎演员的特写像。

阿姨

自从我来到这里,村里已经有
三起自杀事件了。操持酒吧的戴夫,
凌晨4点拿着枪走到河边。
就在那天,她的床上躺着
另一个男人,还放风说
他和女儿睡在一起。我不信。
再加两个你不愿见到的
普通少年。下一个星期,男孩

把手伸进了一扇玻璃窗。房子是

我们今天下午看到的阿克里尔夫人
摊位对面的;巴勒尔先生,伯纳德·巴勒尔,
当他被解雇的时候,他非常沮丧,
他把车开到大路上。
他给小女儿留了张条子,因为
当她放学回家,要告诉她
去哪里找他时,他妻子在外上班。

然后米克,你认识米克,从房子里出来,
不是隔壁,而是隔壁的隔壁,
他的母亲抛弃了他的父亲。
他们都有枪,很漂亮的枪,
枪俱乐部在这里非常强大,
他的父亲走了,是在教堂墓地
开枪自杀了。呿,这一半

给你。
糖霜落在她脚边。

作者简介 | 伊恩·波普勒(Ian Pople)出生于伊普斯威奇,曾在雅典英国文化协会、阿斯顿和曼彻斯特的大学接受教育,现任教于曼彻斯特大学。出版过五本诗集:《玻璃外壳》(Glass Enclosure1996);《临时披屋》(An Occasional Lean-to 2004);《一厢情愿》(My Foolish Heart 2006);《拯救空间》(Saving Spaces 2011)《让尘土沉默》(Silencing the Dust 2013)。

译者简介 | 姜海舟,出生于1960年,祖籍山东临沂,浙江师范大学和浙江外国语学院英语专业毕业,1980年代开始发表诗歌。主要译作有萨福的诗全6册,扬尼斯·里索斯的主要作品。2003年,英语原创诗歌获POETRY.COM甄选奖。另有译诗被收入教材。

论李金发的诗歌语言

· 骆寒超 ·

李金发的处女作是《下午》，写于 1920 年，是新诗破土而出第三个年头上的事儿。诗中有这样的抒写："击破沉寂的唯有枝头的春莺/啼不上两声，隔树的同僚/亦一齐歌唱了，赞叹这妩媚的春光。""吁，艳冶的春与荡漾之微波，/带来荒岛之暖气/温我们冰冷的心，/与既污损如污泥之灵魂。"等等，显示着这位诗人从一开始写诗起就十分重视意象抒情。这一来也就必然会立即出现一个问题，如何恰如其分地以诗家语来承载意象，也就是说得把意象语言化这事儿提到议事日程上来了，而这时新诗恰恰也正处在为自己的白话诗家语太贫乏连声叫苦中。

一、白话的语言变革

新诗的全称是白话新体诗，白话成了新诗的显著标志，而新诗坛也约定俗成地认为新诗的语言就是胡适所提出的白话。这个提法对不对呢？作为人际文字交流的基本用语，其中也包括新诗文本的文字交流所取的基本用语，从文言改为白话，完全是对的，但把情思意绪载体的诗家语，也就是诗性语言作文言、白话之分，并制定新诗所采用的诗家语是白话，就不对了！诗性语言是用来物化情思意绪的，是为主体直觉地感发或逻辑地演绎得以具现服务的，所以它只有直觉语言与逻辑语言之分，而和文言、白话之分不搭界。之所以竟让白话在新诗中喧宾夺主，问题出在胡适身上。是他，把人际文字交

流用话的白话误植在新诗的诗家语上，结果在新诗草创后不久，就有人对新诗的诗性语言诗味不多叫起苦来。傅斯年在《怎样做白话文》中就说：写新诗所使用的白话"是浑身赤条条的""非常干枯""少的余味"，并且"异常的贫——就是字太少了"。俞平伯在《社会上对于新诗的各种心理观》中也说"总感到用现今白话做诗的苦痛"，白话"缺乏美术的培养""雅字太少"。那该怎么办呢？傅斯年在上述所引文中提出"补救这条缺陷须得随时造词"。但说说容易做做难！如何把"雅字"造出来，目标不明确，办法没有，也就乱成了一片，几个新诗的始作俑者意见分歧不小，胡适、刘半农等主张非讲语法规范不可，他们的学生俞平伯、康白情则反对讲语法规范。这一场争论倒是件大好事，使新诗坛因此闯出个认识的眉目来，确立起如下的认识：新诗的诗家语不在于文白之争，而在于讲不讲语法修辞规范。这一来倒好，新思路争出来了：诗家语——或就说诗性语言其实可分为两大体系，讲语法修辞规范的逻辑语言体系和反语法修辞规范的直觉语言体系。当然也得说：在新诗草创后期、成长初期虽然没有谁已明确到诗性语言有这样的两大体系之分——这可是要到后来，由林庚等明确提出来的，最后来由叶维廉等正式确立的，实际上在新诗的草创后期、成长初期就已有人通过创作实践，从讲语法修辞规范与不讲语法修辞规范这两个角度出发，自发地在探求着新诗的语言建设，而他们的终极目标

是明确的:为了意象抒情得更好。所以,这实际上是一场意象语言化探求。

李金发较早通过创作实践,自发地为闯出一条意象语言化新路而探求着直觉语言,可以说他是变革新诗诗性语言较早显示实绩的一个。上面我们曾提及这位诗人那首写于1920年的处女作《下午》,可说已在做新诗语言变革的探求了。这场探求的突破口就是反语法修辞规范。这首诗为表现流莺啼春而这样写:"击破沉寂的惟有枝头的春莺,/啼不上两声,隔树的同僚/亦一齐歌唱了,赞叹这妩媚的风光。"在这里,"春莺"啼鸣,和隔树的其他鸟一齐鸣叫都属正常,但它怎么能发出"击破"这一行为动作?这可是违反修辞规范的。文本中还有一处说:春光清扫了污气郁结的心,是清扫了"污泥的灵魂",这"灵魂"怎么会是属于"污泥"的,也违背修辞规范。再来看《月下》一诗,它表现月下景色——"浸在清澈里"的透明了的大地,这样写:

> 吁! 这平原,
>
> 细流,
>
> 秃树。
>
> 短墙,
>
> 无恙的天涯,
>
> 芦苇。

这两节六行诗,竟然是六个用以充当主语的光秃秃名词,其余谓、宾、定、状诸成分全被省略了,这全是违反语法规范的。再提一提第二节的第二行,"天涯"怎么竟像人一样会有"无恙"与否的健康状态的,这种修饰关系违反修辞规范,所以这一行既违反语法也违反修辞的规范。这些诗家语从白话的角度看,都有点反常,但反

常合道,凸显出了意象的表现,特别是其暗示式的表现,有了"美术的培养"。不妨把胡适那首差不多与《月下》同一时期写的《我的儿子》来做个比较。胡适这样写:"我实在不要儿子,/儿子自然来了。/无后主义的招牌,/于今挂不起来了。"这样的言说,可真是浑身赤条条,没点儿余味可品的。这反映着胡适诗中的意象枯干,是诗家语功夫不到家的缘故。

这可见李金发以反语法修辞规范为突破口来变革新诗语言,是找得准的。这一来,使他在探求意象语言化方面有了方向,从而走上了一条可以源源不断构词造句以达到丰盈意象表现的新巧之路。

语言是情思意绪的物化形态,说得更实际一点则可以说语言是感发情思意绪的意象之物化形态。情思意绪的形成有两条途径:一条来自主体对意象的知觉,另一条则来自对意象的直觉,这使李金发在做意象语言化时,也分为知觉型构词造句和直觉型构词造句两类,而他则对这两类构词造句都在创作实践中做了认真的探求,显示出他对建基于白话用语基础上的新诗语言变革实绩。

先来看知觉型构词造句。

中国新诗是接受了西方诗歌的影响而发生的。西方重理性分析,所以在作诗性语言的选择上也偏重理性分析性能,这一点影响了李金发,使他纵使立足于反语法修辞规范,也会显出知觉型的构词造句。说白了,这是一种全由理性指派的有意为之造语行为。我们可以举出一些这一类的构词例子,如"心轮"(《夜之歌》)、"时间大道"(《给蜂鸣》)、"衰老的裙裾"(《弃妇》)、"原始的梦想"(《她》)、"华彩之意识"(《她》)、"残废的灵魂"(《我的……》)、"记忆之深谷"(《她》),等等。我们还可以举出一些这一

类的造句例子,如"一切'理想'将成为自己之花冠"(《她》)、"我欲将你/装饰在我诗句里"(《灰色的明哲》)、"酒杯更孤寂了我们"(《Erika》)、"向回忆去找寻食料"(《在天的星儿全熄了》)、"在你心头的休息/是我所期望的天国"(《絮语》)、"'虚无'指挥着他,/将心灵挂在枝头"(《回音》)、"在淡死的灰里/可寻出当年的火焰"(《在淡死的灰里》),等等。这种构词造句完全出自主体对外在世界的知觉联想,凭联想把诸种本来并不相干的事物拉扯在一起,建立起某种逻辑关联,以期达到似虚似实、可以意会的隐喻目的,所形成的是一个虚拟地展示不言自明意图的印证意象,而这种意象的语言化显示途径就是反语法修辞规范。唯其使用的是这种以反语法修辞规范为表征的非常态表达,也就必然会使接受者引起荒诞式陌生感,产生强刺激以强迫接受者向一条预定思路上走,从而达到知解的目的,而所有这一切又都是有意为之的理性在起作用。以这种诗家语来表现的印证意象也就必然浑身装着分析演绎乃至抽象提纯的知觉联想机制了。所以这样的意象语言化可以使主体源源不断地制造出一批巧言。是的,这是一批不乏机智感的巧言,在李金发诗中时可碰到这些夹带着印证意象的巧言。对此,我们可以从上面所举的实例中挑选几个来做些分析。如《她》中有"华彩之意识"这个词语,用在这么一个句子中:"你华彩的意识,生活在热烈里。"这个"意识"作为抽象的精神性存在,怎么能有色彩感并作"热烈"地"生活"呢?显然违反修辞规范。但这样的表达能把"你时髦的意识正被人吹捧"那种土气的直说变得婉转而曲折有致,文雅有味,却又含有淡淡的揶揄,并以富有"美术的培养"的诗性语言把"意识"这个意象生动地凸显了出来。又如《回音》这诗句:

"虚无"指挥着他,
将心灵挂在枝头。

"虚无"之能"指挥"人,"心灵"之能"挂在"枝头,是反语法修辞规范的,而这可是"人生在世不得意,明朝散发弄扁舟"的精神性提纯表现,能把李白那句的诗意做更进一层的表达:人生不过是大虚无,那就让精神放达于四海吧!如此的言说,也就把虚无者的心灵活动做了更有声有色的意象造型。

再来看直觉型构词造句。

直觉出之于主体对外物强烈而真切的体验,不强调经验性的分析演绎,只求兴会之所得,凭此来构词造句,其违反语法修辞规范是必然的,不过这场违反之举不出于有意为之的理性指派。所以若以这样的诗家语来物化意象的话,其功能也必然会偏于兴发感动而不重印证。就是说:直觉型构词造句语言化出来的,会是一些感兴意象。对此我们也可以举一些这方面的例子。就构词造句而言,如"死草"(《夜之歌》)、"褴褛之魂"(《慰藉》)、"瘦的乡思"(《瘦的乡思》)、"漂泊之年岁"(《故乡》)、"心灵的回声"(《远方》)、"粉红之记忆"(《夜之来》)、"沉寂之芳香"(《燕羽剪断新愁》),等等。再就造句而言,如"弃妇之殷忧堆积在动作上"(《弃妇》)、"微雨……溅湿我的心"(《琴的哀》)、"我的灵魂是荒野的钟声"(《我的……》)、"眼里装满欲焚之火焰"(《红鞋人》)、"她是一切烦闷之外的钟声,/每在记忆之深谷里唤我迷梦"(《她》)、"燕羽剪断新愁"(《燕羽剪断新愁》)、"窗外之夜色染蓝了旅客之心"(《寒夜之幻觉》),等等。这种构词造句完全出之于主体对外在世界的直觉幻想。也就是说,主体凭幻想把一些直觉到的事物近于潜意识地拉扯在一起，建立起某种感兴的关联，以求得似真似幻如入梦境般可以兴会的象征目的。由此形成的则是一个幻异地展示飘忽心境的感兴意象。这种意象语言化途径也表现为修辞规范。鉴于这是一种反语法修辞规范为表征的超常情表达，也就必然会引起接受者的陌生感，产生强刺激，达到诱惑接受者向一条潜隐方向走的感悟目的，而所有这一切又都是恍兮惚兮的感受在起作用，作用的结果是以诗家语来表现的感兴意象，也就浑身装着兴发感动的审美敏感机制。所以这样的意象语言化，可以使主体源源不断制造出一批雅言。是的，这是一批不乏神异感的雅言！我们在李金发诗中更能见到。值得提醒一句：这可全是夹带着感兴意象的。对此我们也可以从上面所举的实例中挑出几个来做些分析。如"粉红的记忆"，这个词语，"记忆"是抽象的精神现象，哪有色彩可言，主体是凭直觉感到它是"粉红"色的，也就违反修辞规范而构成了"粉红的记忆"这个词语。"粉红"给人以青春的艳丽感觉，拿它去修饰"记忆"，也就把具有青春艳丽感的"记忆"这个意象凸显出来了。又如《我的……》中有这样的诗行：

> 我的心是荒野的寺钟，
> 明白春之踪迹。

在这里，"心"成了"寺钟"声，且是在"荒野"里的"寺钟"声，荒唐！还说这"寺钟"声能明白"春之踪迹"，也不可能。这些都违反语法修辞规范。不过这样的造句来自直觉想象，自有其幻感的合理性。"寺钟"声显然喻示着向宇宙远行的梵天意绪，"寺钟"声出现在"荒野"则喻示超然物外之心才能明白生命之"春"由盛而衰之踪迹，

这就把"我"的精神境界拟喻成的意象以反修辞规范的语言包装而凸显出来了。

李金发的意象语言化追求不仅使他能以反常合道的诗性语言变革策略，生动地物化出一批审美意象，还使他能以反语法修辞规范为突破口，进入新诗语言变革的新天地，源源不断地作着具有现代色彩的构词造句，制作了一批颇具"美术的培养"的巧言、雅言。

二、语言的意象实呈

如果说上一节我们探讨的是李金发诗中的意象语言化及由此引发的新诗语言变革的问题，那么这一节我们打算反过来，探讨李金发诗中的语言意象化由此引发的新诗意象建构的问题。值得指出：李金发通过这一场诗家语新创似乎已悟及新诗意象建构的新途径了。所以这一节探讨李金发在诗的创作中如何建构意象虽是重心，却是从他变奏白话开始的——这是我们选择的一个特定切入角度。

上一节中我们笼统地指出：李金发在诗的创作实践中干了一场以反语法修辞规范为突破口的诗歌语言变革，却没有指明这语言就是作为新诗形态标志的白话，而所谓的语言变革其实是指白话变奏。至于对李金发诗中语言的意象实呈做探讨，其实也就是求白话变奏。而既然求白话变奏，那也就非得对"白话"在诗歌两大语言体系中究竟扮演了怎么一个角色搞清楚才是。

白话扮演了怎么一个角色呢？

在我看来，白话在新诗草创后期和成长初期扮演的是大范围中属于逻辑语言体系的角色，唯求表达得明明白白，所以循规蹈矩，严守语法规范。诚如朱自清在《论白话》一文中所

说，这种已"升了格叫做'国语'"用作文字的白话，是"在中文里掺进西方的语法"者便是。由于要求严守语法用以写新诗，也就颇闹出些笑话来，朱自清在此文中就举了个例子："流弊所及，写出'三株们的红们的牡丹花们'一类句子。"可是具有讽喻意味的是：朱自清一边批评白话那种严守语法之流弊："那自然不行！"另一边自己用白话写新诗也走上了这一条路，如《满月的光》一诗中，也来这么一套"严守腔"："好一片茫茫的月光，/静悄悄躺在地上，/枯树们的疏影/荡漾出他们伶俐的模样。"在这里，第一行中用以修饰"月光"的定语"茫茫的"，为表示其所有格，非在"茫茫"之后加"的"不可——其实可省略，加了"的"反而拖泥带水；第三行为表示"枯树"是复数就硬性在其后加三个"们"——如同"三株们""牡丹花们"一样，显示其严守语法；第四行中的"他们"可省，因为第三行已点明"荡漾"出模样来的是"枯树们的疏影"，这种多此一举，使这一行诗也因此显得拖泥带水，同时也再次反映为把事情说得明明白白而严守语法之流弊。连批评此类流弊者也染上了此类病症，反映出白话严守语法之流弊，已普泛化到深入本能的地步了。由此说来，白话在新诗中所扮演的这样一个角色，必须驱逐，办法就是大力提倡新诗的诗性语言必须反语法修辞规范一点。而这一股改造白话，使它变奏的潜流，竟然也冲击到远在塞纳河边浪游、开始写作新诗的李金发心头。

于是，李金发几乎是百年新诗中最早一个有意识地采用反语法修辞规范、使用变奏的白话来写新诗的人。在1920-1921年之交，胡适刚出版了《尝试集》不久，正陶醉于用严守语法规范的白话尝试写新诗获得一些赞词的喜悦中时，李金发却写了《下午》《景》等作。在《景》中

他这样写晚霞光中的"景"：

> 地面上除既谢的海棠外，
> 万物都喜悦地受温爱的鲜红，
> 草茎上的雨珠，
> 经了折光，变成闪耀。

在这里，"万物"变"鲜红"，"雨珠"变"闪耀"，是把形容词的"鲜红"转成名词，作宾语；把动词的"闪耀"也转成名词，作宾语。这种词性转化就是违反白话语法规范的。他干了。在《下午》中他写"夕阳在枝头留恋，/喷泉在地里鸣咽"，"夕阳"变得会"留恋"、"喷泉"变得会"鸣咽"，都有了人情味，可能吗？《景》中他写"月的余光还在枝头踯躅""新长的嫩叶在枝端站着"，月光能"踯躅"、嫩叶能"站"吗？也不可能。这些全是违反修辞规范的。他也干了。这些都表明李金发从一开始写新诗起，就与严守语法修辞规范的白话无缘，他要使白话变奏。

这种白话的变奏，笼统点说是出于反语法修辞规范，具体深入一点说则是通过两大着目点而达到的，一个是着目于修辞关系上的反语法修辞规范，另一个是着目于谓语与主、宾关系上的反语法修辞规范。李金发对二者是一样看重的。不妨先从着目于修饰关系上的反语法修辞关系看，我们可以在李金发的诗中举出一些例子，如"瘦的乡思"（《瘦的乡思》）、"心灵之回声"（《远方》）、"衰老之裙裾"（《弃妇》）、"老弱之希望"（《远地的歌》）、"无家可归之灵"（《不相识之神》）、"紧握着'现在'之喉"（《夜雨孤坐听乐》）、"起居在燕子之翼尖"（《我求静寂……》），等等。这些词语的修饰关系都是违反修辞规范的，"乡思"不是人，怎么会有胖瘦之分，无非隐喻乡思过甚而人也消瘦了。人怎么可能在"燕

子之翼尖"生活,无非说燕子有翼而总是不断在飞而成了漂泊之候鸟,以此来隐喻一个人存在于不安定的生态中。再从着目于谓语与主、宾关系上的反语法修辞关系看,我们也可以举出例子。如"幽怨,深沉着心窝"(《月夜》)、"巴黎枯瘦了"(《寒夜之幻觉》)、"忧戚填塞在胸腔里"(《给蜂鸣》)、"微雨……溅湿我的心"(《琴之哀》)、"我之期望/沸腾在心头"(《夜之歌》),等等。在这里,"巴黎"怎么像人一样会瘦下去?人的期望怎么会像锅中的油,火一烧就会沸腾起来?"微雨"怎么"溅湿"得了"心"!这种谓语与主语、宾语的关系就完全违背语法修辞规范。有意思的是在李金发诗中还时可见到上述两大着目点共存在一个诗句中,显示出特别繁复的反语法修辞规范之特色。如《弃妇》中:"弃妇之殷忧堆积在行动上。"这里的"殷忧堆积",主谓关系违反语法修辞规范,而"在行动上"作"堆积"不可能,因此介宾结构对谓语的修饰也违反语法修辞规范。又如《夜雨孤坐听乐》中有"我将枕着夜雨之叮咛",这里所"枕着"的竟是"叮咛",当然不可能,谓宾关系违反语法修辞规范;而"夜雨"怎能"叮咛",可见"微雨的叮咛"这一修饰关系也违反语法修辞规范。特别值得一提《"过秦楼"》一诗中的这几行:

在你的年岁里,
可以找到为你眼泪
淹死的(那)颗星。

这一场在"年岁"里"找到"那"颗心"的事儿,怎么可能呢?谓语与主、宾的关系违反语法修辞规范,而那颗"心"又是"为你眼泪淹死的",更荒唐,它们间的修饰关系也违反语法修辞规范,这种白话就变奏得特别繁复。

我们说了那么多有关李金发以反语法修辞规范为标志的白话变奏的话,为的是想借此来深入了解这位诗人审美意象的构筑特点。可以这样说:李金发诗中的意象呈示,既然靠的是白话变奏的语言,那么从他所理解的白话变奏规律中,不也就能概括出他那意象的构筑特色了吗?是的,得按这条思路去探求。这就使我们首先得提出:李金发采用的诗性语言其特征既然是反语法修辞规范,那么以反语法修辞规范的白话变奏作为物化形态的意象实呈,也就必然使意象构筑显示出拟人化的特点来,也就是说他的审美意象构成主要地说是拟喻化的,情思、事象都以拟人的办法呈示为意象。这样的意象不仅更具体、更贴近生活,而且能凸显出其隐喻甚至象征的功能。这一来,意象的审美作用扩大了,还能强有力地激活想象与联想,通过它们充分挥发意象内在的意蕴,这作用也就能更显其深广。所以李金发比百年新诗中任何一个新诗语言变革者变革的步子跨得要早,他的这一场以反语法修辞规范为突破口的白话变奏,可说为新诗的意象构筑闯出了一条新路。所谓的新,反映在三个方面:一、不只作客体存在事物直观反射地意象提升,二、追求事象或抽象情思的虚拟化意象造型,三、这样构筑起来的意象具有隐喻甚至象征的功能。由此说来,李金发探求新诗语言——白话变奏的意象实呈,攻莫大焉!

我们在前面曾论及李金发的诗性语言有知觉型和直觉型两类,既如此,那么由变奏了的白话物化而成的拟喻意象,也该同知觉与直觉有必然关联,从而分成两类拟喻意象吧!是的,可以分为由知觉类构词造句物化成的印证拟喻意象和由直觉类构词造句物化成的感兴拟喻意象这两类。

现在我们就对李金发这两类意象的构筑分别作出考察。

先看印证类拟喻意象的构筑。

所谓拟喻意象,指的是景色事物、情思意绪通过拟人化手法使它们具有人的行为动作和感觉意识——这一类虚拟意象而言的,至于印证意象则指的是通过拟人化来图解事理或情思的那类意象,所以这是一场知觉印证追求,藉此凸显和深入理悟事理或情思。我们把"图解"说成是理性印证追求,是想说这类拟喻意象所具有的美学功能是刺激知觉,激活理性联想,而不重直觉刺激和兴发感动功能的激活。所以印证类拟喻意象的构筑出于主体有意为之的荒诞行为,目的就是欲以极端陌生化的效果来刺激接受者理性分析的联想,使意象能随这一类联想的逻辑推延而通向经验知觉深处,从而有了对喻示对象的深刻理悟。而鉴于这类意象比拟的目的只是在喻示关系中求"知"的深刻,而并不过多顾及其自身兴发感动的强弱,所以在作语言的意象实呈中,其诗性语言也就更强调追求非常态的荒诞性,而荒诞来自人际交流中的怪异反常,因此主体在言语活动中也就会更致力于反修辞规范。这种以反修辞关系为主要标志的印证类拟喻意象,也就会显示其独特的审美合理性,获得反常却又合道的那种深刻。这结果是使主体怀有一种奇特的心态——在情思交流中爱作反修辞规范的机智性言说,以期达到拟喻意象的构筑更荒诞,从而使审美印证的效果更佳。这可是百年新诗中语言意象化一条可珍视的经验。新诗草创后期和成长初期,为情思作图解的小诗并不鲜见,如这样写:"我拥有理想,/开出花朵;/投入奋斗,/结成果实了。"这就是两个印证意象所组合成的一场印证类拟喻意象的构筑:抽象的"理想"能开花、"奋斗"能结

果,在现实中不可能,拟喻而已!用得多了,也就成滥调套话,但这条意象构筑的思路还是可取的,所以后来也就有如同七月诗派的绿原所作《信仰》这样的小诗:"信仰是火药,/纪律是弹壳,/生命是一道红糟。/健康的肉体是/一把不折的枪托。"这个文本的意象构筑和上面那首《理想》一样,都是凭依反修辞规范的直觉语言作拟喻化的意象呈示,是对献身信仰作的情思作了一场生动印证,少见,因此很新鲜,但作为诗性语言的意象实呈,和《理想》一脉相承,都可取。但似乎谁也没注意到这种印证类拟喻意象构筑思路是谁开拓出来的,我也不敢说李金发是开拓者,不过说他是开创者之一,总还是可以的。李金发正是以极度变奏了的白话来写诗,而构筑出一批印证类拟喻意象而显得成绩卓著者。这里可举一些例子:"一切'理想'将为自己之花冠。"(《她》),"一切擎着信仰之人们,/都动摇那无根之灵魂。"(《英雄之歌》),"我紧握着'现在'之喉,/勿使呜咽出迷醉之呓语吧"(《夜雨孤坐听》),"……如愿终久成为朋友,/它将束装前来,潮汐涨落处!"(《新秋》),"愿以后灵魂不再呼饥渴!"(《Salutation》),特别是《诗人》中有这样一例语言意象化呈示,很值得一谈,是这样:

> 那多欲的生物,
> 　时在危机上建设胜利。

这"生物"竟敢于在"危机"上搞一场建设,已反常得不可思议,并且还要去建设"胜利",更有点匪夷所思了。不过这样构筑起来的意象,倒也因其拟喻得荒诞的性能而特显力度地喻示出一个看准时机、冒险出击者的个性特征,应该说这是印证类拟喻意象的成功构筑。

值得指出：李金发并非理智型诗人，因此也不擅长作有意为之的荒诞表现，所以在他的诗中，印证类拟喻意象的构筑算不得多。

再看感兴类拟喻意象的构筑。

感兴类拟喻意象所指的是：通过拟人化来烘染事物或情思的那类意象，所以这场意象构筑具有直觉感发的性质，且能藉此而凸显深入感悟事理的特质和情思的特性。我们把烘染看成是一种直觉感兴追求，是想说这类拟喻意象所具有的美学功能是刺激直觉、激活感兴联想而不重知觉刺激和分析领悟功能的激活。所以感兴类拟喻意象的构筑出于主体超验所得的魔幻行为，目的是欲以极端梦幻化的效果来诱发天马行空的想象，使意象能随这一类想象感应而生的对等原则直通向感觉体验的深处，从而有了对喻示对象的深入感悟。鉴于这类意象比拟的目的，是在喻示关系中求"感"的深沉，并不太顾及对象图解的强弱，所以在作语言意象化的实呈中，其诗性语言也就更强调追求超常限的魔幻性，而入魔的虚幻来自人际交流中关系奇特的变形，因此主体在言语活动中也就偏重于反语法规范。这种以反语法规范为主要特色的感兴类拟喻意象也就会显出其另样的审美合理性，也获得反常而又合道的那种深沉。这结果是使主体也怀有另一种奇特的心态——在情思交流中作反语法规范、富于情感色彩的言说，以期达到拟喻意象的构筑更魔幻，从而使审美感兴的频率更高。这当然也是百年新诗中一条语言意象化的可贵经验，且比印证类拟喻意象更受新诗人欢迎。在新诗草创后期和成长初期，这一类意象构筑已广为采用。郭沫若的《瓶·第十二首》这样写："默默地步入了中庭，/一痕的新月瓜破黄昏。//还不是燕子飞来时候，/旧巢无主孕满了春愁。"它

共两节，第一节以瓜破黄昏的"新月"——这个拟喻意象实呈了"一痕的新月瓜破黄昏"的那种反语法规范的变奏白话。第二节以孕满春愁的"旧巢"——这个拟喻意象实呈了"旧巢无主孕满了春愁"的那种反修辞规范的变奏白话。值得指出：这样做全是以主体的直觉感兴达到的。这两个以同一类直觉感兴体现的同一种出于"日暮客愁新"的伤感心境，以"黄昏""旧巢"实呈的变奏白话词语并列地组合在一起，也就按对等原则而互为烘染，使整个文本因此而笼罩在一片感兴氛围之中，从而凸显出郭沫若构筑的拟喻意象具有浓郁的感兴特质。李金发也一样，竭尽可能在作着感兴类拟喻意象的构筑。不妨举一些他诗中的句子："看，秋梦展翼去了，/空存这萎靡之魂！"（《时之表现》）、"残叶溅/血在我们/脚上。"（《有感》）、"车轮的闹声，/撕碎一切沉寂。"（《里昂车中》）、"每向你心河之两岸徘徊，/但见月光在浪头嬉笑。"（《多少疾苦的呻吟……》）、"漂泊之年岁，/带去我们之嬉笑，痛哭，/独余剩这伤痕"（《故乡》）、"窗外之夜色，染蓝了孤客之心。"（《寒夜之幻觉》）。特别是《夜之歌》中这两节：

> 我已破之心轮，
> 永转动在泥污下。

> 不可辨之辙迹，
> 唯温暖之影长印着。

这里的"心轮"是对反语法修辞规范那种变奏白话的意象化实呈——一个拟喻意象，而它的流动扩展了拟喻领域："心轮"已破且转动于污泥下，可见行进艰难困苦，但辙迹上却印着来自心头的"温爱之影"，这就喻示"温爱之影"的拥有

者不论在何种艰难情况下也总会在主体心头鼓励他前进。所以从"心轮"转动的情状中可以发现，主体的心境由于在直觉中把握到了一股兴发感动的潜力，才得以构筑出这个拟喻意象来的，也才使这个拟喻意象能凭感兴的氛围烘染而强化其喻示功能。由此看来，这属于感性类拟喻意象成功的构筑。

鉴于李金发是一个情感型诗人，因此他特擅长作直觉超验式的魔幻表现，所以他的诗中见得更多的是对感兴类拟喻意象的构筑。

面对古典诗学传统，每个人都在"摸象"
——茱萸访谈录

•赵思运　茱　萸•

现实生活中，他叫朱钦运；写现代诗的时候，笔名叫茱萸；写旧体诗词的时候，笔名叫朱隐山。这隐喻着现实的、现代的、古典的三种文化元素在他身上形成内在通约，构成了和谐统一的三足鼎立关系。因此，他的诗学姿态颇为醒目。2021年7月29日，赵思运对茱萸进行了学术访谈，试图深入了解中国汉语诗学传统是如何与国外诗学资源、现实文化资源一起构成共时性时空，与年轻一代诗人的诗写行为相遇，并且互相激活的。

赵思运：我们首先会面对关于古典诗歌传统的问题。你在接受秦三澍的访谈时说过："在每一个诗人的努力过程中，就可能重建或呈现出一种他个人、他所认为的传统，他的知识系统或认知系统中的传统，而不是一种普遍性的传统。每一个有志于处理古典汉语经验这份遗产的诗人，他们面临的问题可能都是不一样的，每个人看到的都是这头'大象'的不同部位，所以我们现在都是在'盲人摸象'，我们都没有看到它的全貌，极端一点来说，它的全貌甚至是我们根本无法认知的。"①这种判断是清醒的，可以避免将古典诗歌传统进行抽象化处理从而导致削足适履的弊端。那么，请你谈一下，你对于汉诗传统的个人认知是怎样的？或者说，与你的诗学观念和精神特质产生共振的是哪一条传统或谱系？

茱　萸：谢谢你认可我当初对（中国古典诗歌）传统的这个判断。我想，在滔滔浊世，"清醒"已经是很高的褒奖了。前几年，中国（新诗）诗坛较流行谈所谓"对接古典"的话题，但只要稍加耐心审视这股潮流以及潮流中出没的不少"弄潮儿"或几片翻涌的"浪花"，就会发现，多数人对古代正典（或细化到"古典诗歌"）传统的理解非常浅薄，大概不超过帝制时代的童生的水平，且只是将"传统"当作一种外在装饰，而不是内在的精神结构，甚至连被"征用"的资源都不算——你提问里说的"进行抽象化处理从而导致适足削履的弊端"，大概是我这意思的一个更学理化的说法。他们中很多人对古代典籍或古典诗歌的精神实质和细部风景，既缺乏起码的根基，也缺乏深入的兴趣，只不过，时移世易，当初被激进主义者和文学进化论者抛到"历史的垃圾堆"去的那些东西，如今翻捡出来装点一番，似乎还挺能撑撑门面、鼓吹升平了。

自新诗诞生以来，它与中国既有的文化传统、与中国古典诗歌之间的种种纠葛，一直没有得到理论和创作实践上的彻底解决，当代诗人诉诸"古典传统"的冲动亦可以说是对新诗的这番"未竟之业"的持续回应。不过，当代汉语诗坛如今最活跃、占据了相对主流（在当代文化中，诗这种艺术样式本身难称主流了）关注度的那些诗人们，基本是受西方（翻译）文学影响，佐之以不懈的自我教育和互相学习,而成长起来的。相比于一百年前新旧交替时代的新诗人们,他们在旧学(古典)方面的浸淫和训练要有限得多。这固然谈不上是真正的缺陷,但也会让他们在面对和处理与古典的纠葛时,暴露很多问题。

那么,我对汉诗传统的认知,以及与我的诗学观念和精神特质产生共振的小传统或谱系是什么?我曾在2014年的那份访谈中(那时候我二十七岁)有过一次直接的回应,现稍加改动、删减,挪至此处:"若我来做'一个人的文学史(诗歌史)'入选作家名单的话,我会列屈原、陶潜、庾信、杜甫、李商隐、元好问、吴伟业、龚自珍等人的名字——你会发现和主流文学史的排位模式不太一样。这几个人是我诗学和心灵的隐秘导师,别有统绪的导师。从这样一个角度而言,我愿意做'汉语的苗裔',而不是通常意义上的那个文学传统(比如诗经、汉魏古诗或者现实主义、山水田园等传统)的服膺者。我并不服膺于这个通常的、固化的传统。"②我的意思是,这个所谓的古典传统也好,具体到"汉诗传统"也好,其实庞杂无边,很难定性或简化,我们充其量只是根据自己的知识、眼界、性情、偏好,甚至根据此时此地的某些随机性,来确定我们对它的认知边界是怎样的。

赵思运:我在你的诗歌中,发现一个浓厚的"阴性诗学"传统,用你诗句中的一个词语说,就是"巨大的阴性脾胃"。中国的传统诗学和传统文化具有强烈的阴性气质。这种阴性气质,在你的诗中,最主要的表现就是在草木气质和草木意象。你早在十七岁就写出《失踪》里的句子:"我在很深的黑暗里/闻到了来年草色腐烂的气息。"《植物谱局部》《群芳谱局部》以及其他大量诗篇里,植满了花卉和草木。在早期作品里你就偏爱"草色""绿色"。"在战场的边缘/种植一千种新的植物"(《涿鹿》);"我们在汉语内部遭遇芳草、流水和暖红,/无处不在的现代性,那非同一般的嚎叫。"(《风雪与远游》)给我们留下十分深刻的印象。你是否已经形成"关于草木的诗界观"?

茱萸:自然界的山水、草木、昆虫等,以及气候变化,当然是我写作的重要灵感来源。尤其是在我十七岁到二十五岁的阶段,前述因素可以说是我写作的最重要的主题。对于熟悉中国古典传统的诗人来说,山水、草木和昆虫之类的元素,与所谓"书本知识"或"经典"之间并不是对立的,而是互相参证、映照的。早在公元前,孔子就劝年轻人多读《诗三百》,认为它们对人类认识自然的和人文的世界有重大的参考作用,尤其能"多识于鸟兽草木之名"。

说到这个话题,我想起了我的好友、艺术批评家及策展人刘化童在十年前为我的诗写的一篇评论文章《通过植物茎管催动诗歌的力——论茱萸诗中的植物》。你说,"中国的传统诗学和传统文化具有强烈的阴性气质",且认为它遍布于我的诗中时"最主要的表现就是在草木气质和草木意象"。有意思的是,这与刘化童在文章中的某些说法可以形成呼应。刘化童说:"简单而言,西方文化是肉食性的,中国文化具有食草特征。西方诗人喜欢留恋于动物庄园里认领他们的关键词,中国诗人则更倾向于在植物园里完成自我的形象塑造,将诗意嫁接在植物之上。"③他还提到了那几年间引发热议的《天问诗歌公约》并援引以说事:"在芒克、宋琳等诗人起草的《天问诗歌公约》里,最末一条就提出'诗人是自然之子。一个诗人必须认识24种以上的植物。我们反对转基因'。至少在他们看来,所知植物种类的多寡直接影响着一个汉语诗人合格与否。潜台词则在暗示,植物是汉语诗歌的图腾,并且它从古至今从未中断。"④

刘化童可能洞悉了一个关于我的写作的秘密:我的早期(二十五岁以前)诗中对草木的着意书写本身,意味着一种诗歌的方法论和诗意的组织、推进方式。他说:"茱萸,这个以植物为名的汉语诗人,注定了要人如其名地成为用植物之名来重组世界的园艺师。用他的一首诗名来说,他的诗篇就是'卉木志'。"⑤我觉得,在这个话题上,他的分析比我的自陈可能更准确,也更深入地揭示了我在写作时体现的某种无意识和一定限度内的自觉。

刘化童的这篇评论,有不少地方谈得非常出色。除了上述言论,我再摘抄一些放在这里,作为对这个问题的替代回答和补充回答。只不过,时隔十年,我在诗歌写作的主题和方法论上都有不同程度、不同阶段的转向(毕竟,T.S.艾略特曾揭示出了一个残酷的现实:对仍想继续写诗的人来说,二十五岁是个坎。对于我来说,这个阶段后必须处理一些更复杂或更有层次的主题,也确实必须具备一种此前的书写范式可能无法囊括的"历史意识"),可能有负于他当初对我这一路"草木书写"的期许了——

"在语言的盛大悲剧里——我被言说,而非我是言说者——他自认为要宿命般地退居到语言帷幕之后。在此过程中,植物作为这个世界中人与事的别称(隐喻或者象征)才被提出。纵然这是多此一举的,但也无妨,茱萸似乎在表明着诗人的自我定位还有另一条途径,即便不靠核心意象、诗歌图腾或者出类拔萃而流传广泛的标志性诗句,诗人也可以获得安慰。毕竟,诗人就是在'上帝死了'之后,担负起用语词来为

世界命名这一职责的人,而他从现实世界采撷到一些植物,用来重新拼装出一个他的世界。以植物为己命名,以植物为世界命名,茱萸能为诗歌阅读者所知恰恰就是因为这广泛而博爱的植物命名权,他由此习得了穿过植物茎管催动诗歌的力。"⑥

赵思运:我发现,你在表现草木诗篇的时候,几乎全是"有我"的新作,第一人称"我"大量出现。你的笔名"茱萸"也是草木名称。知识性层面和体验性层面转化为诗的审美,如何成就草木写作的现代性? 西方传统是人性文化,而中国传统诗自然文化。正如梁实秋说的,在绘画中表现春天的话,中国人喜欢画一枝花,一只鸟,而西方人画春天,则是一个裸体女人在田野奔跑。你在处理草木诗篇和自然文化、阴性文化的时候,是如何考虑诗歌现代性表达的?

茱 萸:其实,我觉得,作为一个现代人,一个在经过了现代性洗礼的现代社会生活、使用现代汉语写作的作者,你很难从他/她身上找到一种纯粹的非现代性或前现代性的东西。一个生活在现代社会(只要是他/她真的生活于现代的人类社会)的纯前现代人? 这怎么可能呢? 当一个现代人征用了某种或某些带有前现代性或古典性色彩的元素来构建他的创作的时候,自然也无法真正地做到"去现代性"——它天然地就沾上了某种现代性因素,对吧? 我笔下的草木和自然,也不(完全)是前现代的草木、自然,它们有时候作为一种知识而呈现,有时候作为一种体验而呈现,正如你所说——"知识性层面和体验性层面转化为诗的审美",在这个时候,如果说这里面的"知识"还可能是一种古典知识的话,那么"体验"毫无疑问不可能是什么

古典体验（存不存在这么一种东西还得两说），而肯定是在场的、肉身性的体验——至少事建立在这种体验的肉身性、在场性上面的。这样说来，从体验性层面转化为诗之审美时，在草木这个主题上，我觉得，不存在需要考虑如何去"现代性表达"的问题，因为我就是在以一个现代人的身份去表达我此在的体验，并宣之于诗的形式，此时倘若我涉及或调取了关于草木、植物的古典性知识或意象，那也不过是一种挪用或重新定义。

我想，你的问题的第二层次，"在处理草木诗篇和自然文化、阴性文化的时候，是如何考虑诗歌现代性表达的？"背后，隐含了一个二分法的判断，即将草木、自然、阴性等元素和中国传统文化进行了强关联，而将人性文化视为西方传统的重要内容。当然，正如有的学者说的那样，现代化就是西方化，现代性亦植根于源自西方的工业革命，如此一来，人性文化、西方传统和现代性便处于一方，而其对立面则是"中国传统文化"及其表征——草木、自然、阴性等等内容了。但问题在于，中国传统文化中的草木、自然等元素里，亦充满了大量的"人性"的痕迹，并非孤立的存在物（只不过，人经常隐藏在这些自然物的背后），将诗中所及草木、山水和自然视为"无人之境"，只不过是我们对古典的一种流俗之见罢了。

但我想，你这个问题的提出，也不是没有道理。可能是我早期那些涉及草木和自然的诗篇里，由于用词和"用典"的关系，大量受扰于中国古典诗歌的某些既定程式或审美的"旋涡"，才会给人以"现代性"不足的判断。当然，这或许是我的问题。不过，你在问题里说我"在表现草木诗篇的时候，几乎全是'有我'的新作，第一人称'我'大量出现。"，我想也暗含了你的某种"谅解"或宽容，因为只要是"有我"，只要这个"我"是用现代汉语和现代人的表达在书写，哪怕书写的是带有很重的阴性气质的草木、花鸟、自然，那么它们也天然具备现代性——一种分沽自那个整体的现代性的个人体验和表达的现代性。

赵思运：我认为，与草木性诗学和阴性诗学相对应的是动物性诗学和阳性诗学，更多地倾向于对于社会公共领域的指涉，介入性的诗学表达，甚至于政治符码的表达。如《谐律：提篮桥》《五四，五四》《国际劳动节禁令》等诗作，还有《九枝灯》中的《高启：诗的诉讼》《庾信：春人恒聚》《钱谦益：虞山旧悔》等。你的作品总体上呈现出"食草动物"特点，不时显露金刚怒目式的"狰狞"面目。你如何认识自己的双面性？这种双面性是诗学意义上的，还是人格意义上的？

荼　蘼：你概括得很好。我在写作中确实体现了这种"食草动物"和"金刚怒目"式的双面性特点。如果说在二十五岁之前，我的写作主要体现了草木-阴性诗学的特征，那么二十五岁之后，可以说是有意识地朝动物-阳性诗学的方向发展。可能是出于艾略特所言的"历史意识"的驱动？或者是自己总不能一直满足于一种范式的写作？这背后的动机其实很难三言两语说清楚，但总的来说，这种双面性更多时候是诗学意义上的——虽然它也在有时候体现在人格意义上——它体现在一个诗人的写作当中其实再正常不过，因为那呼应了诗在这个古老国度的一种本分或"天职"：可以兴、可以观、可以群、可以怨。

不过，我在诗中的这种"狰狞"面貌，其实也常常隐藏在历史"面具"的背后。我的这类诗，对社会公共领域的指涉或对政治话题的介入，也往往是迂回的，绕到时事的背面而从历史场景出发，使人物以戏剧的方式登台演绎一幕幕情节。这样做，一方面是出于艺术性的考虑，毕竟大多数时候，在对时事的直接指涉和介入效果方面，诗并不比其他的文体或艺术样式更有优势；另一方面，也是出于一种偏好或个体选择使然，所谓"读史早知今日事"（陈寅恪诗），而我对某些历史和文学材料的熟稔又使得这样的迂回表达变得更自然一些。

批评家、学者、诗人一行在2019年写的一篇评论《精审之诗与氤氲之诗——茱萸诗歌短札》中，注意到了我在诗中进行政治和道德判断的倾向。他亦注意到了我在诗中呈现出的双面性，只不过，他认为这种双面性不是在单一的维度展开的，而是立体地呈现："有时是一位精擅于思辨和灵魂内在对话的'柏拉图主义诗人'，有时是一位通晓日常叙事和自然风物的经验主义诗人；有时以诗的暗示来进行政治和道德判断，有时又深切于反讽和虚无。"比你和一行更早，批评家、诗人臧棣2015年为我的诗选《花神引》撰写推荐语，就说："茱萸[……]既能写即兴的日常感受，也能驾驭深思熟虑的总体视野。[……]他的书写既有对当代诗歌风向的呼应，又有另辟蹊径的果敢的举措。他的诗风偏于智性的表达，但又时时闪烁出感性的魅力。"⑦当然，你们都是我的师长辈同行，我很珍惜这些鼓励——虽然我常常觉得自己当不起以上这些赞誉。

赵思运：传统文化意象不仅仅是装饰性的标本化复写。正像你在《池上饮》里说：

池上饮，绝不能效仿干枯的古人们
沾染着吴越一带的甜腥来谈论

治服、习技或房中术。
我仅仅试图拗断链条中的任何一环，
你看，饭桌上便立马多出了
几道古怪的菜肴。

今天的新诗创作不应该从传统出发，而是从当下出发，从诗人个体出发。传统不是一种约束和作茧自缚，而是作为一种表现元素，扩大对于当下的表现力。有时你把传统诗歌意象作为现代生活、后现代生活的装饰，生成反讽性的效果。"金质勋章、玉器"与"蕾丝花边、泡沫皮肤"并置，"前世的宫殿"与"今生的地铁"并置。"牙疼的嵇康还在怀念昨晚的西瓜霜含片。"《穆天子和他的山海经》组诗则是在现代工业情境和商业社会背景下，重写神话故事。《中秋手札》《会稽秋》《霜露浓》，外壳是传统诗学中的"悲秋""登台""观月"，而骨子里是从当下的自我出发。有人从现代情境出发，写着写着就走进了古典的小桥流水人家；有人从古典出发，抵达现代性的东西。这两种基本上都是线性的思维方式。而对于你来说，古典文化元素和当下生活素材，在诗学处理层面具有同等意义，你更多地是在寻找现代与古典的交织状态，无论是平面化的拼贴还是立体化呈现，文本都具有多元交织的特点。从一般意义的古典诗学标本化复写，到超越标本化写作的多元对位与交织写作，古典的现代诗性生成机制，你是怎么考虑的？

茱萸：其实现在来看，我觉得《中秋手札》《会稽秋》《霜露浓》这几首诗，可谓当悔/毁的少作。你的判断（外壳是……骨子里是……）我是认同的，但我觉得这几首诗在语言和整体情境的处理上，都还常常显出稚嫩和造作，如今读去，很是羞愧。至于《穆天子和他的山海经》这一组十二首诗，写的时候二十岁吧，当时写得一气呵成,而且事后至今,我始终觉得有它富有意味的一面。其实当时是受鲁迅的《故事新编》的影响而写的。但这组诗的问题是,里头有太多随意的东西,太多依赖于词语组合所带来的偶然性的东西,太多超出控制的部分——这是如今的我不太认可的。前两年 Eleanor Goodman(顾爱玲,美国)和 Stephen Nashef(施笛闻,英国)这两位诗人兼译者朋友各自翻译我这组诗或其中的部分篇目时,跟我交流过其中一些细节,我发现自己无法将它们讲清楚,即无法阐述明白其中一些表达背后的诗性逻辑。这桩经验让我很沮丧,让我觉得这组诗到头来可能是失败的。我现在还没有彻底想清楚该如何解释或看待我的这种沮丧感。但有一点你说得对,这组诗有很强的后现代色彩。拼贴和并置,以及经由它们而抵达的反讽效果,都是后现代艺术的常见手段。

现代与古典的多元对位与交织状态,是的。我反对古典–现代之间的线性思维,也不认同以之处理我们的写作。我将你所说的这种"古典的现代诗性生成机制"视为织物之成为织物的过程,其间需要经线与纬线的交错绞合,是一种立体状态——这其实是汉字"文"的最原始意思,比如《国语·郑语》里说的"声一无听,物一无文",大抵就是指,"文"来自不同元素的交错绞合,若无这些交错绞合,则不成其为文;音乐亦复如是,众声谐和方成其为音乐,单一的声音是不能称为音乐的。《说文》"文,错画也",《周易·系辞下》"物相杂为文",等等,这些古老典籍里对"文"的阐释,都和这个说法相通。诗,以及其他以文字书写的艺术形式,都属于"文"的范畴,从这个意义上来说,都需要"多元对位与交织"而不是简单的、同方向的线性组合。所以,说起来好像很复杂,手段很丰富,其实说穿了,这也

不过是尽一种写作者、手艺人的最原始的本分。

当然,上述这几句话算是扯远了。说到我如何在诗中实现"现代诗性生成"的,还是用前述之一行评论中的说法来回应吧。虽然援引他的赞誉有我给自己贴金的嫌疑,但我想,作为一名作者,能得到大家的认可及颇惬我本意的评价,还是很值得珍视并以自勉的:

"与许多偏爱在诗中添加知识材料的诗人不同,茱萸诗中的知识主要不是以引文、概念或术语的'硬块'形态塞进诗中,也不只是通过互文或用典来予以征用。茱萸更关心知识在进入诗歌后的感性和气息形态,对他来说,知识必须像细盐一样溶解于诗行,成为诗歌感受力和想象力的组成部分。《春天的菲丽布》这样的诗作,可以表明他是如何在诗中对知识进行分解、碾磨、消化的。这一技艺主要通过情境化和隐匿的对应关系来呈现:每一条知识线索,都被编织到一个具体生活场景中,通过这一场景获得其意义参照和指向性,这样就避免了对知识的直接、强行的植入;其次,尽量不采用现成的引文、过于明显的典故和标志化的术语,而是把来源文本中的知识打散并隐藏到字里行间,通过细微的提示词、类比或对照来建立暗示性的互文关系。经过这样的溶解之后,茱萸诗中的知识线索接近于一些纵横交错的水脉,为诗歌带来了更多的氤氲雾气。"⑧

赵思运:秦三澍曾用"征用"一词来概括你对待古典诗歌元素的特点,"征用"体现出你很强的主体意识。你是"古典"的主语,而不是"古典"的宾语,不是被古典归化和吸纳。前者是创作主体的呈现与突显,而后者是主体性的萎缩与消失。传统虽然是"既成"的,但对于当代诗人的创作来说,仅仅是可供"征用"的素材、是资

源而已，而不是成品。我想了解一下，你在"征用"古典文化元素的时候，是否存在某种意图伦理的东西？

茱　萸：现在看来，"征用"这个词的使用，可能显得"霸道"了些。其实当时这么说，也算事出有因，针对的是流行于新诗创作场域内的那种服膺传统（或者可以替换为古典）或借传统（古典）以自重的风气和倾向。可能并不存在一个现成的叫做"传统"的东西，可供谁作为被描摹的对象物。我倾向于认为，"古典"具有其开放性和生长性，"传统"具有其歧异色彩和流动性，所谓"征用"它们以为素材，和我们在写作时候"调用"我们的情感、经验和日常观察，其实在实质上是一回事，并没有那么神秘。

要说起来，我可能是《传统与个人才能》中 T.S.艾略特那个著名观点的拥趸。艾略特使用了"历史意识"这样的表达，以打破"传统"与"过去"的绝对联系，使得"传统"不是线性时空中的一种既成（借用你的说法）物，而是让过去、现在和未来相连接，成为一种绵延的存在。如此一来，所谓古典，所谓传统，所谓我们当下的文学，它们之间没有截然区隔的界限，而是处于一种开放的状态，并且，古典、传统之类的因素完全能够参与对现实的构造；或者说，对于当下的诗人来说，古典也好，传统也好，并不自外于我们的当代书写。

2014 年的时候，诗人黎衡给我的第一本诗集《仪式的焦唇》写过一篇短评，一方面他其实揭示出了我当时某一路写作的局限性；另一方面，他也点出了我所谓"征用"古典文化元素的行为和说辞，可能并不能那么简单或机械地对应于我那些具有"古典"色彩题材的书写，反而在其他一些看上去非常日常、非常当代的书写

中找到痕迹：

"这是出于情怀的隔空互文，当然，也是精心营构的文本实验。稍微遗憾的是，这种实验更多的还是题材意义上的，要借其创生语言，使同种文字、两种语言系统的文言文和现代汉语、旧诗和新诗产生语法意义上电光火石的碰撞，则是更大的挑战。[……]当镜像转向另一个角度，是否又可以说，也许《玩具门诊》《黑暗料理》和《永夜·序诗》更接近李义山，《避雨的人》《夏日即景》更接近孟浩然？即使是"九枝灯"里的李商隐和孟浩然，也因为与策兰、博尔赫斯的引文相映成趣，而早已不是他们自己。宇文所安又说：'伟大的艺术不为确证一个我们感到舒适如归的世界而存在，相反，它要求我们将自身交给另一个世界一次。'这陌生的'另一个世界'是否是连通古今的'斜坡'？又是否是一次'于你我而言都是徒劳'的'仪式'？至少，这个文化虚无的时代需要仪式，这既是自证合法性的努力，也是向记忆和未来的致敬。"⑨

赵思运：现象级的系列诗写作《九枝灯》。开头引用西方诗句做题辞，结尾交代写作背景。主体部分以现代意识和现代眼光重铸古典诗学素材。请谈一下每首诗的结构的考量。《九枝灯》从非自觉性的写作到自觉性的系列写作，一共完成定稿了多少首？预期会有多大的体量？或者说，它的完成度如何考量？如何以个体生命体验去激活古典汉诗的素材和文化母题？酬答体作为古代诗人流行的交际载体，在今天具有怎样的意义？

茱　萸：先说《九枝灯》中每一首的题辞引文。曾跟朋友聊到阑尾这个话题，我这位朋友认为，正常情况下阑尾最好还是不要割，虽然它

没什么作用，但身体机制生成了这个东西，肯定有它的意义。我借这个说事——这些题辞引文其实就有点像阑尾，你拿掉它们，诗本身也是成立的，但它们出现在那里，肯定有其意味。具体的意味，最初其实不明确，只是在写一个题材时，会联想到与之有关的外国诗句，很奇怪。比如，我写叶小鸾这首时，就下意识想到索德朗格《冷却的白昼》"你把爱情的红玫瑰，/置于我清白的子宫"这两行，它所传达的内容，其实是和我这首诗所写的题材和意味，是有呼应的，即便是这种呼应中隔着中西文化的鸿沟，但我把题辞放到了这里，它还是产生了某种共振，这共振是我有意为之的。

《叶小鸾：汾湖午梦》是这个系列中最早写就的，在写它的初稿的时候，我还没有形成写《九枝灯》这组系列诗的想法。我2010年春夏之交去了苏州吴江，叶小鸾家族（吴江叶氏午梦堂，明代重要的文学家族）的聚居地遗址，有所感触，触发了我写这个题材。当我写它的时候，有一些主题和材料进入了我的脑海，比如青春和死亡，比如叶小鸾这样一个少女型诗人在当时和事后被赋予的传奇性，以及这种传奇性所带来的对诗本体的探讨。在写完甚至改定《叶小鸾：汾湖午梦》之后，我对是否会写第二首类似的诗，是没有任何预期的。而在形成了写一系列这样的诗、却还没动手写第二首时，我依然没有一个整体的精巧设计，直到第二首的出现。第二首写的是曹丕，一位帝王兼敏感的文学家。那阵子我翻到了曹丕的《与吴质书》，在这封书信中，作为皇帝的曹丕，与友人聊起建安年的旧友，感慨时序变迁、故友零落，而权力依然受制于永恒的自然规律，于此无所作为。那阵子刚好是我的一个诗人朋友去世一周年，这样的一篇东西，牵引了我心中对亡友的怀念，产生了一

种共振，所以我就写下了《曹丕：建安鬼录》。这首诗是关乎友谊和死亡的，它和前一首诗有共通点——跟死亡有关，但是，它又多了一个东西，就是友谊，以及跟我们的境遇、我们对这个世界的认知有关。这就是第二首诗，它也不是一个设计出来的东西，但是在体例上，我后来把它们调整成一样了，所以我在《曹丕：建安鬼录》中也引了两句："诗人们青春死去，但韵律护住了他们的躯体。"就是我觉得罗伯特·洛厄尔的这两句诗所描述的那种情境，和我当时的想法非常像，换句话说，我悼念的这个故人、亡友及青年诗人，也可以完全用洛厄尔的这两句诗来表达悼念。在这个意义上，我把它放在这里，期许能够多增添一些丰富性、歧异色彩，以及边界模糊的"发酵"效果。是的，"发酵"，《九枝灯》里每首诗的题辞更像是"酵母"，我们的汉语书写往往通过外来的视域来发酵出某些新鲜的东西和经验。这是我的一个阐释。

差不多开始构思第三首之前，我已经形成了一个比较确定的想法，就是将《九枝灯》变成一个自觉的系列写作。"九枝灯"这个总题，也差不多是那时候想到的。从写《叶小鸾：汾湖午梦》到现在，差不多十年了，这十年间，我的人生轨迹和生活境遇都发生了很大的变化，而《九枝灯》系列计划要写51首的，真正定稿的部分只有20首左右，还不到一半，其中的6首还是我2014—2015年间游学日本时写就或定稿的。

关于这个系列的诗被预期的体量或完成度，我在2012年前后其实就已经有确定的思路了，只是没有以书面形式表达出来。但有几位很亲密的诗友知晓我的原计划。其中之一的蒋弦在《音调与形式的创格——小议茱萸的"谐律"与"九枝灯"系列》（署名林典衣）中，曾将我的那个原计划和盘托出，并分析了我的意图：

"作为茱萸的友人，我有幸见证了它漫长的生成过程，也是其中多数作品最早的读者之一。《九枝灯》在结构上参照《周易》的卦象，每一组诗作对应于一爻，目前已经定稿的仅有'初九'与'六五'两部分，《夏街：雨中言》和《城堡：犬山行》等作都出自后者。尽管卦象尚未显明，因而也无从阐释它与各部分间的关系，但《九枝灯》中的每一首诗都可被视作自足的个体，它往往由与诗相关的经历引起，试图在作者与被书写的古今诗人之间建立一种更为私密的关系，并借助他们完成对生活与写作的重新审视，而诗前与作品互文的题辞和诗后说明背景的尾注则是理解诗之意旨的关键。'初九'以曹丕、阮籍、庾信、李商隐等古代诗人为主角，'六五'则将镜头切换回当下，上述几首诗分别记叙了与当代诗人罗伯特·哈斯、竹内新、高桥睦郎等人的交游。考虑到"六五"在全诗中居于相对靠后的位置，做这般的推测或许不无道理：《九枝灯》里，作为自我之参照的他者或许存在一个由古至今、从中到西的转换过程，这实际同步于诗学视野的拓展和汉诗样态的流变。在此意义上，《九枝灯》的书写对象如作者所说的，是他对文学人物的'私家遴选'，换言之，他们无形之中构成了一部精心编排的个人化的诗歌史。"⑳

其实，在这篇评论发表之后，我又定稿了数首；还有几首写就，却迟迟未"修理"成这个系列的统一格式，一直处于待定稿状态。我设想中的结构，其实是分为六个部分，除了第五部分是六首之外，其余五部分均是九首，从初九、九二、九三、九四、六五到上九——这是六十四卦中的火天大有卦。说起来，这里头有一定的游戏色彩。但回过头来说"如何以个体生命体验激活古典汉诗的文化母题"，我想，《周易》六十四卦这样的原型符号还不够"文化母题"吗？从曹丕、庾信、李商隐到钱谦益这样的人物及其诗篇、遭际、难道还不够"古典汉诗的素材"吗？但我把它们都编织进了我阅读、思考、履迹、交往当中，让它们和我的生命历程交织错落，它们对我来说就是"活的"，远在被"激活"之前就一直"活着"。

再来回答"酬答体"的问题。古人写诗，很多时候不是纯诗，他们把诗当一种交际。孔子说，"不学诗，无以言"，其实也是把诗工具化了：你要跟人交流，你要在上层社会和智识阶层之间有一个良好的沟通，你就必须学诗，因为诗是交流的工具。在古人那里，包括我们的饮宴、酬和，诗都是一个非常好的交际手段。我这组诗也带有一些交际酬和的色彩，因为这里面题赠的人，大部分也是诗人。之所以这样做，一部分如你所说，是因为试图来打量或呼应酬答体诗的传统。当然，也有朋友说，我这种恢复和对接太表面化、太形式化了。但是我觉得是没有问题的。就是说，如何真正把这种精神内化到当代诗里面，确实是任重道远的任务，但是它也要首先从形式上接续起。我先试试看，这样的效果如何，所以我才会有这么一个尾注的形式，既标明缘起，又标明题赠，又彰显出交际酬和的功能。

但《九枝灯》里以尾注形式呈现的酬答体面貌，并不是对古典酬答体的因袭（而只是戏仿），而是一种和"诗"本身密切相连的"酬和"。我先说明这首诗的缘起和相关场景，这些它所勾连的现实经验，再说这首诗是题赠给某人的，而这些受赠者基本都是诗人，且往往是跟这个缘起和场景有关联——所以，它其实是一个古、今、中、外内容汇通的谜语，而至于解开谜语的开关，可能恰恰是在尾注中。但这几年我在思考一个问题，即，当整个系列完成之后，每一首诗的顺序重置,并不按写作时间排列,而按照另一种内在逻辑分布时,尾注这种形式是否还有存在的必要? 它的疑似酬答体的面貌究竟有多大的必要性? 我还没想好。

赵思运:我发现,从你早期的诗作,一直持续到今天的写作,都体现了你对词语的敏感。你的语言的自我指涉意识非常鲜明,经常出现"赋予新的形式""规则和修辞以另一种形式意外归来"这种说法,以及大量关于汉诗、关于语言、关于表达的诗句,具有元诗的特质。我在想,你这种元诗元素的密集出现,是出于语言的自觉,还是出于语言表达的焦虑? 还是说,你的汉语诗学的抱负越宏大,也就越产生深刻的焦虑感?

茱 萸:至于说我的"元诗"书写冲动,或其元素的密集出现,当然是出于自觉。我自认为这里头的语言表达焦虑并不太多,因为在这样的表达中,我通常感受到的是密集的乐趣,以及语言和思维的欢愉。在新诗创作方面,我如今的焦虑没有你说的那么"形而上",而是一种很具体、切近的焦虑,即,如何克服对表达的虚无感,如何避免因太懒散而产量太低。

赵思运:黄灿然那篇《在两大传统的阴影下》流传甚广。他说:"21世纪以来,整个汉语写作都处在两大传统(即中国古典传统和西方现代传统)的阴影下。写作者由于自身的焦虑,经常把阴影夸大成一种压力,进而把压力本身也夸大了,却没有正确对待真正的也是必要的压力,也即汉语的压力。"[⑪]你提出新诗"自我立法阶段"说,其实就是"接着说",隐含着"对着说"的意味,非常有意义。如果说,20世纪初的新诗

合法性受到挑战,那么,今天再谈新诗合法性与否,已经没有任何意义。哪怕是人们对新诗体有一万个不满意,也不能改变"现代汉语诗性共同体"的现实,诗歌格局既不能回到旧体诗、也不能发展到西化,已经成为常识。在这个意义上说,新诗"自我立法阶段"说,就彻底摆脱了中与外、古与今之间的二元对立思维。当摒弃了古今、中外这二元对立的思维的时候,新诗的自我立法,我以为核心要义则是汉语的诗性智慧的激活与拓展。无论是古代汉语,还是现代汉语,汉语的诗性是从来没有中断的内在逻辑。郑敏所批判的"断裂说"也就不成立了。因为旧体诗和新诗并非进化论关系,古典汉语与现代汉语也不是进化论关系。汉语诗性是将古代汉语和现代汉语进行共时性思考和探讨的话题。诗歌的语言就成了核心问题。你在《九枝灯》之《李商隐:春深脱衣》里写道:"诗神的遗腹子,被命运所拣选的那个人,/你的手杖会再度发芽,挺起诱人的枝权,/收复汉语的伟大权柄,那阴凉的拱门。"我想这大概是你的野心和抱负吧?

茱 萸:你在这则提问里谈到的内容,有些是引用他人观点,有些重述了我的一些浅见,还有的是你本人观点和解读的整合。这三个方面,我基本都是认同的。"新诗的自我立法,我以为核心要义则是汉语的诗性智慧的激活与拓展。"这个观点我也完全支持。事实上在创作实践上,针对汉语之于其他语言的独特性,我也进行过一些尝试,比如2015年以后写的《谐律》系列。当然,这个系列的那几首作品是一种极端实验,不能算是体现汉语诗性智慧的常规操作,但庶几可以体现一点汉语本身的特性。

作者简介 | 赵思运,浙江传媒学院文学院

教授;茱萸,苏州大学文学院副教授。本文系国家社科基金一般项目"新诗作家旧体诗词创作现象的发生学研究"(项目编号16BZW165)阶段性成果。

注释:

①茱萸、秦三澍:《茱萸访谈录:辩体、征用与别有传承》,见茱萸:《花神引》,四川文艺出版社2016年版,第151-152页。

②茱萸、秦三澍:《茱萸访谈录:辩体、征用与别有传承》,见茱萸:《花神引》,四川文艺出版社2016年版,第170-171页。

③刘化童:《通过植物茎管催动诗歌的力——论茱萸诗中的植物》,《诗林》2011年第1期。

④刘化童:《通过植物茎管催动诗歌的力——论茱萸诗中的植物》,《诗林》2011年第1期。

⑤刘化童:《通过植物茎管催动诗歌的力——论茱萸诗中的植物》,《诗林》2011年第1期。

⑥刘化童:《通过植物茎管催动诗歌的力——论茱萸诗中的植物》,《诗林》2011年第1期。

⑦一行:《精审之诗与氤氲之诗——茱萸诗歌短札》,《飞地》2019年第一辑总第23辑。

⑧一行:《精审之诗与氤氲之诗——茱萸诗歌短札》,《飞地》2019年第一辑总第23辑。

⑨黎衡:《缺席之镜像——茱萸诗的"斜坡"与"仪式"》,见 秦三澍、砂丁、方李靖主编《多向通道——同济诗歌年选·第一卷(2013-2014)》,香港绛树出版社2014年版,第259页。

⑩林典衣:《音调与形式的创格——小议茱萸的"谐律"与"九枝灯"系列》,《草堂诗刊》2017年第5期。

⑪黄灿然:《在两大传统的阴影下》,《读书》2000年第4期。

胡理勇的诗

一开口，便扬波万里（组诗）

海湾

没有风，没有浪。即使有
也很温暖
就像慈爱的母亲
把流浪在外的，受伤、受委屈的
都揽进了怀里

这是一个世界之外的世界
桅杆耸立，像向和平投降
一份独特的宁静
吓得，连鸟也不敢叫出声来
鱼的悲鸣，十里之外，似鸣镝

晚上，终于能睡上一个安稳觉了
到达的第一分钟
吸了这里第一口大海的气息
始终悬着的心，落袋了
一切喧嚣，都被挡在了梦的外面

海边小水塘

活在一隅的小水塘，本是海的一部分
一堤坝像刀，活生生，切割分离
潮涨时，胜利的呐喊
潮落时，依依不舍的愤怒
现在都存在垂钓者的故事里
它竭力回忆大海的模样

并学着兴风作浪，装出恶狠狠的样子
它拥有的水，盐度已不够
没有冲击力的水波，也仅是水波
就像秋后的蚂蚱
就像寒夜里的虫鸣
强大的堤坝，喊着：来啊，来啊
我想到了捆绑奴隶四肢的锁链
生锈了，还是那么强大
拥有小鱼小虾的小水塘，是富足的
可是，它一想到祖宗的辉煌
内心的挣扎，就一直不能停止

大海的舞台

搭起大海，令人恐惧的舞台
摆上岛，这样的架架钢琴
谁愿意站到中央，做歌唱者
谁胆敢演奏

许多人，挂着白帆前来
许多鸟，梳理羽毛，打造铁翅
各色鱼等，也不想缺席
可惜，他（它）们都是观众

择了个吉日，背着钓竿出发了
我扮演一个伴奏者的角色
不是故作谦虚，而是确实无能
我为自己的自知之明而感动

风来了,它是真正的演唱者
一开口,便扬波万里
坐在琴前的,是上帝的万千化身
雨点般的琴音,像是发泄

演出结束,我在琴前也坐了会儿

寄居蟹

在岛上行走,要有坚强决心

有的人活着,房子已残垣断壁
有的房子活着,人已成废墟
我一直在思考
人,为什么要有那么多的房子
人,其实就是一只寄居蟹
天天背着房子,四处讨生活

感谢大海的慷慨,愿意出借岛
星空下,熊熊的篝火
勾画着年轻的脸,因兴奋而失真
他们唱呀,跳呀,发泄着郁积
他们点孔明灯,放飞,高高地
希望自己的愿望,直达天听

我们失去自我,很久了
我们被自己打造的桎梏,囚禁

栗江

栗江,与其说江,不如说是溪
可是它有激昂澎湃的梦想
有东流,拥抱大海的梦想

我从遥远,来到栗江边上
告诉了我,百废待兴的两岸
高楼,竞赛着拔高的两岸
看着江里招摇的水草
和争食的水鸟
我陶醉着,它们的陶醉

如果只有一条江,是否太孤独

幸好,还有一个小西湖
听着隆重的介绍,可知多少热爱
我们在杨柳岸走着,走着
希望有一个邂逅
就像许仙和白娘子,那样

官河

京杭大运河,在平原流着,流着
到了萧绍一段,遂改名,叫官河
穿上官袍,戴上官帽
就在体制内活动了。这样稳
古人和今人的想法,竟然一样

运河也好,官河也罢
流速,古今一然
但古人为山川赋名,总带一些私货
生活,并不美好,甚至惨淡
每个名字,都闪烁着理想的光芒

如蝼蚁般惜命,死亡总不期而至
古人今人,都在思考解开这个死扣
官河的名称太俗,有人建议废除
传统的基因排序,能说改就改
官河的水,来自民间,又流向民间

紧皱着眉,那么忧伤

相承一脉

榉溪、沙溪,相承一脉
不同地段的人,争相给取可意的名字
流经长长的山谷
像是两山严重挤压出来的水
溪流两岸,砌了不会腐烂的堤
立了三纲五常的规矩
时而喧嚣,时而沉静
总体上,还算老实,没酿灾难

叫不同的名字,不是没有说法
榉溪,自孔氏一支在此繁衍生息后
这里就成了耕读社会
种出来的庄稼,都是书生模样
溪里的鱼,大腹便便,一副官相
沙溪,似乎刚破处女之身
岸边的房子,都是新的
民宿、农家乐,刻意看重自己的卖相
240亩的玫瑰园,玫瑰并不羞怯
溪底有点荒凉,以沙、石为主

宿在沙溪,游了榉溪。由今及古
其实,我们经历的,是同一世界

观百丈漈

一滴水,组团,跳将下去
何必出此下策
后,追兵急
前,只有90度垂直的路

无须解剖瀑布的成因
只欣赏它们震古烁今的惨叫
有虎啸、有龙吟
一首完美的交响乐曲

毋须知道它们下坠的心情
只欣赏它们怨恨千年的壮观
像一匹惨白的布
被无始无终地织出来

百丈漈,仅百丈,远远不够
惊不了心,动不了魄
我,极尽目力,拉长脖子
像当初菜场口,无情的看客

海鸥

我曾和它们共处一域
指的不是地球全部球面
是地球的一个角落
指的不是整个大海
是大海中的某一个礁盘
它们先于我昨晚的想法到达
——偷走了我的想法
它们先于我的钓竿与鱼为敌
——窃取了我钓者的身份
它们是真正的耕海牧渔者
翅膀覆盖,均为它们的私产
主要以种植、贩卖浪花为业
这是在恶浪的嘴边上谋食
放牧鱼群——品种繁多
像鹰在草原上放牧羊群
台风来了,它们在哪里
——在台风眼中

洲口溪

洲口溪在黑暗中"哗哗"流动
其实,白天也是这样流的
只是,白天说的是人话
夜里说的是鬼话

洲口溪在黑暗中"哗哗"流动
像一个天才的音乐家在独奏
天天活在这天籁之音中
人丁能不兴旺,六畜能不兴旺

细十番的演唱,空灵,婉转
好像被这水的灵魂附体——
来自大山,归入大海
大地之上,哪条河流不是母亲

我想认识阳光下的洲口溪
不在乎岸芷汀兰,鱼翔浅底
不在乎杨柳垂堤,老鱼吹浪
最大的美——清和明,是否未变

栖居大地　寄情山水

——评胡理勇组诗《一开口，便扬波万里》

· 菡 菖 ·

可以说，胡理勇的组诗《一开口，便扬波万里》是一场栖居大地、寄情山水的咏叹，同时也蕴含着诗人浓浓的乡愁。

如果说余光中作品中"胎记般不可磨灭的中国情结，是来自于他对故乡故土的眷恋与追慕，对传统文化的挚爱与坚守，对中华民族的认同和归依"，那么，《一开口，便扬波万里》中根深蒂固的栖居大地、寄寓山水之情，是源于胡理勇成长岁月中血脉亲情的铭记，地域文化基因的积淀，原生态自然与人文元素的汇集，这种与生俱来的精神特质，贯穿于他的诗歌创作实践中，使诗情自然流淌，足以打动人心。

众所周知，海湾是一片三面环陆的海洋，只有一面是海，是海水深入陆地所形成的宽广海域。在胡理勇眼中，"海湾"是宁静、悠远、博大、深沉的爱之源，他说："没有风，没有浪。即使有/也很温暖/就像慈爱的母亲/把流浪在外的，受伤、受委屈的/都揽进了怀里。"他把这风平浪静的海湾，看成是慈祥的母亲，正用她母性温暖宽厚的胸怀，包容每一个在她羽翼下成长的孩子。他还赋予这个"世界之外的世界"一份别样的宁静："吓得，连鸟也不敢叫出声来/鱼的悲鸣，十里之外，似鸣镝。"连飞鸟与游鱼，也只敢在十里之外发泄它们的情绪，更不用说其他生灵了。于是，诗人推宕出：

晚上，终于能睡上一个安稳觉了

到达的第一分钟
吸了这里第一口大海的气息
始终悬着的心，落袋了
一切喧嚣，都被挡在了梦的外面

这使我们感觉到，这个"海湾"应该是诗人心目中的精神家园！德国诗人荷尔德林有一句诗："人，诗意地栖居在大地上。"胡理勇则将这句话作出了极好的诠释。确实，快节奏的现代都市生活已使人从与大自然的伙伴关系中抽离出来，成为物欲的奴隶，人在改造万物的同时，也为物质世界所主宰，虽然我们拥有着丰富的物质生活，但在通往物质极大化的过程中，我们也收获了身心的疲惫、意志的麻木、生活的烦躁等负面效应，于是会感到心累，感到郁闷，感到精神空虚，这种缺失其实是违背人的本性的，是脱离了人自身的个性特点的，这样的生活幸福吗？当然未必！胡理勇认为，人更应该追求"诗意的人生"，亦即远离喧嚷的都市纷繁生活，回归宁静祥和的"海湾"！在这里，自我不仅能睡上一个安稳觉，吸上一口梦萦魂牵的大海气息，最主要的是能使悬着的心踏实下来——"一切喧嚣，都被挡在了梦的外面"——这是何等放松、何等幸福的感觉。

说到底，人是情感的动物，总在追求自己得不到的东西。年轻时，希望能出人头地，努力去外面的世界打拼。历尽沧桑才明白，对自己来说什么才是最重要的。于是，不管何种样式的文艺作品，故事的主角，总是饮食男女；故事的场景，总是家庭与社会；故事的情节，总不外乎爱恨情仇；故事的结局，不是喜剧就是悲剧。而事实上，每个生命都是立体、多面的，如何让有限岁月中的过程彰显意义，见仁见智，但多一点睿智与从容，少一些艰辛与波折，总是每个生命个体共同的人生愿景。这正如《寄居蟹》所要揭示的生命真谛一样。

从某种程度看，寄居蟹就是人类生存状态的隐射。诗人说："人，其实就是一只寄居蟹/天天背着房子，四处讨生活。"在房子被不断炒成新高的今天，对于底层人民来说，一套房子就是这一辈子还不清的债务。但之所以会出现房子越涨越有人买的怪现象，并不是刚需变多了，而是买多套房的人变多了——现在的房子基本都成了有钱人投资的主要渠道。但归根结底房子只是个居住场所，于是诗人思考着"人，为什么要有那么多的房子"，这也是许多人正在思考的问题。反观被炒成了天价的房子，诗人又说："有的人活着，房子已残垣断壁/有的房子活着，人已成废墟"——人与房子的二元对立，这种向自己的对立面转化的现实途径，让人不寒而栗之余，带有隐秘的开解趣味，调侃中颇有深意。

胡理勇对海、江、河、溪包括海塘、瀑布这些与水有关的景象都有着不一般的情怀，这从他的《官河》《海边小水塘》《栗江》《洲口溪》等诗中均可看出。但胡理勇又不为水系列所圈囿，他

打破水的禁锢，彻底解救自己的心灵，犹如"抽刀断水水更流"般，释放他歌吟的天性，这些诗中折射出的对人性欲望的告诫、人心冲突的和解，直抒胸臆，在托物言志、借景抒情间，达到情感的饱满圆转，立意的铺垫高扬。

《相承一脉》笔者以为是这组诗的核心，语言朴拙、简单且口语化，显现出他对琐碎日常的细致处理和巧妙把握，对平庸生活的诗意挖掘、对社会秩序的理性观照所构成的诗性情状，源于差异化、陌生化的意境，在感性的陈述之下被贯串成一条时间线索，打破了时空的疏离与界定："宿在沙溪，游了榉溪。由今及古/其实，我们经历的，是同一世界。"这里的感性具有互相影响的多种精神质感，诗人把它们一一呈现出来，靠的是具有不同时代印痕的独特的语言组合方式，让它们贯通起来，使一个个单薄意象延伸开去，体现天地相通、万物互有的宇宙绝对时空境界。

胡理勇的诗自然简练，没有太多技巧性，遣词造句也难有让人惊艳之感，他只是把诗歌的现代性和探索心理直观地呈现出来，通过沉稳的叙述视角，平实的语言张力，构筑他诗歌文本的社会历史价值与心灵激荡事业。读胡理勇的诗，让笔者感受到生命应该是深邃而优雅的，人生应该是富有朝气充满信念的，一代代人要有理想、有追求地生活——诗意地栖息于这片热土上。

余风的诗

稻子还在田里等待收割

无关寒冷
桂花尚未离去，江南的衣袖单薄

磨刀的呼啸声从骨头里响起
刺穿了季节虚掩的门

一切都来不及准备
一切都早已准备好

包括下雪，在分不清秋冬的时刻
急急来临，落到离它最近最鲜嫩的伤口里

而我们战栗。地球若无其事地转动着
一朵花，当它以山脉为杠杆

以花香为酒，不用支点
最严肃的主宰都会乱了方寸

今年的雪提前到达，立冬时
女人在河滩晾晒的大腿忘记收回

稻子还在田里等待收割
我们听到了春天蠢蠢欲动的呼喊

一路向西

到西部的路上拖着江南长长的水袖
每一回头，都有柳枝寸断的身影
泪水融化了最遥远的冰川
像是一滴水受到污染的绝望

西部的泥土裸在地面，沙尘与雪
在蛇的诱惑中交合，告诉你神山的诞生与神
　　无关
重金属和盐，潜伏在圣湖深处
硬化着高原茹毛的血管

古象雄王国的帘幕低垂
温泉如祖先熬制成的岩浆，埋藏太深
只有喝过烈酒，贫瘠的西部汉子
才能喷发出火山的力量

时间空无一物
诵经声灵魂般纯净，从心底下响起
雪路上缺氧的马蹄印，歪歪斜斜指向阳光
像是地球脖子上最美的哈达

我没有理由为霜降恐慌

时间已经是九月
被季节欺骗已久，许多提前枯萎的叶子
在树上死不瞑目

寒露的时候，螃蟹才从秋池里爬上岸
南方的草色，依然青葱得让女人们延长了怀
　　春期
北国的情书尚未抵达

蜜蜂失业在家
说好的八月桂花呢，说好的十里飘香呢
每年这个时候，偷香的人排着长队

按照计划，下一幕轮到霜降登场。可连日的
　　暴雨
冲垮了发布寒冷信息的道具。秋季强作欢颜
客厅里仍盘踞着夏季紊乱的气息

秋霜如果不改变它刀刃般的冷酷
越来越多的果实，都将不会如期低下
沉甸甸的头颅

我们习惯了夜晚由虫子来统治

虫声抵达黎明的时候
政亡声息
鸟儿占据了所有枝头
鸟鸣成为国语
而所有的声音成为鸟语

整个夜晚硝烟弥漫
月色如酒后一般苍白

星光苟延残喘，容颜憔悴
像满足后又空掉的杯子

人们总是习惯在夜晚闭上眼睛
睡觉或者做梦
无视夜里发生的事物，甚至
当它并不存在
但虫声告诉你
夜晚是它的世界
比你的白天更繁华

作为时间，夜晚从来都与白天一样长
夏天短，冬天补长
北方短，南方补长
阴阳总是平衡
就像因果一样精准
就像夜晚酗酒，白天醒酒
夜晚做梦，白天筑梦

事实上，我们习惯了夜晚由虫子来统治
我们闭着眼睛，就说梦话
睁着眼睛，就说瞎话
天亮醒来打开天窗
仿佛什么也没说

中秋月

月色浸泡着山谷
在无数的日子里，家园在漂泊
生命被放逐
每次月圆带来的绝望　都超越生死

但更多人选择活着
看着月亮一点点残缺

看月缺带来的等待
只为那每月一瞬间的圆满

人生何处是岸
月光绞断了岁月
我们只会用无数的姓名和语言
堆砌一艘艘古老的沉船

但月儿饱经沧桑之后　依然
嫩如处女。不知是谁
将这沉重的千古一轮高高悬起
放置到夜的床单上

使黎明诞生
而人的一生
却被那简单的月圆月缺
割得片片断断

端午怀屈原

剥开粽子，犹如剥开那段黏稠的历史
那段历史血泪和着泥土
比石头还要厚重
纵身一跃，就沉入江底

一个人占据一个节日
而且两千多年，成为镶在历史胸口的惊叹号！
昏聩的楚国福微德薄
承载不了哀民生多艰的伟大诗人
气数短得不及楚腰的盈盈一握

汨罗江太浅，装不下洞庭水般涌来的思念

好在当年营救屈原的龙舟还在
那比舴艋舟还窄小的龙舟啊，
长得跟三闾大夫一样消瘦
一头装着苦难
一头装着梦想
人们数千年来一直划呀划呀

端午是面镜子
每个照镜子的人都是屈原
而爱国这个词从离骚里被淬取出来
裹在每年的粽子里
滋养着这个民族的骨气和热血

让我们焚艾蒲为香吧，酹一樽雄黄酒
告慰先人。今天的一切如你所愿
美政施行，民生不再多艰
权力的锡杖已被锁进笼子，人与自然
和谐共生，即使爱上一个妖精
也得到法律保护，不用怕
现出原形

邂逅藏羚羊

在高原上我总是陪着小心
生怕碰洒了山巅的千年积雪

把每一处的海拔高度置顶
让头颅与地平线持平

这样，就可以把时间摊开在草地上
看一只藏羚羊像人类一样
优雅地走过

机上感遇

透过飞机舷窗
高原上空　云层洁白柔软
像极了父亲堆成的棉垛

突然感叹造化的神奇
世间万物，原来冥冥中
早有现成的版本
即便是灵光一现产生的诗句
在大地上也能找到原型
但人类往往只赞叹诗人的想象

飞机在高原峡谷的气流里剧烈地颠簸
如同人生的起起落落
我把目光转向舱内，淡定地观看
恐慌的世人们在生命旅途中的绝望
然后我们一起抵达终点

羊羔花

隔着一座山
我就看见一朵羊羔花
在荒原顶天立地、遮天蔽日

我的呼吸急促与缺氧无关
空虚充满了地球隆起的内部
太阳迷失了落下的方向

习惯了在荒原空无一人跋涉
生命的啼哭已恍如隔世
直到听到羊羔花的当头棒喝

面对唯一的羊羔花，所有的雪山和草
都匍匐着。土拨鼠在洞口
仰望，我也是

格萨尔王传

那个骑马的将军走了
马蹄印踩成了一个个圣湖

他的传说覆盖整个雪域
以草的方式把高原喂养得白白胖胖

牦牛挤出了奶，说唱艺人
挤出了长长的史诗

作者简介 | 余风，浙江衢州人，衢州市作协主席，浙江省作协主席团成员，《边际》杂志主编，现供职于衢报传媒集团。20世纪90年代开始诗歌创作，作品散见于《中国作家》《北京文学》《星星诗刊》《诗选刊》《作家》《西藏文学》等文学期刊及《人民日报》《光明日报》《浙江日报》等主流媒体文学副刊，迄今发表各类文学作品五十余万字。

一场心灵世界的修行

——读余风的诗有感

· 菡萏 ·

秋天，总能给人以无限曼妙的想象——微风轻轻摇晃起沉甸甸的稻穗，引来阵阵簌簌的轻响，柔软而饱满，仿佛有迷人的醉意氤氲开来……读余风的诗，就像是赴这样一场散发着温润气息与成熟韵味的沉浸式体察。

《稻子还在田里等待收割》是这组诗的主打诗，也是其灵魂之所在。诗人眼中江南的秋天，应该与寒冷无关，却与收获有关，与大自然无私的馈赠有关。在世人眼中，静待田里等候收割的稻子早已成为一种习以为常的存在方式，从播种到收获，就像人的一生，置身其中而美感式微。但经过诗人的抒唱，赋予这片等候收割的稻子生命与活力、色彩与精气神。他先不说稻子，说的是桂花与衣袖，他说："桂花尚未离去，江南的衣袖单薄。"他将"桂花"与"江南的衣袖"并列起来，在迟桂依旧飘香与衣衫轻扬中，点出季节与时序的交集，从而映射出诗人内心的悸动与莫可名状的慰安。但"磨刀的呼啸声从骨头里响起/刺穿了季节虚掩的门"，这一场收割季节里对丰年的期盼与欣喜之情，与诗人理性的热望是对等的——"一切都来不及准备/一切都早已准备好"，这是一次从理性到感性、再从感性到理性的循环，让诗人忘记了秋冬季节的过度，忘记了需要疗治的"鲜嫩的伤口"，在"地球若无其事的转动"中，饱蘸浓浓的情意，满溢这绽放——"稻子还在田里等待收割/我们听到了春天蠢蠢欲动的呼喊"——这场秋天中对春

的渴慕之情，也早已写上了诗人心灵的备忘录。

这首诗还让我想起20世纪70、80年代一首流行歌曲《恼人的秋风》，这首先由歌手高凌风在台湾唱响，后再由歌手费翔翻唱走红中国大陆的歌曲，除了优美的旋律和歌星动听的歌喉吸引人之外，强烈的情感落差也是让情窦初开的少男少女喜欢的理由。"我呼唤秋风停/风呀风呀请你给我一个说明……"曾经的一代人也包括笔者，哼唱着这首歌走向明媚鲜妍的春天，但那时那地的秋风却也永远驻留在精神的驿站，成为不可磨灭的铭记。

古语云："月到中秋分外圆。"中秋节，是一个象征圆满和团聚的节日。余风的诗歌《中秋月》却以"月色浸泡着山谷/在无数的日子里，家园在漂泊/生命被放逐/每次月圆带来的绝望都超越生死"起兴，对庸常人生的圆满说作了一番剖析。人的一生，五味杂陈。作家汪曾祺写到过："红黄蓝白黑，酸甜苦辣咸，每个人都带着一生的历史，半个月的哀乐，在街上游走。"是啊，漫长的一生，因五味杂陈而变得有滋味、有盼头；短暂的生命，也总在五味杂陈中燃烧与结束。余风认为普通人选择活着，是为了"每月一瞬间的圆满"。确实，人生不可能一帆风顺，一路上多有挫折、坎坷相伴，但也正因为这些磨难，使生命变得立体而更富有意义，也才让我们得以品味人生的真谛——"被那简单的月圆月缺/割得片片段段"。那么，无论人生的结局如

何，都不枉我们来到这个世间，经历这一场修行。正如老舍先生所言："生活是种律动，须有光有影，有左有右，有晴有雨，滋味就在含在这变而不猛的曲折里。"《中秋月》，无疑是在用诗性的语言来慰藉人世中的苦难、命运里的不测，是有积极意义的。

余风的阅历不可谓不丰富，他从基层小公务员脚踏实地起步，直到成为地级市党报报业传媒集团总编辑，这其中还有一段长达三年的援藏经历，这些不一般的人生历练与生命体验，支撑起人在旅途的厚重质感，是无法割裂的情感依托，也使他与诗性世界始终保持着沟通与联结，成全自我精神领域的高扬。

《格萨尔王传》《邂逅藏羚羊》《羊羔花》想必与余风的援藏经历有关。这三首诗都不长，却意蕴深厚、情意绵密，读后让人怦然心动，其中《格萨尔王传》最短，只有六行，全作如下：

那个骑马的将军走了
马蹄印踩成了一个个圣湖

他的传说覆盖整个雪域
以草的方式把高原喂养得白白胖胖

牦牛挤出了奶，说唱艺人
挤出了长长的史诗

在藏族的传说里，格萨尔王是神子推巴噶瓦的化身，他一生戎马、扬善惩恶、弘扬佛法、传播文化，成为藏族人民引以为傲的旷世英雄。鲁迅先生曾经说过："牛吃的是草，挤出来的是奶。"这句话的深层意思是说即便吃的是最普通的食物，创造出来的财富也可以是无比珍贵的。

余风化用鲁迅的这句话，把格萨尔王可歌可泣的一生所呈现的生命哲理意味抑扬顿挫地表达了出来：将军坐骑的马蹄印衍化为一个个圣湖，将军的传说把高原喂养得丰腴富饶，最后的归结点是"牦牛挤出了奶，说唱艺人/挤出了长长的史诗"，可谓言简意深，令读者对将军肃然起敬。

面对雪域高原，诗人是带着朝圣与虔诚之心的，他小心翼翼避免碰洒山巅的千年积雪，还想"把每一处的海拔高度置顶"，为的是让珍贵、神奇的藏羚羊——警惕性很高的精灵，不用为了躲避人类的靠近而飞奔逃离，而是可以像人类一样"优雅地走过"。这种对自然保持一颗敬畏和谦卑之心，想与大自然开发出和谐共生的亲密关系，是诗人余风的心愿，也是他人与自然和谐相处理念的观照——自然是人类赖以生存的家园，那么美的真谛应该是和谐——援藏的经历无疑造就了他对美、对和谐的深层次领悟。

羊羔花指草原上的蓼属植物，是小羊羔优良可口的食物。相传，母羊生产后胎盘落在草地上，遂变成了如羊毛般白色的花朵，故被称为羊羔花。为此，羊羔花也指代着妈妈般的温暖。《羊羔花》一诗把羊羔花写成是"在荒原顶天立地、遮天蔽日"，是远远高于"所有的雪山和草"的圣洁之花，是值得余风永远仰望的雪域记忆。藏羚羊、羊羔花这些高原上平凡的生灵，就这样通过诗人独特的抒发视角，为我们打开了一个大爱无疆的窗口，传递出一份可感知、可触摸的人与自然命运共同体意识。

秋日里，坐在向阳的窗前读余风的诗，好似有一阵舒爽的风吹来，让人顿感神清气爽，唇齿生香。